婦好傳奇篇
女王之死

李白白 Angelina M／著

目錄

序章

第一章

妹妹都走了這麼多年了
我的性幻想對象竟然還是妹妹的丈夫

　　上古八千歲，不過一春秋，海上生明月道山絳闕，神女襄王知何處？東風歲歲吹入臺海，幾重蒼翠。大都市夜幕下的酒吧，霓虹燈醉，空水共氤氳，我滿目滿眼都是這難盡得曖昧啊。可即使被如此氛圍團團包圍，緣何我的內心依然滿是孤單？就像心上的疤，樹上的洞，永遠無法被真的填滿。

　　可只這一刻，我不想被你拋棄，我討厭孤單，所以請緊緊地抱我吧，讓我因為肉體的無間隙，便再也感覺不到痛，或者心痛到麻木。一宵的愛，一生的緣，儘管最後如同過路人，卻捨不得這份溫暖，巴不得一世抱緊眼前人。誰又理得天鎖禁？去他的世俗眼光，愛你就算將跌入永遠黑暗，但就這一夜，多麼確實無用再覓尋。唯願抱緊眼前人。

　　簇擁在燈紅酒綠的依稀醒醉喧嘩，她隱約記得她遇見了一位帥哥很像他，真的很像，也或者是她喝多了吧。天底下哪裡有那麼像的兩個人？這麼多年了，她竟然還是忘不了他，她的妹夫。真該死，妹妹都走了這麼多年了，她竟然還是忘不了妹妹的丈夫，這像話嗎？更令人難以啟齒的是，這麼多年以來她的性幻想對象也一直是自己的妹夫。吧歌聲中，你你我我，來來往往，豔明眉，笑紛紛。

　　他想送她回家，她堅持說，不，不。身為一個行蹤頗為神秘的，古風耽美漫畫家，男人是個什麼東西，她怎麼會不懂？她才不要，至少今天她沒有什麼心情。出來喝一杯，不過是想

換換腦子，幾本耽美暢銷漫畫下來，她突然有些厭倦了，說不想再重複畫了，想嘗試一下其他主題，編輯卻一個勁給她潑冷水，說她好不容易小有名氣，隨便更改主題，讀者肯定很難接受。煩死啦，難道自己想畫什麼還不能自己決定了嗎？她是一個漫畫家，有什麼靈感就畫什麼啊。又不是流水線作業師，一輩子只生產一個零部件。

綠暗汀洲三月櫻花，海靜了風帆收，天機曉破，春酣欲醒。昨夜的宿醉的酒氣厭厭，殘香冉冉，她昏昏欲再睡，只想讓這一生虛生虛過。搬來汀洲多久了？三個月？六個月？從臺北到紐約，從東京到巴黎，她環遊了世界，歡美食，賞美景如畫，和世界各地不同的男人談情說愛，尋找她畫畫的靈感，日日夜夜畫著她想像中的愛情，纏綿悱惻，感天動地。

上次電臺採訪她的主持人突然問到她對性傾向的看法，一個耽美漫畫家被人問性傾向的問題實屬正常。她笑著答道：「在我的作品裡，男女之情，都是人間情愛罷了，是人是妖其實都麼有那麼重要，何況是性別？」

「呵呵，現實中我們的作家不會也是如此地博愛吧。現實中我們作家的理想型是什麼樣子，方便透露嗎？」

「當然方便，現實嘛，就是有個人形就好。」

「啊，那是什麼啊。」

「就是說只要有個人的形狀，都可以考慮啊。妖魔鬼怪狐狸山妖之類的，只要能修仙幻化人形，我都可以接受。原生的狀態的話，還是有點困難的，呵呵。」她笑言。

「呵呵，作家真會講笑呢。」

「並不是講笑啊，是真的啦。」

「啊，看來作家真是個大徹大悟，最懂情愛。」主持人道。

「那倒不是，我啊其實不懂情愛。」

序章

「不懂情愛怎麼畫耽漫啊？」

「我懂什麼是愛，也懂什麼是情，只是當這兩個字放在一起的時候，無論是愛情，還是情愛橫豎左右就未曾弄懂過。如果再在這『真』和『愛』放在一起，那更是從來就不曾弄懂過。但這不妨礙我創作，呵呵。」

主持人只當她講笑，只有她自己知道，她說得是真心的。女同也罷，男同也好，她不過是愛一個人十幾年，從未曾真正擁有過他的可憐之人罷了。畫骨畫魂畫盡人間癡男怨女，畫山畫水畫盡世間男歡女愛，可我，真的不懂愛情。突然之間只覺淚濕了枕巾，她想拉過抱枕，卻發現自己深埋在他的懷裡。睡眼惺忪地看了一眼，哦，果然是她的宥浩，她還記得這白襯衣領裡的胸肌線條，就是她去美國找她的時候他的樣子，她笑了，真好，在我的夢裡，你看我的眼神可以這麼溫柔，就像很多年前的那樣，宥浩，別走，這次就陪我一整晚吧。

也許只有在夢裡，在她掌控的多維空間裡，她才可以放下一切戒備，忘乎所以。想繼綣在這樣的夢裡繼續睡了，他卻突然翻身過來把她壓在身下，柔聲問道：「寶貝，想不想再來一次？」

「我……嗯……諾……」她的臉突然有些熱辣辣的，竟然完全不知道該如何招架。夢裡的雲雨情沒有倫理，恣意的幻覺，既真實又朦朧，可幻念中的他從來沒有說過話，沒有，未曾啊。

今天怎麼，宥浩，你竟然開始和我說話了？

妹妹去世之後的一年，她特意從臺北飛到美國，借著到美國看漫畫展去找他，那時候的他已經不再是那個學霸級的青澀少年了，而是個專攻腦電神經的量子力學學專家，研究那些她根本不懂，也不想懂的前沿物理學。她以為隔閡在兩個人之間的那個人都走了這麼久了，這次他總歸能接受她了吧？她找了

13

個藉口在他的寓所逗留，還藉口說想喝點飲料，卻在冰箱裡拿了啤酒給他。

也許喝了酒兩個人就會像上次那樣有點什麼？她甚至刻意脫了外套露出裡面穿著的黑色低胸蕾絲裙，這件衣服她精心挑選了很久，她想總歸是她的妹夫，她得低調一點，可她如果再不出手，她怕自己再沒有什麼機會了。她不在乎世人怎麼看她，她只想要他。他本來就是她的啊，他是她的初戀啊，是自己把他讓給了妹妹的呀。

許久不見，一貫豐神俊朗的他好像憔悴了不少，她卻略顯豐腴了，或者是對這段戀情的渴望讓有意無意地想接近因病發福的妹妹的樣貌。她的心意他怎麼會不懂？他知道自己不能接受這番心意，卻又不忍心拒絕開門讓她進來，她真的像極了他的思彤，一顰一笑，一舉一動都撩撥這他……她佯裝遞酒給他，順勢靠在了吧臺邊，彎腰扯動裙擺，那姿態甚是撩人。

可同樣地錯誤他不能犯兩次啊，他卻轉身取了她掛上衣架的外套替她穿上道：「這會已經很晚了，你還是回酒店休息吧。」

她一怔，卻看他已經毫不猶豫地走到了門邊，準備給她開門。

「為什麼，為什麼要這樣？」她再也顧不得許多，奔過去抱住他，淚崩道：「為什麼不能接受我？」

「語彤，你別這樣。」他只能盡力推開她。

「不，我不要，你告訴我為什麼，為什麼？難道你一點都沒有喜歡過我？如果不你不喜歡我，那天晚上你為什麼會和我睡了？」

「對不起，語彤，對不起，那天我真的是喝得太多了，醉到把你錯當成了思彤，我……我請你原諒。」

「我不要原諒，我想要你。我不介意你把我當成思彤。我

不介意，我……我們兩個本來看起來就一模一樣，妹妹能爲你做的，我也能啊。」

即使我愛你已經卑微到了塵埃裡，你依然不能接受我嗎？妹妹她已經走了啊，爲什麼你就不能當我是她？我願意的，我不在乎，即使你把我當成她，我都不在乎，只要能和你在一起。宥浩，即使你不可能像愛妹妹那樣愛我，可你也是喜歡我的，不是嗎？思彤本來就是我的雙胞胎妹妹啊，小的時候根本沒有人能分清我們兩個，若不是思彤的病影響了她的身形，我們兩個根本會看起來完全一樣啊，我眞不明白，爲什麼在你眼中，我們兩個會有這麼大的區別？

宥浩突然苦笑了一下道：「語彤啊，我知道你們兩個眞的很像，可在我心目中，你就是你，她就是她啊，你們是截然不同的兩個人啊，思彤能爲我做的，你根本未必能懂。從高中開始我認識思彤，我就知道她是我喜歡的類型，到後來我們一起在美國留學，畢業，拿到工作 offer，我和思彤相伴走過整整九年的時間，她是我的靈魂伴侶。我怎麼會分不知道你們兩個的區別，或者分不清你和她？」

「除了那天晚上沒有分清楚嗎？」

「對不起，語彤，請你原諒我，那天，我……」

「那天你怎麼啦，你說啊，你說……」

「我只是酒喝得有點多，或者是我太想念她，才錯把你當成了她，我……不過你放心，以後我絕對不會再犯這樣的錯，我只能請求你原諒我。」

「你混蛋！」她咬牙切齒地罵了他一聲，憤然轉身離去。

第二章

那一夜，兩個人睡了

　　她真是恨透了他。她恨他為什麼要這樣折磨她？她恨他為什麼喜歡妹妹不喜歡她？明明，明明是她先愛上他的。如果時光可以倒裝，她真寧願那一天受傷的那個是自己，而不是妹妹，那麼自己也可以像妹妹一樣變得胖乎乎，肥嘟嘟地惹人憐愛，也許如此宥浩愛上的那個就會是她了吧？

　　一切都源於一輛飛馳而來的摩托車，那時候兩個人都還在上國中，也都只有十四歲，妹妹一把推開了她，自己卻被撞到肋骨折斷肝腎破裂，陷入昏迷，在 ICU 裡整整躺了一個星期。後來妹妹終於可以出院了，她開心地以為一切都可以恢復到從前了，可令她沒有想到的是，這只是一切不幸的開端。

　　不知道是不是藥物治療的副作用，妹妹患上了代謝障礙症，這讓她的體重無法控制的飆升，看到曾經和她一樣容貌靚麗，身材纖細的妹妹慢慢變成了一個肥妹，她愈發的愧疚難安。任何一個愛美的青春期的女孩子恐怕都難以接受這樣的結果吧？

　　妹妹卻苦笑著安慰她說：「胖一點也沒有什麼不好啦，你看我現在多好，反而不需要刻意節食，因為醫生說那樣反倒不有利於康復，所以乾脆想吃什麼就吃好的啦。我現在少了很多打扮的時間，也無需應付以前那些無聊的追求者，反倒多了很多時間看書。」

　　她知道妹妹是不想家人替她難過才這麼說的，她偷偷躲在

背後抹淚，她發誓這輩子都要對自己的妹妹好。兩姐妹還像以前那樣親密無間，除了妹妹越來越重的體重和她越來越好的學習成績之外，一切似乎也沒有那麼大的改變。

直到他的出現，在兩個中學的聯誼會上，她第一次見到這個隔壁中學傳說中的男神，就被他迷住了，天底下怎麼可能會有這麼完美的人？成績優良，運動出色，這都罷了，他怎麼還能容貌如此俊美？眉目深遠，面目清秀，寒江平，江櫓鳴，秋水盈脣，不點自紅，最最重要的是，他竟然還主動和她搭話，撿起來掉在地上的臨摹畫問這是不是她的？大概是剛才看他看傻了吧？摟著的臨摹本裡掉了一張竟然都沒有察覺。

她接過畫，害羞的點了點頭。

然後聽他還笑著自我介紹說：「我叫李宥浩，很高興認識你。」那一笑真是粉豔明，秋水盈盈，柳樣的溫柔，花樣的輕纖。

「我叫鄭語彤……」男神和自己搭話，她的心都要跳出心臟啦。

「我知道啊。」說完，他神祕的一笑而去。

留下她在原地發呆，天呢，他竟然知道自己的名字，男神竟然知道自己的名字？這怎麼可能，難道說，他早都注意到了自己，他對自己有意？她要瘋了，回到家裡，她就把這告訴了妹妹，她要和分享這無邊的喜悅。

被愛情沖昏了頭腦的她完全沒有注意到妹妹似乎沒有那麼高興，她只是幽幽地問了聲：「姐姐，你真的很喜歡他嗎？」

「嗯，當然了，姐姐要做李宥浩的女朋友。」

「這，他會同意嗎？」妹妹似乎欲言又止。

「我覺得會啊，他要是不喜歡我，怎麼可能知道我的名字？我們可不是一個中學哎。」

「嗯，可能有人無意中告訴他了吧。」

「怎麼可能啊。」她忍不住白了妹妹一眼。

「也不是沒可能啊，姐姐不是被人說是我們中學的校花嗎？聽說過姐姐的名字也不奇怪啊。」妹妹趕緊解釋說。

「校什麼花啊，就是你才認為姐姐是校花吧，算了，不給你說了，反正姐姐以後有心上入啦，你可要支持我哦。」

支持？！怎麼會，那之後她一直都暗戀他，而那之後他竟然也常常藉口來找她，還和她同樣是學霸的妹妹一起研討作業，而那時候她該是多麼幼稚才會以為這一切都是他追求她的手段和藉口？當她在國中最後的那幾個月裡的一天終於鼓起勇氣準備向他表白，卻看見，他正在吻自己的妹妹。

她憤怒地跑了出去，妹妹愣在身後，宥浩追出來請求她的原諒。一再給她解釋說，他和她的妹妹思彤一早在一場物理比賽的研習班就認識了，也正是因為妹妹的緣故，他才知道了她的名字，那天看見她東西掉到了地上，就撿起來遞給她了，沒有想到這會讓她誤會。

「誤會，這算是那門子的誤會？」她聲嘶力竭地喊道：「如果是誤會，為什麼在幾乎快兩年的時間裡，你們兩個人沒有任何一個人過來告訴我？如果你們一直在拍拖，為什麼根本沒有人知道，連我也不知道？」

「這，」宥浩有些語塞，其實他一早想曝光兩個人的戀人關係，可思彤就是不肯啊，她當然理解她的心情，兩個人在形象上的差距恐怕會讓很多人嚼舌根，這一點他也真不知道該如何給語彤解釋，只是有些為難的道：「因為思彤有些顧及，所以我們約定等兩個人出國留學的事情確定了再告訴大家。」

她現在才突然意識到一項文科成績優異的妹妹為什麼會選擇去美國加州大學讀生物學，因為宥浩申請了同一所大學的物

理系。憤怒和羞恨讓她根本不想聽他們兩個任何一個的解釋。那天她躲起來哭，直到把所有的眼淚都哭乾，人生的第一次她開始憎恨自己的妹妹，而這種恨的情緒一直延續到了他們兩個如願以償去加州留學，並最終留在了美國。

那幾年間，兩姐妹都很少見面，在法國，日韓遊學一圈的她又回到臺灣。在聽到妹妹要結婚的消息，也最終決定釋懷了。她答應了做她的伴娘，興奮得妹妹高興的邀請她到美國來，說是讓她陪她一起去試婚紗，還有個很好玩的祕密和她分享。

她來機場接她，她卻沒有等到她，她等來的是他的電話，妹妹被一個十字路口衝出來的車撞到了，上帝啊你不要開這樣的玩笑啊，讓一個可憐的女孩子被車撞了兩次？這輩子第二次，她眼睜睜看著自己的妹妹被送進了 ICU，而她是那樣的惶恐與不安地等在門外，就像很多年前的那樣。當醫生出來對他們搖搖頭的時候，她崩潰得嚎啕大哭，他也只能眼含著淚，抱緊了她。

宥浩和她一起回到了臺北，把骨灰盒交給父母的那一刻，他突然跪到地上給二老磕頭，說清他們原諒他，他說是他沒有照顧好思彤，那天本應該兩個人一起開車去機場的，可公司臨時有點急事，他便趕了過去。

「如果那天我陪思彤一起去，一定不會發生這樣的事。」他跪在地上哭得泣不成聲，這一次換做是她上前抱著他的肩膀給他安慰。

或許是共同的悲傷和自責，妹妹的去世突然讓兩個人的關係變得前所未有地親近起來，為了處理協助處理妹妹的身後事，他前前後後在臺北停留的一個月，兩個人也因此開始常常見面。

她記不清了，那天是什麼原因讓他去了她的寓所，坐在床

邊的地毯上，兩人都喝了很多酒，她翻著小時候和妹妹的影集給他看，又嘰裡咕嚕，稀裡糊塗地講了一大堆的話，說著說著眼淚忍不住地流，一會哭，一會笑的。他給她遞紙巾，給她倒酒，繼續默默地看，默默地聽，恍然之間分不清了伊人。

不知道他是不是眞的醉了，當她起身一個趔趄跌倒了他的懷裡，他再也無法克制內心的漣漪，突然動情抱著她說：「思彤，我眞的好想你。」

那一夜，兩個人睡了。

一切都那麼出乎意料，又那麼的順其自然，他吻她，把她抱到了床上。不管他是不是眞的把她當成了妹妹，她其實都不在乎，如果自己的身體能給他帶來慰籍，她願意給他，誰讓她喜歡他呢。她不奢望從此以後可以在他的心裡取代妹妹，她只期望他以後能和自己在一起。

她深情地對他說：「宥浩啊，以後我就是你的思彤吧。宥浩，我愛你。」

「思彤，我也愛你，思彤，思彤……」他含糊不清地回應著她，抱著她，在猛烈地撞擊和插入聲中，他們都釋放了欲望，卻分不清了彼此和過往。解開泥金扣，蘸雨逾鮮，墨花襦，無風猶顫，兩個人度過了如膠似漆的一晚，天亮了，他卻不見了，床頭櫃上只留下了一張他寫的字條。

「對不起，請你原諒我。我對不起思彤，也對不起你，可我眞的放不下過去，放不下她。昨天晚上的事就讓我們都忘了吧，就當一切都沒有發生過。請你原諒，是我唯一能說的。」

就當什麼也沒有發生過？這是什麼混賬話。可她糾結了一陣，並沒有追過去，她知道過兩天他就要回美國了，她也沒有去機場送行。可能她心中其實也有愧疚，妹妹屍骨未寒，她就把妹夫給睡了，她也覺得這樣對不起妹妹啊。

那時候，她想或者他們都可以再多給彼此一點時間？

可這會他竟然只是對她說，同樣的錯我不會再犯。原來那一晚的魚水之歡，於她，是纏綿恩愛，於他，是過錯，是後悔。她回到酒店把自己灌到的酩酊大醉，醉了也就什麼都不會想了，就讓我醉眠芳華，被落花埋盡吧。可他就是不願意放過她，就這麼出現了在夢裡，給了她所有的慰籍。

也算是奇怪了，從那之後，這些年只要她醉了，他就會來找她。她都不知道，自己是該為此自責還是傷悲，她討厭酗酒，又忍不住酗酒。她恨這樣的自己啊，總是在酒醉的夢裡，讓欲望之花恣意地盛開吧，開到接天無窮，千樹萬樹梨花泛紅。

「我愛你，語彤，我想要你，我想插進去，多少次都不夠。」語彤？這次他叫的是自己的名字。他摸了摸她的臉，和她水乳交融，眼神裡滿滿的柔情，是白雪故作穿庭的梨花了吧？一片粘膩既溫熱又清涼，沁沁，她沉浸在這雪色的溫柔當中，忍不住哭，忍不住在他的身下全身顫抖。他的鼻息，他的吻，那輕輕的雕琢讓她的心騷動不安，癢癢的沉醉其間。讓她不由得放開了所有的矜持去迎合他，去回應他的抱。

今天的夢怎麼可以這麼真實？今天的情話為什麼這麼清晰？所有的一起都真實到了可怕。

第三章

我不會真的在酒吧帶了一個男人回家了吧？

綠瑣紗窗透月明，三月落櫻繽紛，晨曦好溫柔。簾外的白光穿過透明的窗紗照了進來，她慵懶轉身，床頭是空的，看來自己的酒已經徹底醒了，因為只會在她喝醉的時候來陪她的宥浩走了。摸過床頭櫃上的手機看了一下，竟然已經 10 點 40 啦，有些饑腸轆轆的感覺，還有些腰酸背痛，哦，看來昨天晚上折騰大得太厲害了。怎麼都的起床隨便弄點吃的啦，昨天晚上喝了那麼多酒，晚飯也沒有吃酒睡了，這胃痛都快被自己折騰成老毛病了。

樓下隱隱傳來汀州田螺粥的香氣，是她最喜歡的當地的小吃，用來醒一醒被酒水殘害的胃再好不過，唉，這又是那位鄰居在這個時間點如此不合時宜的熬粥？存心故意讓人家的胃難受的吧？

趴起身，艱難的伸了神懶腰，再隨手打開床頭的音樂，發現她的拖鞋竟然整整齊齊地放在床邊，呵，她不由得自己笑了起來，真是活見了鬼啦，這昨天晚上該是喝的有多多，竟然讓自己碼了自己的拖鞋？

身上只有這一件絲透鏤花的，單薄的吊帶睡衣，咦，怎麼會這樣，竟然遍尋不見自己的內褲，明明昨天晚上是被他脫了去的，啊，不對了，那當然是夢啦，可怎麼會不見呢，她翻看枕頭，掀開被子，甚至趴在地毯上看了床底下，天呢，竟然都沒有，自己這昨天晚上的該有多瘋狂，竟然把內褲都弄丟啦。

看來這以後真的不能再喝這麼多酒了，她的宥浩，難道我是時候該放手了，放手，讓你走了嗎？莫名的傷感襲上心頭，她輕輕地歎了一口氣，連拖鞋也不穿，就這樣衣衫襤褸的赤腳走下樓梯。

可她在樓梯口呆住了，他開始懷疑自己的夢根本沒有醒。因為她看見餐桌上放著剛熬好的粥，宥浩竟然手裡拿著鍋勺，笑眯眯地看著她。她忍不住掐自己的臉，哇，好痛，天呢，如果這不是夢，她的宥浩竟然在自己酒醒之後還在這裡，難不成自己開始幻視了嗎？不，這不可能，那一切都是自己酒醉後的想像，這麼多年以來都是。

突然想起昨天晚上在酒吧遇見的神似宥浩的年輕男子，難不成自己把他帶回家了嗎？天呢，這不可能，自己怎麼會在不清醒的狀態下把一個男人帶回家？即使偶然會去酒吧喝一杯，她也從來沒有喝醉過，更沒有帶過人回來啊，她可不是一夜情的實踐者，她不喜歡不安全的性愛。

「你，你到底是誰？」她矢口問道。

「我是你的宥浩啊。」男子微笑，輕聲細語。

宥浩，不，這不可能，宥浩一直都在美國，這些年來都盡力對她避而不見，他怎麼會突然來看她？何況宥浩怎麼會知道她搬來了汀州？還知道她住在這裡，不可能！她再仔細看了看他，眉清目秀格外顯年輕，斷然不會是宥浩現在的樣子啊，倒是像是多年前的宥浩。

最後一次見宥浩是去年的清明節，兩家人說意外也不意外地在同一天過來給妹妹掃墓。宥浩那時候的樣子已經讓她差點認不出來啦，鬍子拉渣，眉宇間的皺紋又讓他看起來多了幾分滄桑，讓她看了很是心疼。其實她知道一直對妹妹難以忘情的他貌似一直都沒有新感情，而她也沒有。即使如此，兩個人依

然像兩條平行線，只會偶爾會遠遠的觀望關懷，再也沒有相交的可能。

不是她不想關心他啊，是她知道他一定會拒絕啊。

那時候她母親問道：「宥浩啊，怎麼回來了，也沒有說一聲啊。」

而他只是含糊的道：「因為工作的事情回來幾天的時間，明天的飛機就回美國了，很抱歉因為時間緊迫，都沒有來得及給二老打聲招呼。」

「唉。」母親輕聲歎了口氣道：「過去的事情，該放下就放下吧，你自己一個人在外，要多保重身體。」

「謝謝伯母關心。」說著只是給她和她的父母行了個禮，意味深長地看了她一眼就轉身離開了，一句多餘的話都沒有再說。

看著他遠去的背影，那是她也只是滿心的落寂。而今天眼前的這個人，眼眸含水，深情款款，怎麼看都不可能是宥浩啊，不，不，這傢夥一定是昨天晚上聽自己左一聲宥浩，右一聲宥浩的，這會故意這麼說自己就是宥浩，逗她玩呢。

「你是誰，到底是誰？」她竟然奔到桌子邊抓起刀叉指著他說：「告訴我你是誰，不然我就報警啦。」

「好，好，我什麼都說，不過你先把刀放下，傷到你自己就不好了。」他連忙舉起自己的雙手，依然好聲勸慰。

「好，那你說，你到底是誰。」

「你能冷靜點嗎，寶貝，我說了啊，你真的要信我才好。」

「別叫我寶貝。」

「好的，不叫，可我真的是你的宥浩啊。我知道這聽起來很扯，可這是真的，我就是你的宥浩，你想像出來的，哦，不，或者說是你的意念，你的召喚出來的，是你讓我出現在了你的

面前。」

「你逗我玩呢，意念，召喚？！麻蛋，我雖然是耽美漫畫家，一天到晚又寫又畫一些胡編亂造的故事，可我不是個傻子，我召喚你來的？你乾脆說是我把你變出來的好了。你就是昨天晚上的那個人，對不對？你從酒吧跟我回來的，我明明給你說，我會自己回去的。你這樣跟蹤我，尾隨我到我家裡來，你，你昨天晚上還……你知不知道我可以告你強姦，你這是私闖民宅……」

「我，強 X……語彤，你講點道理好嗎？明明這麼多年以來，每次都是因為你喝醉之後，才會讓我出現在你的面前，而且從來都是你主動的，好嗎？好吧，我承認昨天晚上我確實有些用力過度……對不起啊，如果你不喜歡，以後我會溫柔一點。其實昨天晚上那是因為我真的太高興，我想我終於可以真正意義上的抱你了，我是說，我或者再也不是宥浩的替代品了，而是以一個顯性的實體出現在你面前，你知道我多開心嗎？語彤……」

「都是些什麼亂七八糟的，我到底喝了多少酒，一晚上告訴你我多少事？甚至還編了點故事給你嗎？看來我是時候開本新的書了。」語彤聽得也有些傻了，忍不住自言自語道：「OK，你可以不要再說下去了，我知道我一定是告訴了你我所有的事，不過，就讓這一切到此為止吧，我什麼都不追究，你可以走了。」

「語彤……」他竟然走過來想抱住她。

她突然再次舉起刀對著他說：「不要靠近我，聽著，不要以為我昨天晚上和你說了這麼多，就和我套近乎，也不要以為我和你睡過一次，我就會真的喜歡你。你不過就和宥浩長得很像而已，可你不是他，我一看就知道。所有，到此為止，你走

你的就好，昨天晚上的事，就當沒有發生過。」

她突然想起這不就是很多年前宥浩在那天之後和她說的話嗎？她抓著刀柄的手突然有些哆嗦起來，心裡一陣烏泱烏泱得難受。

「好吧，」她繼續說道：「大家都是成年人了，就這麼睡一覺有什麼大不了的，你走吧，你到底是誰，我也沒有興趣知道。」

求你千萬別告訴我你的名字，我真的不想記得，她心想，這昨天晚上到底喝了多少酒啊，竟然闖下這種禍？就不應該去酒吧的，以往都是在家裡才會喝醉，去酒吧自己從來都很克制啊，昨天晚上到底是見了什麼鬼？

「唉……」他只得輕嘆了一口氣，在她身邊與她相生相伴這麼些年，他自然最懂她的痛。她是他的語彤啊，現在這個世界裡他唯一能溝通的，最親密的愛人。微微一個心念，她的刀已經刀了他的手中，身為另外一個維度來的人，這點能力對他來說，根本算不了什麼，他剛不想貿然使用，不過是怕嚇到她。她惶然地看著自己空空如也的手，再看著拿到刀的他，有些恐慌地往後退了兩步，他連忙放下手中的刀上前抱住她。

「你……」她拼命想掙脫，卻還是被她摟得嚴嚴實實的，要命的是，她還竟然在這樣的懷抱裡，難以自持的想要放鬆下來。

他本是來自高緯度平行宇宙裡和宥浩對應的一個靈體。

第四章

你當我是思彤好了，
只要你別這樣，別這樣拋下我……求你

那個時候這個世界裡的宥浩一直在跟著導師做關於重力的研究，卻陰差陽錯在導師的推薦下接到了的一個神祕的工作Offer，他還不明白這家的研究腦機電的公司要他這個學物理的做什麼呢？

後來看了公司提供的工作內容更是哭笑不得，公司竟然安排他這個物理天才參與開發一款單憑人腦就可以控制的腦機遊戲，說是能為植物人或者喪失行動能力的提供康復幫助。宥浩有點哭笑不得，醫學康復的方向好像和他的專業有點不搭啊。可 Neura 公司點名要他，思彤也說這工作看起來好有趣，他也就去了。

那天把測試用的晶片帶回家，宥浩想在家裡測試一下遊戲。沒有想到在公司好好的遊戲在家裡卻怎麼也啟動不了，正當他疑惑不已的時候卻發現自己手腕上的錶針反向震動了一下，他簡直不敢相信自己的眼睛，這怎麼可能？

這可不是普通的腕表，而是一塊靈敏度極高的失重儀啊，他可以根據錶針的震動判斷地球上的重力異常。原則上在地球重力環境內，它將永遠正向震動。除非在實驗室的環境下，不然這麼多年他從未看見失重儀歸過零啊，更別說反向震動啦。

導師還開玩笑說：「除非這塊表壞了或者你進入了另外的時空，不然有生之年都不要指望能看到這塊表反向震動。」

「既然如此，為什麼還要把這塊表設計的可以反向震動

呢？豈不是讓失重儀更容易損壞或者產生誤差？」宥浩反問導師道。

導師幽默的說：「那是為了有一天我們有機會能發現另一個平行時空。」

手錶絕對不可能是壞了啊，難道是自己眼花了，可當宥浩嘗試重新啟動遊戲的時候，同樣的事情還是發生了。正當他驚訝不已，不知所措的時候，思彤推門進來對他說：「對不起，親愛的，今天我的電腦有些故障，我就用你的電腦刻錄了點資料。」

「哦，是嗎？」宥浩定了定神道。

「嗯，本來在整理一些沒有的資料，不知道怎麼就發現了姐姐很久以前畫的那幅漫畫了，姐姐當年為了逗病中的我開心畫了幅漫畫《婦好》，我也很喜歡的那故事，只是可惜了姐姐沒有畫到結尾。其實這件事情還是因為你呢，若不是你，那故事怎麼會沒有結尾？」思彤過來抱著他的肩頭撒嬌著說道。

「怎麼會關我的事啊？」

「當然關你的事啦，誰讓你那麼喜歡耍帥，讓我和姐姐當年都喜歡上了你？因為你我也說了一些傷姐姐心得話，後來我還扔下她陪你來美國念書，一走了之，我知道讓姐姐傷心了，其實我也一直都很愧疚啊，可這些年她就是冷冰冰的不願意理我，我也沒有辦法啊。」

「那怎麼辦呢，你不會打算把我送給她，求她原諒吧？」

「好壞啊你，你老實說，你是不是兩個都想要？」

「兩個，你饒了我吧，姑奶奶，一個你我都快 Hold 不住啦。」

「哼，我諒你也不敢。算了，放過你啦。」思彤說著彎腰去取刻錄盤裡的碟片，還說：「也虧得那時候我全部掃描刻錄了這張盤，不然還真不知道哪裡找，這個故事可比姐姐現在那

些耽美漫畫好看多了，只是有些年頭久了，好像光碟有些損壞，我今天嘗試了幾次都沒有完整修復，要不你幫我看看？」

「好啊，我正好也有公司遊戲事情請你幫忙呢，你看這晶片……」

兩個人一陣忙乎，全然忘記了今天預報灣區有地震，其實這種只是會讓電燈閃一下的輕微震感，誰又會在意呢。那天的震感也確實沒有把很多人嚇到，只不過因為震感造成了電路故障，思彤和宥浩所在的那個地區大面積停電兩個小時。

而那兩個小時裡，戴著晶片的兩個人竟然誤入了一個遊戲時空，不是 Neura 公司腦機遊戲，而是一個莫名其妙的 PRG，裡面的人物竟然全都是當年語彤畫的漫畫。外面只有短短的兩個小時，遊戲裡卻像是整整一生，直到在遊戲生命終結的那一刻，他們的意識才重新回歸。在回到現實世界之前，他們還看到了另一個宥浩……

對，那就是他，一個來自高緯度平行宇宙裡和宥浩對應的一個靈體生命。

當一連串的巧合，巧合的結果就是驚奇。宥浩誤打誤撞的開啟多維時空的裂隙，讓他這個來自高緯度的靈體生命掉入了他們設定的遊戲時空。原本他是可以自由的通過裂隙穿梭的，後來卻因為思彤的突然離世發生了一連串的變故。

他不但失去了和宥浩的聯繫，甚至被迫卡在了兩個平衡世界的裂隙之中，他嘗試回到靈界，不行。他想進入一片混亂的遊戲時空，也做不到。

雖然身為一個高階靈體，他覺得總會有辦法脫身，再不然等待師傅大聖靈的召喚就好，所以他也並未算太慌張。可就這麼卡著也真不是個事啊，正在他百愁莫展之際竟突然被一陣突如其來的強力的腦電波俘獲，他竟然不由自主地被那股力量拉

了出去。

是她，語彤，正好在宥浩的家門口憤然轉身而去……

他被她拉著到了她下榻的酒店。其實他知道她是思彤的姐姐。看著她一個人在酒店裡喝悶酒，灌了那麼多，醉得東倒西歪，醉紅睡未熟，淚玉春帶雨的，他不知怎麼得竟然說不出的心動，他忍不住伸出手，想要觸碰她。他想替他撥一撥那凌亂的秀髮，儘管他知道那是不可能的，因為他還沒有在這個世界顯形的能力。

沒有想到她竟然突然抬頭盯著他看，還嚷嚷道：「宥浩……你就是個大壞蛋，超級大壞蛋。你怎麼能睡了我，就不認賬？」

什麼，這是什麼情況，她能看見自己？

她嚷嚷完了再痛哭流涕，「你說，我都不介意，你為什麼要介意？你明明知道我喜歡你，你為什麼還要這樣對我？為什麼，為什麼？我不過就是想和你在一起？為什麼就不行，我不介意你把我永遠都當成她，你當我是思彤好了，只要你別這樣，別這樣，別拋下我……求你。」

她對著她嗚嗚嗚地大哭，就像是她真能看見自己？他一瞬間也不知道自己該給她什麼反應才好，他其實有被嚇到了，這怎麼可能啊？這個世界很少有人能看見高階靈體，即使是和你相通的本命體。連宥浩也只是在進入遊戲虛空的時候才能看見他，在這個世界從來都只能聽見他的聲音啊。

而她，不會真的能看得見自己吧？看她又醉了過去，他想，怕也只是喝多了，想起宥浩了吧，唉，還真是個花癡一樣的女人。他搖搖頭，溫情得注視著她，她卻突然反過來撲進他懷褡，熊抱著他不肯鬆手，嘴裡嘟嚷著：「宥浩，你個大壞蛋，不要離開我，不要，我不許你走。」

然後也不知道哪來的力氣，對著他的脖子就使勁地咬，疼

的他那是一個激靈。接著竟然還想扒掉他的衣服。天呢，身為一個從來未曾和人類有過肢體接觸的高階靈體，他，哪裡見過這陣勢？電流和熱浪交替波浪般潮湧而來，萬瓦鱗鱗若火龍，日車不動汗珠融，這身體裡燥熱的感覺實在讓人難以招架，他不能自控想要勃起，想要回應她。手無足措之間被她折騰了個夠，然後這小妮子竟然心滿意足，衣不蔽體的抱著他在沙發上睡著了？

第五章

我銀漢迢迢暗度而來，
與你相逢是天命，也是必然

懷裡的女人，雲腮香肩，睡意香甜，長長的睫毛一闔一闔，他被這甜蜜，瘋狂一萬點暴擊，迷亂的心情久久不能平息。唉，這算是那門子戲呢？依照他的修為他根本沒有能力顯形的啊，可這個女人為什麼不但能看見自己，竟然還可以和自己如此這般雲雨？難道這是師傅大聖靈所言的必經的修為之路？

「我該如何才能上升為宇宙閒最高階的九階靈體？經過了幾萬年的吞拿吐息，也回應過師傅，大聖霧你無數次回流召喚，可我在聖靈流內回溯往復這麼多年，卻始終進入不了像師傅這樣大徹大悟，渾然忘我，與宇宙儼然一體的最高階狀態。」

「孩子啊，本就是如此啊，你師傅我雖然不是宇宙唯一真體，可你也知道高階靈體根本沒有幾個能夠突破第九階的，成為宇宙真體的，你又何必執著於此呢？霧的宇界本來就是虛無飄渺的，不要總是想著要抓住某些東西才好啊。」

「師傅言之有理，也許是我太執著與圓滿了，我也想就此放下，坦然，釋懷。可最近不知為何，我總是覺得自己缺失了什麼東西，而且這種感覺越來越強烈，強烈到讓我好想即刻前去尋找。」

「你想去哪裡尋找呢？」

「我其實也說不清。我連自己缺失的是什麼都說不清楚，又怎麼會知道去哪裡尋找？」

「孩子啊，那大概是因為身為高階靈體，拋去肉身太久了

序章

吧。靈體總歸也不過是宇宙的精氣，靈力也只能因物質而凝聚啊。你想要抓住的大概是靈體曾經的那些古老記憶吧，那些切膚的質感，肉體上的痛苦和歡樂。」

「那些都是宇宙的基礎知識啊，師傅，我怎麼會不懂，我很清楚那些感覺啊，師傅。」

「不，可能你不是真的懂了。去吧，孩子，也許只能送你去邊緣時空的裂隙啦，我為你破除平行時空的重力阻滯，讓你穿越黑洞進入低階時空裡面體驗一下，唯有此法能讓你明白了。」

「師傅，我為什麼要去低階時空嗎？我明明尋找的是高階上升之路啊。答案怎麼會在低階時空裡面呢？」

「靈的世界是由精氣彙聚而成，精氣並不是虛無的呀，它的根源是宇宙萬物，是物質世界啊，孩子。去吧，你是少有的有靈慧之根的孩子，如果你想突破修為，成為真體，這是必經之路啊。」

「好吧，大聖靈師傅，既然你如是說，那我就去嘗試一下吧。只是我有些奇怪啊，師傅，明明有突破成為真體的方法，為什麼師傅以前從來不告訴我們呢？」

「因為這方法有很大的風險啊，孩子。在你臨去之前，要切記我一句忠告，千萬不要迷失在低階時空裡，不然你真的可能永遠都回不來啦。」

「怎麼會啊，師傅。你不是可以召喚我嗎？」

「只怕你到時候不想回應我的召喚。你要知道去時裂隙一旦關閉，你就再也無法回應我的召喚啦。」

「不會有那樣的事，師傅就放心吧。」

「那就好。」

看著懷中的伊人，他難掩溫柔，輕輕地抽離手臂，替她蓋

33

好被子。嗯，等下她醒來之後，該如何和她解釋呢？要先解釋，再表白嗎？就像人類世界所有的情侶都會做的那樣？

可她會接受我嗎？畢竟我不是人類啊，哦等等，她不會永遠都當我是宥浩的替身吧？這可不行啊，那她萬一不接受我怎麼辦呢？哦，問題真的好複雜，好想讓自己不在意，可真的好難停下胡思亂想。

他還在想著這些亂七八糟的呢，沒有想到她的語彤醒來之後，根本看不見他的人，也聽不見他的聲音。繡幃睡起，殘妝尚淺，怎麼會什麼都忘了？藻井凝塵，金梯鋪蘚，寂寞風絮紛紛，煙蕪苒苒，永日畫闌，她獨自一人。這下他真的要崩潰了，這，這怎麼可能啊。簡直要瘋了，這個昨天晚上還和自己瘋狂做愛的女人，一早醒來怎麼能什麼都不記得？你怎麼能這樣？

他一路跟著她，去機場，回臺北，可無論他如何努力，她也聽不見他的聲音，他甚至還得忍受某些時刻，她會和其他男人調情，甚至曖昧……看著那些男人有意無意地觸碰她的胳膊，他簡直都要瘋了，可他什麼都做不了啊。幾番抓狂之後，他強迫自己冷靜下來，就當這是課業修行吧，他對自己說。

還好他可以在這個人類世界暢通無阻，想去那裡也都可以，那就既來之則安之吧，畢竟自己也是個靈體，想要在人類世界顯形了，不過就是點時間問題。可那哪裡是一件容易的事，南極北極，喜馬拉雅的山之巔，馬拉地的海底峽谷，他全嘗試過了，一個突破顯形，他整整用了三年的時間。

還在這熬人的時間裡，他的語彤在喝醉的時候總能看見他。只是這個小妮子，你不知道她那天高興了會喝得一塌糊塗，有時候又突然會幾個月都是點到為止，從不見醉，讓你真是搞她不懂。他其實不捨得她喝那麼多酒，畢竟太傷身體，她的胃又不好。可他被她看見啊，那只能等她喝醉了才有可能啊。

他擁著瑟瑟發抖的她，輕吻她的耳廓，她優美的頸線，手指穿過她的髮絲，把她的頭緊緊的攬在懷裡，他知道每次他這麼吻她，她都能安靜下來。可如果把這三年裡的一切都說給她聽，怕是兩天兩夜也說不完吧？嗯，怎麼才能讓她相信我呢？

他喃喃道：「語彤，相信我，我不可能有任何惡意啊。我真的是你的宥浩，只屬於你的宥浩啊。我知道這一切聽起來難以令人置信，可你真的要相信我，我不是這個世界的宥浩，但我是和他相通的，來自另一個平行時空的靈體。你冷靜一點，讓我把所有的一切都告訴你，好嗎？」

纖雲弄巧，飛星傳恨，我銀漢迢迢暗度而來，與你相逢是天命，也是必然。一夜柔情似水，佳期如夢，何必管他真與假？開一樹好花望一溪明月，不知今時是何人？只是這懷抱一如往昔的溫暖，他真的是她的宥浩吧？即使是幻覺都好吧，只想好好享受這片刻被身心融化，她緩緩地伸出手攬住了他的背，突然在他懷裡開始輕聲啜泣。

「不怕，你想哭就哭吧，嗯，以後你再也不會是一個人，語彤，從現在開始，讓我在你身邊保護你吧。」他小聲安慰道。

她真的開始放聲痛哭，在他的懷裡和淚語嬌聲又顫，他也只能盡力抱著她，輕拍她的背。半響她停止哭泣，抬眼望著他說：「我一直知道我病的不輕，從幾年前開始出現幻覺，我都知道。可你知道我為什麼不想去看醫生嗎？因為我捨不得你。若是，若是這病真的好了，我豈不是再也見不到你啦？我只是沒有想到自己幻視幻聽的病已經嚴重到了如此程度，竟然在酒醒的時候也能看到你。如此甚好，甚好。」

「語彤，我的傻瓜，你聽我說，不是這樣的，我是真實的啊，我真的是你的宥浩啊。」他拉著她的手走到餐桌邊坐下，笑道：「你總不會以為這粥也是你幻想出來的吧？這可是我一

大早起來，花了幾個小時給你做的，算了，餵你吃好不好，其他的，我慢慢再解釋給你聽啊。」

她倒是真的很乖的讓他餵了吃，他便一邊餵她吃飯，一邊從頭到尾的給她解釋。語彤聽得一個勁犯傻，心想，我真的是精神病入了膏肓了嗎？幻覺竟然可以真實到如此程度，難道還是這一切真的不是夢？

她呆呆地看著他，聽他笑著說：「我知道這一切都很難理解，可我會向你證明這一切都是真的哦，這樣好了，等你冷靜下來，我們可以一起去找宥浩，他可是知道我的存在的，雖然他從來沒有在這個世界裡見過我的真身，卻對我的聲音很熟悉。原本我可以感知他的一切的，可自從三年前遇見你的那天，這種感知就轉換到了你身上。」

「三年前嗎？那天？我們是怎麼遇見的？」她有些像是自言自語的囁嚅道。

「你不會真的忘了吧？就是，咳，就是你那天去美國找宥浩，後來你回到酒店，那個，我們兩個，那個，第一次……就那個什麼啦，你很主動地撲過來就要……又摟又抱又摸又舔又親又咬的，我那衣服啊，都差點被你扯爛了……因為在靈界從來沒有這種事，所以我也是第一次，你當時就那麼直接騎到我身上……當時我也是給嚇到了啊……」他多少有些語無倫次的解釋。

「你……快別說了……」

她的臉頰已經成了紅透的蘋果，如此隱祕的個人性幻想，她本以為全世界也只有自己一個人知道。沒想到卻被人當面說穿，他怎麼能連細節都還記得這麼清楚？羞澀伴牽伴，嬌饒欲泥人，語彤有些本能地想打斷他的話，微微背過臉去，臉頰也紅了一片，她抿了抿嘴，舔了一下嘴角的米粒道：「那天我喝

那麼多，記不清啦……不過明明是你主動的。」

「是嗎？」看見伊人如此可愛，他心中一動，只道：「就算是我主動得好了。」

突然猝不及防的吻了過去，舔拭她嘴角的米粒。她被他的動作嚇了一跳，有些嗔怪道：「不要，別這樣啊，不許你突然襲擊。」

「嚇到了？」他微微一笑道：「我啊，就是想讓你感受一下我那天的心情，呵呵，寶貝，你呀，快去洗臉刷牙，等我收拾一下廚房，我們一起出去買菜，有好多東西要買呢。你看看你自己一個人生活，還總是胡亂吃東西，冰箱裡竟然沒有什麼可以做飯的用的人，這些年我看著有多心疼啊。」

「你竟然還可以陪我出去？」她依然自語道。

「當然啊，你以為我是什麼，我可不是你的性愛玩具機器人，雖然那方面的功能也很不錯。」

「什麼啊，誰說你是性愛玩具了啊。」

第六章

我也不想這麼委屈自己的，只做你的性愛玩具啊

「我也不想這麼委屈自己的，只做你的性愛玩具，肉棒按摩器。可每次你都是因爲那方面的需要才召喚我過來，這兩、三年除了那方面，其他的事情我哪裡有機會爲你做？」

「什麼嘛，不要說這麼色情的話，明明是你趁我喝醉酒的時候自己跑過來的。」

「呵呵，好吧，寶貝，就算是這樣吧，你說什麼就算是了。」

「嗯，那你的先告訴我，你還能做什麼啊。不會只會陪我去賣菜吧。」

「小傻瓜，」他摸了摸她的鼻子道：「你可別太小看我了吧，我可是高階靈體哦，你們人類能做的，我全部都可以，你們做不到的，我也可以。」

「比如呢？可以預知彩票號碼嗎？」她好奇的問。

「呵呵，要那東西有何用？」

「你不會不知道人類社會是個經濟社會吧？」

「知道啊。可我們靈體從來都只取自己所需啊。而且人間運行的規則也是宇宙規則的一部分啊，豈能被我隨意控制啊。」他笑道。

「那就是不知道彩票號碼了？」她嘟嘟嘴道。

「嗯，完全不知道。我的語彤不會因爲我不知道彩票號碼就不要我了吧？」他笑得曖昧。

「哦，那倒不會，你要是眞能預知彩票號碼，我才怕自己

會墮落呢。不過你不會打算在我這裡住下，以後讓我養你吧？」

「嗯，有這個想法，你願意嗎？」

「嗯，你吃得多嗎？」她調皮的說。

「呵，靈體根本是不需要吃飯的，不過人間的美食如此之好，有時候陪著你享受一下，也很是不錯。」

「噢，不吃飯還可以幫忙做家務，如果這樣的話，養著你還是可以的。不過話說回來，你剛刷了一下就把我的刀拿走了，那到底是魔術還是超能力？」

「你說呢，寶貝？」他索性一個瞬移過來抱住了她。

「你，你不會真的有超能力吧，你剛還給我說什麼你去了雪之巔，馬拉的海底修行，難道那些都是真的？」

「我沒有必要對你說謊啊，語彤。」

「那你帶我去，讓我也看看，我啊，這輩子最大的夢想就是，坐在雲彩上看星星。」她故意把小臉一揚，盯著他的臉說。

「你個小傻瓜，哪有你想得那麼浪漫，那裡根本沒有空氣，有的全是紫外線，我要帶你去那些地方，真不知道你能堅持幾分鐘，人這樣的生命體是根本不可能暴露在那樣的環境之下的。」

「你不會是做不到，找藉口吧？」

「呵呵，根本不用找什麼藉口，帶著你一個人類生命體啊，確實做不到。」

「切，我還以為有個超能力男友有什麼好的，原來也莫過如此。」

「什麼叫莫過如此啊？難道在床上還不夠厲害嗎？嗯……是不是你想得我都能滿足到？」

他的手竟然不知道什麼時候偷偷地捏了捏她的腰。被他說的臉上一陣熱辣，紅葵雨，青棗風，想起昨夜燥欲的火光，液

欲的流膏，她真是羞愧難當。芍藥輕啼煙，倚晴花枝枝微顫，在床上還真的從來都衹有她想不到，沒有他做不到。

　　「寶貝你知道嗎，昨天晚上其實是我是第一次真正意義上的抱你，雖然當然會照顧你的感受，但是我按照自己的心意在主導。曾經那些次可都是你的性幻想，只不過你以某種方式把告訴了我，讓我幫你實現罷了。」

　　「你快別說啦，我哪有那麼淫蕩。」她的臉都快變成熱氣球了。

　　「淫蕩？哪有啊，寶貝，我可是喜歡得很呢，要不今天晚上我們再試試？」他抱著她依舊調笑。

　　「走開啦，」她推開他道：「快去洗碗吧，以後都是我養著你了，什麼都得聽我的安排。」

　　「好，就聽你的。」

　　她到了衛生間洗漱，赫然看見自己的蕾絲褲頭就懸掛在那裡飄蕩，天吶，他竟然替自己洗了內褲？她依然沒有辦法確信，這一切都是真的，掐臉咬胳膊真的很痛哎，刷牙的時間她不放心地又開了兩次門，幾次三番確認他在廚房的背影。

　　天哪，這一切竟然都是真的？看了看鏡中的自己，完全的素顏，散亂的頭髮……剛才他竟然也親得下去。還是趁這個空檔，趕緊洗個臉吧。

　　認認真真的化妝，折騰了半天，最後塗上了口紅，放下頭髮，看了看鏡中的自己，嗯，這個樣子還差不多吧？就這麼一回頭，竟然看見他站在門口似笑非笑的樣子，也不知道那樣看了自己多久。

　　她這麼一驚慌就碰到了衣架，那雷聲那蕾絲小褲頭就那麼調皮地晃了晃。

　　「呵呵，早知道你化妝需要這麼長時間，我是不是應該補

一覺先啊。昨天晚上因爲你可沒有怎麼睡覺。」他笑道。

「噢，那個啥⋯⋯靈體也是需要睡覺的嗎？」她正慌亂地回話，他卻上前一步，還以爲他又想抱自己，她下意識地躲了躲，沒想到他只是把那幾乎要掉的衣架重新掛好。

看他掛著自己的蕾絲褲頭，神情竟然也可以如此淡然？難不成在你看來給女生洗內褲是一件很正常的事嗎？好色情的好嗎？不知道我家裡有洗衣機嗎？不知道我從來不手洗衣服的嗎？明明扔進洗衣筐裡就好了。

「啊，那個，這不需要你單獨洗了，我通常都是會和衣服一起洗的。」

「嗯，我當然知道，不過昨天你的內褲實在太濕啦了，和其他衣服放在一起不好吧？所以就單獨替你洗了。」

「什麼你說什麼呢？就那也不讓你洗。」

「你不是說要我幫你做家務嗎，衣服當然由我來洗啦。怎麼樣，要不要衣服我也來幫你換啊，你化個妝都要這麼長時間，換衣服豈不是讓我等得更久？」

「不要啦，我很快的。」她連忙捂著自己單薄的睡衣跑開了。

打開衣櫃開始翻箱倒櫃，天哪，我應該穿什麼衣服？這應該也不是約會。他剛說的是我們出去買菜，那就是去超市了？而且他好像穿的很居家休閒，那我就穿這套配他吧。

走下樓，再一次怔住了。他竟然不知道什麼時候換了套衣服，完全和自己身上這套不配嘛。

「你⋯⋯你什麼時候換的衣服啊？你有帶什麼行李嗎？我根本沒有看到哎。我是爲了配你剛才那一套衣服才選這件的好嘛。」

「這樣啊，我都說了，我幫你換衣服了。」他笑了笑，隨

即眨眼的時間就換回了原來的樣子，笑道：「哪裡需要衣櫃那麼麻煩啊，心之所想就可以了，你不是問我有什麼超能力嗎？或者可能這個算吧。」

「嗯，你這超能力雖然沒有用，不過如果去做魔術師，想必也可以混口飯吃。」

「都說了我不需要吃飯才能生存，不過不過享受人間的美食也是一個不錯的經驗，哈哈，不過讓我和語彤在這個世界的生活稍微愜意輕鬆一點，我還是有這個能力的。」

「你不會真的有在計畫著什麼吧？」

「當然有，我雖然不能帶你上天入地，但你想住在這個世界的任何一個地方，任何一個城市，任何一個鄉郊，我倒是都可以幫你實現。」

「你講真的啦。」

「當然，我什麼時候騙過你？」

「不需要買房子嗎？」她故意講笑。

「買房子？那只是人類的經濟遊戲。我說了，對於我們靈體來說，念即是世界，只要我們需要的東西便自然會有了。或者你不太能理解控制心念的世界是什麼意思，但基本上就是如果我需要的話，有些東西自然而然的存在，如果我不需要，他們就會自然而然的消失，心念的世界只是需要，從來不會多也不會少。」

「那豈不是你想要多少錢都可以？鑽石可以嗎？珠寶首飾衣服，汽車房子都可以嗎？」

「這些都不是我想要的，心念的世界也不是如此貪婪的，或者反過來說，那麼貪婪也不會是心念的世界。使但理論上的確是可以的。」他看著她，眼神瞇瞇的就像貓咪在看著他最愛的拉丁魚罐頭。

「那麼我們還去什麼超市啊？你想一下不就可以了嗎？」

「可是我剛想的就是去超市啊。以前總是看你一個人，我就想有一天我能夠顯形，我就陪你去。」

兩個人像普通情侶一樣逛了超市，買了點日常用品，她突然若有所思的問：「我該怎麼稱呼你呢？好像總是叫你宥浩，有點不太好，你沒有自己的名字嗎？」

「沒有，我們那個世界沒有名字，其實名字只是一個稱呼而已，你一直都這麼叫我宥浩，繼續這麼叫也挺好啊。」

「可我覺得不好啊，你畢竟不是他，另一個世界對應的靈體到底是什麼？像是雙胞胎好像又不是啊。難道是像是同一款軟體的升級版？」

「你這樣理解也不錯了，嗯，那你是不是喜歡我這個升級版多一點啦？」他突然轉頭盯著他的臉小聲問。

「那就看你以後的表現啦。」她故意裝作漫不經心地回答，心裡其實一個咯噔，是啊，她喜歡的到底是誰呢？

「我以後就叫你勛吧，不是勳，是勛，李勛。」她也不知道爲什麼腦海裡就突然蹦出了這個名字。

「好了寶貝，隨你喜歡。」心有靈犀一點通，身無彩鳳雙飛翼，他停下腳步，也不問他爲什麼，只是眨了眨眼看著她。

兩個人相視一笑，到了前臺買單的時候，語彤卻突然神祕兮兮的對著收銀小姐說：「你看見我旁邊的那個人嗎？」

第七章

語彤，嫁給我吧

　　不明就裡的收銀小姐頂頭點點頭道：「嗯，還有其他什麼需要嗎？」

　　「哦，沒有，我是說，你真的看的見他。」語彤不死心地繼續追問了一句。

　　「哦，看得見。」收銀小姐有些不耐煩，心想，有個長得帥的男朋友也不用這樣拽吧？嘴上還是很禮貌的說：「所以，請問你們兩個誰買單？」

　　「我來吧。」他走過來輕快地說。

　　「哦，還真的有需要就有錢可以買單啊。」

　　收銀小姐不由得皺了皺眉頭，心想這個女的八成是個神經病吧，或者對這個男友中看不中用，是個窮光蛋嗎？感知到收銀小姐的想法的他也沒有說什麼，人類世界的這些錯綜複雜的想法他其實也沒有什麼興趣理會。可正如語彤說的，人類世界是個經濟社會嘛，他怎麼會不懂？雖然他並不認同這低等時空的愚蠢法則，可既然決定要以顯性的肉身在這裡生活，他也沒有理由不遵守遊戲規則。只是微笑著遞上了，一張鑽石黑卡。

　　語彤，那麼就讓我在這裡時空陪著你吧，在這天下人間。你想到哪裡？我都陪著你去。

　　天怎麼會那麼輕易隨人願？兩個人還在從超市出來在停車場，語彤的電話響了，對方講的英文，是加州三藩市一家公立醫院打過來的電話。對方說有一個病人 Michael Lee，已經陷入

了深度昏迷的狀態，而他的緊急聯繫人一欄填的竟然是她的名字。Michael Lee 那不是宥浩的英文名嗎？這是什麼情況？語彤頓時傻眼了，望向了身邊的勛。

明白她的擔心和疑惑，勛連忙解釋說：「語彤啊，我的顯型不可能對宥浩造成什麼影響的。我和他不是有我沒他的關係，我們是可以同時存在在這個時空的。雖然我不能和他再發生完整的心靈感應，但我大概知道他發生了什麼。你放心，我們可以一起去美國，我有方法能救他。」

「真的嗎？那就太好了，要不我們明天就訂機票過去看看吧？」

勛不是宥浩啊，他不是。語彤臉上這急切的表情，還有剛才接電話反應的緊張和擔心，勛全都看在眼裡啊。海畔尖山似劍芒，橫來兀處割斷腸，繁花亂我心，無空添煩擾，語彤如此掛心李宥浩的表現，讓勛的心莫名其妙地堵塞加難受，他知道自己這大概率是吃醋了。

盯著她沉吟片刻，突然壁咚一聲，把她堵在了後面的柱子上，語氣有些幽怨的道：「假如說明天，我有什麼意外，你會不會也這麼擔心我？」

他這樣的表現，讓她有些愣怔，語彤咽了口氣道：「你說什麼呢，我才不要你有什麼意外，你不是說要守護我的嗎？說話可要算數啊，你要陪著我永遠都不能離開。」

「永遠嗎，你這一生的永遠，好嗎？我想留在這裡，留在這裡陪你一直到老。」

「這樣想來好像不合適，嘻嘻，」語彤說著自己都忍不住先笑了出來，「你是靈體，應該不會老吧，這等到我七老八十的時候，還和一位年輕的帥哥一起，豈不是要惹一眾人非議？所以我看你還是回你原來的地方去吧。千萬別再給我什麼承諾

呢，我若當眞，那豈不是眞的傻了。」

「語彤啊，」這半眞半假的戲言卻讓勛的心一陣刺痛，明知蓬山此去無多路，青鳥依然殷勤爲探看，「外表是問題嗎？人生幾十年，你想要我什麼樣子？我隨你的心意變化便好，我只是想問你，難道你剛說的永遠只是說說的嗎？」

「嗯，我……」被他的認眞，受傷的表情嚇到，語彤一時語塞。勛卻一口氣吻了過來，絳唇漸輕巧，雲步轉虛徐，這一吻讓她差一點透不過氣來。

「你……你這是幹什麼啊，這是公開場合，被人看見了，多不好意思啊。」語彤費勁推開他說，「還有，今天的吻技怎麼這麼爛，你平日可不是這樣的，允的我上不來氣。」

「那些技巧是問題嗎？嗯，你的心才是吧？所以你的心到底是怎麼想的，我的語彤？你眞的想我回去嗎？」

「我……我其實也不知道該怎麼說……」

「不知道嗎？語彤，我還沒來的及跟你說，我回不去了。」

「什麼，你這說的什麼話？」

「其實能讓我回去的那個裂隙這些年都一直在慢慢變小，就在我修行顯性快要成功的時候，我發現它徹底消失不見了。」

「什麼？你的意思是說你回不去了嗎？」語彤驚訝地反問道。

「是的，大聖靈其實對我進行過聖靈召喚，可我……」

「你沒有回應？」

「是的，師傅當年警告過我的，但是那時候我馬上就可以顯形了，想到馬上就能見到你，我就沒有回應召喚。」

「你傻啊，你應該先回去再說啊，你回去的話，說不定還可以再來啊。」

「是的，我或者可以再來，但靈界一天，這裡可能是百年，

我即使能再回來，怕也再也見不到你。」

「一定還有其他方法的，對不對？」語彤都有些急了。

「或許有一種可能我能回去，那就是靈界萬年一次的聖靈流會，那時候大聖靈會以自己的消失為代價啟動聖靈流，召喚所有靈界的聖靈，像河流一樣穿越她，如此一來可以修復所有的意外代碼或者基因錯誤，讓靈界再次回復到完美。」

「什麼，自己消失為代價？這是什麼話？所以說你的師傅每萬年會消失一次。」

「不是會消失一次，而是完全消失。」

「我其實不懂了，這是什麼意思？那你豈不是沒有師傅啦？」

「不會的，接著會有另外一個大聖靈真體出現，如此往復。大聖靈師傅無真無相，在我們普通的高階靈體看來，師傅幾百萬年來一直都是一個真體。」

「原來修行到宇宙最高的真體，結果竟然是消失？」聽到這番奇葩言論，語彤也真的是傻眼了。這修行到至高無上的境界，成為宇宙真體，不是擁有了全宇宙的意思嗎？一個擁有了全世界，不，全宇宙的人，怎麼會主動消失呢？難道他師傅是被逼的？

「大聖靈師傅每萬年消失，不會有什麼難言之隱吧？」

「難言之隱？怎麼會啊。」勛淡然一笑道：「應該說是迴圈，是天理，或者你也可以理解成輪迴，其實這些好像都不對，算了，因為你們人類世界沒有這個概念，你也別就糾結我說的話了。」

「說得也是呢，我想那麼多幹嘛，就算我想，也想不明白啊。那上一次聖靈流會是什麼時候啊？下一次是不是快到了？到時候你就能回去了，說不定也不用等太長時間。」語彤回應

道。

「呵呵，其實上一次聖靈流其實剛剛結束。」

「那豈不是要你在人間世界再等幾萬年？」語彤瞪大了眼睛。

「靈界的幾萬年大概相當於這裡的幾百萬年吧，是啊，或者在這裡等幾百萬年，到時候應該可以回去了。」

「這是什麼混賬話，幾百萬年，你開什麼玩笑呢。這和不能回去有什麼區別？你傻啊你，為什麼不在那個裂隙關閉前回去呢？」

「因為想和你在一起啊。」勖微微一笑。

「就為了和我在一起？這短短幾十年？然後在這人間孤零零等上幾百萬年？等等，不應該是這樣的，你不會是有其他計畫吧？」我走了之後，他也會認識很多朋友，並不會孤零零的吧？嗯，畢竟這人世間，若是不擔心生存，也不會生老病死，那其實和天堂也差不多了，嘻嘻，說不定，他還會生活得蠻快樂的呢，想到這裡語彤倒是有了片刻的心安。

大概也知道她在想什麼，勖淡淡地道：「你啊是我在這個人間世界唯一的心靈相通，我因有你的刻印才能修煉顯性，你若是走了，這顯性自然也就不復存在了，接下來幾萬年也好，幾百萬年也罷，也許只能以一個靈魂的姿態存在與這天地之間。」

「你開玩笑的還是真的？」

「如果我的語彤聽到這些感覺有負擔的話，親愛的，你就當我講的是玩笑話。」

「你……你尚不知我心意，即使你有心，我有意，如此大的代價，值得嗎？」

「如果我覺得值得，那就值得。語彤，所以你願意回應我

的期待嗎，請你原諒，我是如此急切的，迫切地想要確認你的心意。」

「不是個高階靈體嗎，怎麼像個傻子一樣？在愛情之上，人類是多麼地善變，你都不知道嗎？」

「我知道，但三年來的相處點點滴滴不是假的，我相信我可以和你長相廝守，一輩子護你周全，語彤如果你願意，就請你允許我以你們人間特有的儀式來履行我的這個承諾吧。語彤，嫁給我，和我結婚吧。」

「你……你這剛剛是向我求婚了嗎？」

「是的。」

「這都是哪跟哪，簡直是要瘋了。」

焰騰騰烈火焚燒了襖廟，白茫茫浪淘天水淹了藍橋，這昨天一晚上的金風玉露，完美性愛，該是多麼的千金難買？語彤心想，我昨天晚上我還在泡著酒吧，就今早去了趟超市，回家的半路都還沒到呢，突然就有人向我求婚了嗎？還非要叫我給他一個一輩子的承諾？

說什麼靈界萬年的，人間百萬的，我想若不是我瘋了正在做夢聽到這番話，那大概就是這個世界瘋了吧。這世界看來真的是，瘋了，若不然哪裡來的靈體呢。難道真是我假想出來的？

這是哪裡赫然出現的一捧鮮花？粉色的絲帶還打著蝴蝶結，勛突然單膝跪地，滿天滿地落櫻繽紛。天邊突然有鐘聲響起，怎麼還來音樂特效了？起奏的是什麼歌？《Fix you》，你怎麼知道我喜歡聽這首歌？啊，若是你經常和我在一起，不知道我喜歡這首歌才奇怪吧。

「語彤，嫁給我吧。」

滿眼人欲醉，甲光才觸一時醒，薰香了動漫，勛啊勛，我花拂人醉，人醉也要花扶。罷了，罷了，真的假的又有什麼所

謂，不瘋魔不成活，如果是幻相，那就讓我活在其中吧。就算
我真的瘋了，又能有什麼關係？這個世界多地是瘋子，也不缺
救世主，瘋子都稱自己是救世主。

「好，我答應你。」

第八章

我的條件就是，即使在遊戲裡，
你也不能和其他男人睡

指尖微動，燈光穿過纖纖玉手，這斂斂的光芒，凌眸暈目。我還能反悔嗎？仿佛能看穿她的心思一般，他只是一笑打了個橫抱，一個心念，兩個人已經回到了家中。

「想反悔，可就由不得你啦，寶貝。」

「切，放下我了。有這個能力，我們剛還開什麼車出去超市啊，哦，對了，我的車還在停車場呢。」

「你放心吧，已經在車庫了。」

「哦，那就好，你快放我下來了。」

「嗯，都好，那我們要不要談談婚禮的事？」

「婚什麼禮啊，不是說好了要先去救宥浩的嗎？你還沒有給我說他到底怎麼了呢？嗯，你不會還在吃他的醋吧？」語彤故意眨巴，眨巴眼睛說道。

「你想聽真話還是假話？」

「當然是真話。」

「真話啊，那好吧，我承認我剛確實是吃醋了。不過這一會兒，肯定沒有啊，你都答應嫁給我了，我還怕什麼，我肯定的相信自己老婆啊。」

「什麼，什麼老婆？」語彤的臉通一下紅了，紅過漫脫的紅霞。

「你難道想反悔不成啊？那可不行，我剛給你的那個，可是你自己的誓言之戒，你只要反悔那個戒指就永遠脫不下來

了。」

「什麼，你開什麼玩笑，有這種事？」語彤嚇趕緊嘗試著取下戒指，噢，他鬆了一口氣，「你唬我，這戒指不輕輕鬆鬆地取下來了嗎？」

宥浩淡然一笑，輕輕吻了吻她，又摸了摸她的頭，柔聲道：「寶貝，謝謝你。」

「謝我什麼啊？」語彤一陣莫名其妙。

「因為只要這個諾言之戒還能自由地取下來，就說明你的心意沒有改變啊。」勛輕笑道。

「不是吧，這什麼鬼戒指啊。」

「誓言之戒啊。」

「那我們現在總能去救人了吧。」

「那是當然，老婆大人有什麼吩咐都可以。」

皚如山上雪，皎若雲間月，三年來苦苦思念，總於得償所願。我願得一心人，白首不相離。我愛你呵，我親愛的語彤。如果你想去救宥浩，我當然會陪你去，無論你想去哪，想做什麼，從此以後我都會陪著你，長夜漫漫，我再也不會讓你孤單。

「那我先訂機票吧。」

「機票啊，呵呵，我不是跟你說過了嗎？寶貝，這人間之地，你想到哪裡，不過一個瞬間轉移啊。」

「我沒有想到還可以瞬移那麼遠啊，唉，大概我是太習慣訂機票了。」

「遠嗎？美國離這裡怎麼能算遠呢，一個銀河都算近的，這一個星球之內怎麼能算遠呢。我們先到宥浩在美國三藩市的家吧，正好那裡有東西要給你看。就這麼接了個電話就到醫院，難免惹人懷疑呢，畢竟你剛剛還說得在臺灣呢。」

「嗯，好，都聽你的。」

「乖啦。」

在宥浩三藩市空蕩蕩的公寓裡，語彤才忍不住問道：「你還沒有給我說有好，宥浩他到底是怎麼了的呢？怎麼就會突然在醫院昏迷不醒了。」

「他的昏迷其實也和你有關，而且也只有你才能救得了他。」

「和我有關，只有我才能救得了他？你不是開玩笑吧，勛。」

「當然不是啊，依照我的推斷，我覺得他應該是迷失在遊戲時空裡了。」

「什麼遊戲時空啊？你倒是說清楚一點？」

「你是這個遊戲的原作者，你應該最清楚裡面的內容啊。」

「什麼啊？你在說什麼呢？」語彤徹底迷糊了。

「嗯，語彤，別說你，其實連我也沒有理解這到底是怎麼回事，只不過我確定那個遊戲就是你畫的漫畫啊。」

勛詳細解釋了三藩市地震那天發生的事，語彤聽的那是更加的迷糊了。

「這怎麼可能啊？我畫的漫畫光碟怎麼就變成另一個遊戲時空了？」

「我知道這聽起來不可思議，但確實是如此。在這個公寓裡，準確說就在那個漫畫光碟裡，有連接另一個時空的通道。」勛不厭其煩，耐心解釋。

「可是宥浩他為什麼會迷失在那個遊戲時空裡呢？」

「因為那裡有思彤。」

「什麼你說什麼呢，思彤她還活著嗎？」

「準確來說是他在遊戲裡扮演的那個角色還活著，因為遊戲可以反復，可以重生的，只要不退出，大約還算活著吧。」

「這都是什麼啊？所以你說的意思是宥浩就一直和思彤在

遊戲時空裡玩遊戲？這也是他在人世間昏迷的原因？」

「如果我猜測的沒錯，應該是這樣的。」

「這怎麼可能啊，思彤已經離世了，可宥浩他還活著，他如果就這麼待在遊戲時空裡不出，他可能也要真的不行了吧？」

「嗯，那是肯定的，他如果執意不出來的話，他在人間的生命也差不多走到盡頭啦。」

「那我們到底該如何把他救出來呢？難道也要進入那個遊戲時空嗎？」

「嗯，而且這件事還必須得由你來做。」

「一定的是我嗎？」

「那還是因為誰呀，寶貝。誰讓你沒給這個遊戲寫大結局呢？遊戲如果有大結局，只要通關遊戲，宥浩就可以出來了。不然就只有等所有遊戲角色都死了，遊戲才會強行終結。」

「原來是這樣啊。」語彤總算是明白了一些。

「嗯，如果我沒估計錯的話應該是這樣的。」

「嗯，那我是不是要先去給那個漫畫畫上大結局啊。」

「當然了，這不是老婆，你最擅長的嘛。」

「都說不要叫老婆了。」

「好好，一切都聽你的，老婆大人，如果你說我們要進入遊戲時空，把他帶出來，那我就陪你去。可是我必須得事先提醒你，進入遊戲時空，你就必須化身裡面的角色，一旦化身裡面的角色，你是無法保持你自身的意識的。」

「什麼，你是說我不記得自己是誰？」

「嗯，完全不記得。這麼說吧，就好比是角色扮演，你會以為你真的是你扮演的那個人，只有在某些特定的時間你才會醒過來，例如在遊戲裡你生命終結的時候。」

「哦，那也太殘忍了吧，如果在遊戲裡我不死的話，豈不

是也要冒著迷失在遊戲時空裡的風險？」

「不會的，寶貝，因為如果我嘛。我會在遊戲裡為你保駕護航的，身為靈體，即使是角色扮演，我是可以時刻保持自己的意識的。」

「那也太不公平了吧。」

「嘿嘿，與生俱來的身分，那也是沒有辦法的事啊。」

語彤說他需要兩天時間，準備一下故事的結局。兩個人也一同去了醫院。每個人都覺得這個勛應該是 Michael 的雙胞胎兄弟。勛自然是笑笑，恐怕即使他解釋給人聽，他不是病床上那個人的雙胞胎兄弟，也不會有人信的吧。

畢竟兩個人看起來實在是太像了。

看著病床上那張格外憔悴的臉，再回頭看看身邊這張幾乎一模一樣的臉，語彤也真不知道該作何感想。哎，這都是那跟那啊，寫小說也沒有這麼精彩吧？這幾天的時間，她的生活全都亂套了。這一個男人變成了兩個，她還得和其中一個去救另一個？

我這真的不是在做夢嗎？她再一次使勁地掐了掐自己的胳膊。真的生疼，算了，如果是夢，它終究會醒。那就讓我睡到自然醒吧，語彤下定了決心，霧裡看花水中望月，這真也好，假的也罷，都要勇往直前，這不就是人生嗎？沒有的回頭。

「勛，那我們就去吧。」

「你真的確定要去嗎？」他幫他聊了聊額頭的髮絲，再次柔聲問道。

「嗯，可是，你不會不想救宥浩吧？」

「我只是理解他的心情罷了，我明白他為什麼會迷失在遊戲時空裡，因為並不是出不來，而是他不想出來啊。也許在遊戲裡和思彤在一起，他才是最開心。我只是想說，也許我們的

55

拯救在他看來不過是對他的干擾，所以你還要確定去嗎？」

「可我們不能讓宥浩就這樣躺在這裡吧，不能明知道有方法而不去救他。這樣他真的會死掉的吧？」

「其實生而有命，即使他是我在這個時空對應的生命體，我對干涉他的生命倫常也完全沒有興趣。不過，語彤你想要救他，我一定會陪你去。嗯，其實你要去哪裡做什麼，我都會陪著你。」忽而有些魅惑，他狡黠的一笑道：「不過，送你進去遊戲時空之前，除了要確認你幻化的角色，我還需要你答應我一個條件。」

「條件？」

「嗯，必需的條件。」

「好，你說吧。」

「這裡不方便，出去說。」他拉著她的手，出了病房，來到樓道裡。捧起她的臉，輕吻她的額頭。

「到底是什麼條件，非要背著人才可以講？現在總可以說了吧。」她嘟囔道。

「我的條件就是即使在遊戲裡，你也不能和其他男人睡。」他摸了摸她的鼻子，正色道。

「什麼啊，這算什麼條件，明明只是角色扮演，又不是真的。」

「不，你錯了，那遊戲是個時空，那裡所發生的一切，和我們現在所處的時空一樣，所有的一切其實都是真實的，包括你所有的感覺和身體。你要化身的那個女王可是有一群老公啊，我怎麼可能不在意。」

「什麼啊，那有啊，女王她雖然有好多個額駙，但駙侯只有一個吧？而且我寫她遇到虎霸王之後，好像就只有他一個男人了吧？而且，而且，」語彤有些臉紅道：「你不是要做虎王

嗎？」

「嗯，我當然得是虎王啊，不然讓我把你送給別的男人啊，那怎麼行？所以說啊，不是好像，而是你只能有一個老公，那就是我啊。所以啊……嗯，讓我想想……」

「所以怎麼？」

「所以我就送你進去，你只能從遇見虎霸王開始進入遊戲，嗯，你自己寫的什麼劇情，你最清楚啊，我的老婆大人，被強暴那麼過分，我在裡面又不能告訴真相，我可怕你會吃不消啊。」他抓緊她的手腕把她推貼在牆上，對著她的耳朵輕聲語，她竟然感覺到他的下身都起了反應。

那熱氣哈的她耳根一陣陣發熱，她偏偏被他壓制又動彈不得，「你，你這是幹什麼啊，怎麼能在醫院樓道裡……」

「醫院不行，那你要回去嗎？我們回去做？」

「不是說好要進遊戲時空的嘛。」

「老婆大人，現在就急不可耐的要體驗劇情了嗎？也好，那我就送你進去，陪你在裡面玩吧。」

「什麼玩啊，我們是去救人啊。」

「都好了，老婆你說的算。」

序章終

正章

第一章

虎王這是要和一個死人結婚嗎？

> 天麼麼，地茫茫，
> 大雨將至，商羊鼓舞，
> 龍陽宮，蓋天都，
> 二王大婚，其應至矣。

　　旌旗日暖龍蛇動，宮殿風微喜雀高。二王大婚大赦天下，好多年沒有這樣的大喜日子了，天都皇城百姓載歌載舞。金臺黃道，八駕禦輦昂然而立，風吹五花蓋，露綴九光輿，天都宮一片古樂喧天，文武百官跪地兩側，高呼恭喜虎王，賀喜虎王。虎霸王抱著王后，從龍輦裡出，霓旌照耀麒麟車，羽蓋淋漓孔雀扇，都王官上石階一百零八步，他懷抱著她一步一步拾階而上。

　　懷中的人兒身著王后的盛裝，血色玫瑰金色搖，嬌靨如她，她依然是那麼美。可那依偎在他胸口微闔的雙目，殘雪一樣白的面容，嘴角還有一點烏血絲，悄然滑落下去的手臂，是人都看得出伊人已然逝去。

　　階下文武百官，交口及耳，竊竊私語。吉時到，太陽正當午，使持節手執拂塵捧聖令，有些戰戰兢兢，不知該如何是好，剛他收到的消息是冊封大典照常舉行，他還以為王后不過是受了點輕傷，可現在看這樣子分明人已經薨逝了呀，難道這冊封大點還要舉行下去，虎王這是要和一個死人結婚嗎？

虎王懷抱著她輕聲威喝：「還不宣讀聖令？誤了吉時，你該當何罪？」

「王后，王后她……」

「王后她只是有些疲累，睡著了，你還不宣寡人之令，不想要腦袋了嗎？」

「應天順時，受茲明命。寡人承先帝之聖緒，獲奉宗宙，戰戰兢兢，無有懈怠。聞爲聖君者必立後，以承祖廟，建極萬方。烏月追氏，烏月國月顯女王之女，後繼烏月國女王之位，昔承母命，衍慶家邦，柔明之姿，人品貴重，性資敏慧，宜建長秋，以奉宗廟。是以追述先志，不替舊命，使使持節兼太尉授王后璽綬。崇粢盛之禮，敦螽斯之義，是以利在堂基，母儀天下……」

晚來輕拂，遊雲盡卷，霽色寒相射。

銀潢半掩，秋毫欲數，壺渡橋頭一如多年前你我相遇的那天，分明夜後。我這波瀾壯闊的一生，卻如此之短，短到身爲一位女王，我想愛一個人，想守護一個你都不可以，如果對得起烏月就對不起你，我又能如何？別怪我瞞著你啊，我不想的，即使讓你知道，也奈若何，如果我完不成職責我也不可能放下烏月啊，我更不能奢求你爲我放棄虎國，你也是一國之君啊。如此總歸兩難全，我一直以爲我的選擇了守候烏月是正確的，只這一刻，我也從不後悔那天在竹林的抉擇。兢兢業業十六哉，我終於可以卸下女王的重責，可以從此和你長相廝守，天若能再多給我一點時間，一點時間……便可以。

我的都，我的虎王，我深愛的夫君，對不起，請你原諒我，原諒我與你大婚在即，卻不能恪守此生與你同生共死的誓言，如此月兒怕也只能先行一步了……

只是我還有一心願未了，月好她，她還太小了，她眞的能

擔起我遺留給她的重任嗎？

好兒啊，你……

我一直以為我從真實世界跌落了虛幻的遊戲時空，我一直以為這裡的一切不過是幻象，卻最終發現自己錯了，我錯得好離譜。來時假，去時真，霧裡花水中月，或者我總也分不清哪裡真，哪裡假啦，如此甚好的兩個世界，那麼遊戲的名字就叫《遺忘之境》吧。

我不記得我是誰，又何須記得自己事誰？

幾個月前，虎國國王不顧一眾大臣的反對，突然間昭告天下，迎娶烏月國女王月追，並冊封其為虎國王后，一時之間，天下流言蜚語四起，說什麼的都有。這也怪不得，畢竟這虎國乃當今天下第一大國，一舉一動都牽動這各方的利益。除了臨近的大邑國和烏月還是名義上的獨立國，這周邊的小國井方，田方，鬼方之類早都紛紛臣服的，論國力那有一個能與之抗衡的？

說來這大邑和虎國多年來明爭暗鬥多年，一直是此消彼長的關係，這些年兩國能表面維持和平，暗地裡較勁，大概是因為現任大邑國的王后是虎王都的堂姐姐，前虎國大郡主婦嬈吧，不然以虎國目前的國力，又怎麼會把大邑放在眼裡？

至於烏月，這天底下還有誰不知道啊，烏月這一個彈丸小國在強敵四環之下卻屹立不倒，絕不僅僅是因為烏月山的十八道天險，易守難攻。那啊，是因為世人皆知這虎王都雖然是一世梟雄，氣概過人，甚至被很多人形容冷血殘暴，卻偏偏被傳是那烏月女王的裙下之臣。

兩個人的情事在這十年、八年間早已經傳遍了大街小巷，坊間傳說這烏月女王是一個絕色的肉感妖婦，把虎王勾引的七魂不見了三魄。被她迷的七葷八素的虎王在虎國的副都龍陽大

興土木，只爲了和她日日享受那魚水之歡。說來這虎王都每年也確確實實有幾個月會在龍陽行宮度過。兩個人在龍陽宮你情我濃，酣暢淋漓，本來有些百姓還當這些是茶餘飯後的笑言聽聽，這次國王大婚的告示都出了，難不成那些桃色傳聞都是眞的嗎？

這這掐指一算，這烏月女王也三十有六了吧，如此年紀雖然不能算是老嫗，也是徐娘了，她到底有什麼樣的吸引力，能讓堂堂天下第一的虎王立她爲後呢？這先王后還沒有去世許久呢，虎王就如此迫不及待啦？這虎王都會突然來眞格的，這烏月女王當眞的妖媚如此嗎？

半道客棧裡皆是往來的粗人，鄉野村夫說起這些宮廷祕事，自然是饒有興致，毫不臉紅。

聽一個砍材的正說的吐沫星子四濺，「想當年我們虎國國王那可是虎虎生威，天生神力，微服巡遊到壺渡，一口氣就舉起了岸邊的銅牛，眼見那月國建的浮橋頃刻間就要坍塌了，若不是被當年還是公主的烏月女王一箭偷襲，我們又怎麼會吃了敗仗？十幾年前壺渡那一役，我們虎國可是輸了的。」

一斷臂的醉漢跑過來要酒喝，看他瘋瘋癲癲的，聽得興致正高的人們本懶的理他，他卻抹了一走嘴巴說道：「哼，你們知道個屁，那是那娘們運氣好，幾年後還不是被我們虎國國王報了一箭之仇，連人都給她俘虜來了我們虎國，那娘們，那時候就被我們虎國國王給那個啦，嘿嘿，硬生生逼著她侍寢了三日三夜。」

這一說，所有的人還眞是來了興致。

「當年如果眞的俘虜月國女王，怎麼還會再放她回去？明明官史說得是壺渡之戰，烏月兵敗，甘願臣服，雙方簽下壺下之盟，從此互開布市，和平共處。」

「那都是些官方的屁話，想聽眞的啦，先給口酒再說。」

一眾人那是趕緊的遞上大碗酒。

只聽那瘋漢喝了口，抹了把嘴說道：「我說得才TM都是眞話，怪也只怪我們虎王貪戀那妖婦的美色，捨不得她絕食而死，才放她被人救走了。」

斷臂的醉漢憤憤不平的吧酒杯拍在了桌子上，只道：「可恨我們虎王當年卸下她面具的那一刻，連兵器都掉在了地上，不但捨不得殺她，還說什麼想封她做我們虎國王妃，這等好事那騷娘們竟然在失身之後依然寧死不從，說什麼月國只有女王挑丈夫，沒有女王和人共用丈夫之說，寧可絕食而死，也不做什麼王妃。」

「哈哈，這些市井傳言，兄臺怎麼說得如此勞氣，如果那月國女王眞的受此之辱，後來怎麼又會和我們虎王互通款曲，現在怎麼會答應和我虎國聯姻？」

「嘿嘿，那娘們就仗著自己的幾分姿色故弄玄虛，把虎王唬得一愣一愣……這世間之人皆聞聽那烏月女王貌美，你們有幾人親眼所見？那娘們在戰場上不但從來都是戴著面具的，還往往有眾多隨從也全都同樣衣著和面具，外人根本無從知曉那個才是眞正的女王。那天的面具虎王可是親自一個一個卸下，卸到第八個，我便聽到他的兵器落地的聲音。如今她怎般模樣，我不得而知，當年……嘿嘿……」斷臂壯漢下意識地摸了摸他那斷了一半的右胳膊，思維似乎回到了那遙遠的過去。

「呵呵，」一眾人大笑，「說的還眞像是你親眼所見。」

「媽的，難道你們以爲老子是說書的？他媽的，她一個彈丸小國的女王而已，害得老子沒有了一條胳膊。縱然天姿國色又能怎樣，如今她也不過是半老徐娘，媽的，老子……」

客棧的老漢出言制止道：「你們快別聽他胡說了，這傢夥

就是一位神神化化的半瘋子，清醒的時候還能上山幹些活，糊口飯吃，這要起酒瘋來，恐怕自己都不知道自己說的是什麼話。」

「我才沒有瘋，哈哈，瘋的是你們⋯⋯」

十六年前的壺渡橋頭，月色齊齊澄明。聽聞手下抓到了女王，虎王都大喜過望，立即傳令下去，以禮相待，說是定要前去親自審問。他如此大費周章不過就是想再見上一見那個女人，那個壺渡橋頭臨空一發金箭，直擊他胸口的女人，那個在他心口留下了一道疤痕的女人。

那時候她還是月國的公主殿下，金甲羽衣從天而降，一眼望去仿若千點珍珠擎素蕊，月睿香葩，她芳豔難加，那神采飛揚好似靈宇瓊花。他還是要感謝那陣微風吹落了她的羽紗面具⋯⋯堂堂的虎國國君竟然呆愣在了原地，任由那羽箭一發噬魂。

少年英雄，天生神力，讓百蠻破膽四方臣服，威武輝耀的虎國國君怎麼能接受如此奇恥大辱？自那一日起，他常常夜不能寐，複呼燈起坐，發誓一定要親手抓到這個讓他險些致命的女人，他要撕碎她的羽蛇面具，脫下她全身的偽裝，親眼看一看她衣裙的底色，要看一看這到底是一個什麼樣的女人，是人，是妖，還是魔，竟然敢在他虎霸王的心口留下永恆的箭傷？他發誓一定要抽她的筋，剝她的皮方才能解恨，不，他要徹底地占有她，他要讓她在他身下哭著向他告饒。

黃河天險只有幾座窄窄鐵索橋，烏月山崇山峻嶺，固來易守難攻，烏月的軍隊只要守住橋頭，那就是一夫當關，萬夫莫開。他苦思對策，若外攻不得，那就由內分化。幾年來，他無時無刻不在處心積慮，挖空心思，費盡心機明修棧道暗渡陳倉，還真給他收買了幾個烏月的草甸貴族。而她也從月國公主殿下變成了女王陛下，還因為因冊封駙侯的事激怒了駐守邊防的草

甸貴族，這終於讓他等到了機會，幾年來的精心布局可以收網了。

在他的暗中鼓動之下，駐守邊防的草甸貴族開始叛亂，一如他所料，完全沒有把他們放在眼裡的女王月追一記輕騎就出兵平叛，草甸貴族假意不敵，直接把女王引到了虎國邊境，而他虎國的千萬大軍就靜候在此。在林中作戰就像川花谷地的精靈，和虎國對戰多年從未吃過敗仗的追月女王，就這樣大意失了荊州，束手被擒。

他故作威風凜凜地站在她面前，心卻無來由的一陣陣狂跳，他確信面前的這個女人就是她，即使她和她的十二個隨從穿著一模一樣的衣服，因為只有她，也只能是她才會讓他心跳如斯。他扯下了她的面具，手中的兵甲竟然也哐當一聲落地……四目交匯，她凜然地接下他的目光，那眼神中毫無懼色，不但毫無懼色，還攝人魂魄。

第二章

做寡人的王妃吧，
寡人讓你一人之下，萬人之上

　　早年間聽聞烏月公主因為美貌驚人，所以上戰場總是戴著羽蛇面紗，他不過一笑置之。身為虎國的一國之君，他自認為什麼樣的絕色佳人，自己沒有見過？直到數年前橋頭那一瞥，風吹落了她的羽紗，真人容貌如雪。她羽衣搖曳，風姿綽約，疑是仙子乘皓月，下雲車，來會君王家，他禁不住心馳神蕩，若不是如此，大抵也不會讓她一箭射中心髒吧？

　　每每夜深人靜，他在燈火下把玩這個射入他左心口的金羽箭頭，她拉滿弓的靚麗模樣都會清晰地出現在他的腦海，而他總是一遍遍對自己發誓，他一定要一雪前恥，活抓月國女王，他一定要以一個勝利者的姿態站在她的面前，親手扯下她的面具，好好羞辱她一番。今天，他做到了，然而四目相融的那一刻，他全然忘記了自己日日夜夜以來都想要生吞活剝她的心情，他只是想要她，想得到她。

　　或者為了掩飾自己的失態，在半刻的對視之後他轉身走開，把他手裡的面具扔在了前面的桌子上，說道：「我已經知道了你們中間誰是女王，別說我不給你機會，如果你自己認了，那只要你自己留下，其他人我都可以放她們走。你若是不認，也好，那我就把你們全殺了，當然在讓你們死之前，我會先送你們去犒勞三軍。」

　　「呵……」背後傳來的是她冷冷一笑。

　　沒有想到聽到他的這番話，她竟然還笑得出，他轉身怒目

而語皆盡裂：「你笑什麼，難道你以為我做不出嗎？」

「就為了報那一箭之仇嗎？我信，我信你做得出。」她說道：「當年我只是不想虎國百姓破壞鐵索橋，那道鐵索橋雖然被我月國控制，卻是兩岸百姓通用，鎮橋的石牛若是被你舉起仍入壺渡，兩國就算同心協力，一時半會怕是也別想能修好鐵索橋，所以我才發箭驅散圍觀的虎國百姓，並無意傷人性命。我當日並不知道那些人裡有微服巡遊的虎國國君。雖然兩國交戰難免累及百姓，但如此毀掉一座古橋只為了彰顯一下自己的神力，我眼中的虎國之君斷然不會有如此幼稚的行為。」

其實那天虎王微服巡查邊關，確實是一時興起，才參與了一場兩國百姓的紛爭，虎國百姓起哄說要毀了鐵索橋，他一時玩心起來就準備上前舉起石牛彰顯虎國神威，確實有賣弄的嫌疑。可礙於面子，他當然不能承認啊，只道：「幼稚，哈，你竟然說我幼稚？賣弄自己天生神力？我不過是容不得你們月國仗著天險，霸占鐵索橋，動不動就會偷襲騷擾虎國邊關。」

「還不是因為你們虎國人不經月國允許而時常潛入我們月國境內大肆捕獵，偷買偷賣，如果開放邊貿，兩國百姓公平交易，我們又怎麼會去偷襲你們？」

「虎國幅員遼闊，乃當今世間數一數二的大國，你一個夜郎女國也敢和我談什麼邊貿，公平交易？月追，你還真是不知道天高地厚啊。我大可現在就殺了你們這幫女流之輩，幾日之內踏平你們月王宮。」

「虎國歷代國君也未必敢如此豪言，世人皆知我烏月有不為外族不知的天道，縱然你有叛軍帶路，想攻入烏月宮怕也難過上青天。烏月王族也非只有我一人，若我已死，自然會有人接替女王之位，自此達月王宮有九道天然關卡，你若是有信心，大可現在就殺了我，前去攻城。」

　　這小女子都被捆綁到了他的面前了，不但毫不畏懼，竟然還如此伶牙俐齒，他看著她，那眼神像是星河滿是神祕莫測，她說得對，讓習慣了在平原作戰的虎國軍隊深入深山老林，登山而上，代價可想而知，可這顯然不是他暫時不打算攻陷月王宮的最主要的考量。

　　「說了只要你認自己是女王，我就會放人，我堂堂一國之君，金口一開豈能還有再收回的道理？」他詭異的一笑道：「看來她已經認了自己就是烏月女王追月了。來人！」他接著大喝了一聲：「把女王留下，其他的人都給我放了。」

　　官兵們有些遲疑的互相看了一眼，不敢相信國王都得話，我們費了這麼大勁抓得這人人就這麼給放了？

　　「愣著幹嘛，還不放人！」

　　「等等，」追月道：「你能放我的這些隨從回去如此甚好，不過你是不是把我也放了，然後我們可以好好談些合作。」

　　「合作？」虎都看著依然背綁著雙手的月追笑道：「把你放了？你可知什麼是人為刀俎我為魚肉？你此時刻有什麼資格和我談合作呢？」

　　「只要我活著一日，那我就是烏月的女王。」

　　「呵呵，我雖可以尊稱你一聲女王，還請你也別忘了此刻自己階下囚的身分。」

　　「不敢，但身為月國女王一天，更不敢忘記自己的職責所在。」

　　「好，我倒是想聽聽，你想和我談什麼條件。說來聽下，看我是不是可以真的考慮把你放了。」

　　「當今世界，虎國之強確實是人目共睹，月國雖小卻的天獨厚。兩國民風習俗大相徑庭，如果虎國執意用強，誓要一統月國，月國人民也唯有一戰到底。如此結果也只能是兩國百姓

生靈塗炭，自我登基以來，我無一日不在思量兩國可以和平共處的方式。其實我們月國一直希望能和虎國簽下和平盟約，為此月國可以奉虎國為宗主，但保留自己的國家稱號以及軍事和行政自由。這樣兩國從此可以和平共處，邊境百姓可以貿易布市，何樂而不為？」

　　虎都的嘴角翹起一絲笑意，說道：「月國女王還真是聰明過人啊，如此不費一分一毫就可以讓虎國退兵，還可以從此借虎國威名威震四面八方，只要名義上是虎國附屬國，這周邊還哪有其他國家敢欺負月國？」

　　「自然，虎國威名顯赫……」月追還想說下去，虎都卻突然上前一把把她抱起，笑言道：「你這提議，寡人需要認真考慮一下，不過這會我有更重要的事情做。」

　　說吧，扔下一眾人等，抱著月追大步流星而去，一直都鎮定自若的月追這時候才開始驚慌失措起來，直到進入內帳，虎都把她仍在床上，開始不慌不忙地扯卻她的盔甲。

　　「你，你想做什麼？」

　　「你覺得呢？」褪去袖扣，扔過衣衫，虎都也不多話，拉過床上的她，刷的就撕開她的甲冑，脫去她的靴襪，扯下她的衣褲。霎時，白虎的頭溫柔掩埋，流龍涎香，絲苗鵝黃瓊樹和鶯語。

　　「你，你先給我解綁！」依然被反綁著雙手的月追連連掙扎。

　　「如果寡人不呢？」虎都反而抱起她，直接放在了自己的腿上，姹女徐徐跨青龍，堪訴，金丹津液交流淋冽，本元初得靜裡輝，回光使得胎仙舞，不得甘休的虎都竟然還要直身把人整個抱起，背墻，起身烽火連天，轉戰七星連臺，被折騰得死去活來的月追哭訴道：「不要啊，別，你不要這樣，你倒是先

解開我啊。」

　　青龍白虎正相手，他哪裡聽得進去，在她的哭泣和呻吟聲中，上現昆侖，複得蓬萊，他才把她重播到床上，氣喘吁吁地倒在了一側。約莫是剛激烈之下月追被綁著的手腕支持不得，來回扭扯，被仍到床上的月追手腕也痛，下身也痛，不由得一聲哎呀，蜷縮起了身子。

　　他這才反應過來，剛她連連哀叫不要，疼，看來還真的是疼啊。不忍起身查看她的手腕，發現細嫩的手腕早被勒出了血痕，這才趕緊替她解開道：「你是不是真的很疼啊。」

　　一向無比尊貴，自視甚高，是烏月國的明月，金甲戰神一般的存在，女王烏月追哪裡受過此等奇恥大辱？憤怒的月追反手就是一個耳光，狠狠地抽在了虎霸王的臉上。

　　剛剛明明你也很受用嘛，這會竟然會這麼生氣？虎都的臉一陣火辣辣地疼，卻毫不在意，揉了揉臉頰，扯開胸衣露出胸口獰猙的箭傷，訕笑著抓起月追的手腕道：「月兒，寡人可以這樣叫你嗎？你可看見過寡人心口的箭傷？」

　　月追定睛望去，這才發現虎都左胸口的箭傷，那傷口之深，讓她也不忍觸目驚心到心下一涼，看來當年她那一箭也真是差點要了他的命，也是，若不是他異於常人的彪悍體格，怕一早命歸黃泉了。其實那日她並非有意要取人性命，原以為只是些虎國百姓，被她一發飛雲箭嚇一嚇，自然一哄而散，不會再繼續破壞鐵索橋。誰曾想偏有個呆傻的壯漢，竟然傻乎乎一動不動盯著她看，還硬生生受了她一箭。

　　「所以，所以你這是為了報復我嗎？」她語聲輕微，花骨顫巍。

　　「報復，你覺得寡人是在報復你嗎？三年以來，寡人夜夜輾轉反側，孤枕難眠，時時刻刻想要再見你一面，寡人也曾以

外如此強烈的心念只不過是想報那一箭之仇，可寡人縱然試圖說服自己千遍萬遍，寡人也知道那不是眞的，抱著你，寡人也只是想一慰三年來日日夜夜的相思之苦，與你生死相融。剛那一刻寡人更確信寡人一直以來想要的不過就是你，月兒，寡人費盡心思也不過只是想你做虎國國君的女人，你懂嗎？三年前橋頭那一眼寡人已經不能自拔地愛上你，今天更甚從前，你可明白？」

「我……我……」如此激烈和倉猝的表白讓月追始料不及，月追驚詫地說不出話來。

『月兒，做寡人的王妃吧，至於那和平盟約你想怎麼簽，寡人都隨你。寡人只要你陪我回虎國天都城，寡人讓你在那裡一人之下，萬人之上。」

「一人之下，萬人之上嗎？」月追愣了一下道：「你不是有自己的王后嗎？還有很多妃嬪。」

「那又如何，一國之君不就是如此嗎？」

「虎王莫不是不知道我月國的習俗嗎？我們月國女子雖有些有固定丈夫，但更多是實行走婚，又或一妻多夫，這有一名到多名丈夫都是正常事，偏偏一夫多妻倒是聞所未聞。」

「呵呵，這我當然知道，我還知道月兒你有過幾個額駙，也知道你最近才剛剛敕封了一位駙侯。不過月兒，這些我都可以當它是過去，只要你做了我的王妃之後，能潔身自好就可以啦。」

「潔身自好？」

「當然，做了虎國的王妃，當要隨虎國的習俗，何況寡人身爲一國之君，虎國國君的女人還有誰敢碰一下？但凡敢多看你一眼的，寡人都可以斬了他的頭。」

「如果我不想做王妃呢？」

第三章

我們做個遊戲吧，看你能不能讓我愛上你

「月兒莫不是想做寡人的王后嗎？那可不行，至少現在不可以，寡人的王后是先王和母後指定的虎國太傅氏，她們家族占據著虎國半壁江山，寡人還需要她的支援才可以掌握天下。」

「唉，這點我是理解的。」月追想起母王月顯女王，想讓她從月國草甸貴族中選一名駙侯還不是出於同樣的考慮？

「月兒，你能理解就最好。」虎都扯過她的小手，放在那個傷口上柔聲道：「你只要知道我的這顆心在你那裡就好了。」

「可我也不想做什麼虎國王后啊。」月追抽回自己的手道：「我就是我，月國女王月追，從來都只有我選男人，那有我和一眾女人分享丈夫的說法？我不想做什麼虎國王妃，也沒有興趣做你的王后，你要是就放我回去，要是就殺了我吧，此外也斷無第三種可能。」

聽月追此言，虎都一時有些愣怔，大概是傲嬌的一國之君從來沒有想過還有女人會拒絕他吧，有些惱羞成怒的他站起身冷冷地道：「你不想做王妃都好，也省得寡人還的昭告天下了，不過你也休想寡人會放你回去，做不做王妃都好，寡人臨幸過的女人，殺你，斷然不會，你也別想自殺，沒有寡人的允許，就算你想死也不行。哼，你要是喜歡，寡人也只好這樣日日綁著你了。」

說罷，拂袖而去。

虎王一路班師，月追就這樣被捆綁著仍在轎子裡，幾經顛

簾，總算到了龍陽行宮。忍得兩天都沒有去看月追的虎都終於還是忍不下去了，大隊人馬才剛剛安頓下來，他就奔到了寢殿，赫然發現床上的月追被捆綁著手腳，她披頭散髮，形容憔悴，像是昏死了過去。虎都一眼望去就知道這定是被迫服用了功力散，一時心痛難忍，抓起牆上的劍指著身邊的侍女大聲呵斥道：「你是怎麼照顧她的？我不是說要盡力以禮相待嗎？誰讓你們給她吃功力散的？」

「回主公的話，」侍女嚇得連忙跪倒在地上說：「她不吃也不喝，還趁人不備攻擊了守衛想要逃走，我們也只好把她綁起來，喂她兩盞功力散，實在是迫不得已啊。」

兩盞功力散？虎王嚇了一跳，這一般人一盞怕是都頂不住了吧？這功力散是虎國王宮特有的一種慢性的毒，雖然一時讓人死不了，用量卻甚是講究要因人而異，因為每個人的功力都不同。因人少量使用，只會讓她無法運功療傷，昏睡過去，可若是超過一定劑量，也有可能會讓人永久性的武功全失。情急之下虎王索性上前幫她解開了捆綁的繩索，把她抱在懷裡，解開她的衣衫，手臂，胸口，人中細細探查了一番，點住她的幾個穴道之後，才長舒了一口氣。

「她這兩天來都沒有吃飯嗎？」

「回主公的話，沒有，儘管人在旅途，小的們也已經盡力做一些好吃好喝的送過來，可她依然滴水未進。」

「唉，月兒，你這是何苦呢？」看著悠悠醒轉過來的月追，虎王都憐惜地說道：「你這個樣子，你知道寡人有多心疼嗎？」

接著又安慰道：「他們給你吃的是功力散，只會讓你暫時不能運功而已，我剛已經幫你檢查過，你的身體並無大礙，不必擔心。月兒啊，我只是想讓你做我的王妃而已，你即使不同意也不必自我折磨啊，一口飯都不吃，還想逃跑，寡人若是不

放你走，你能逃到哪裡呢？你難道不知這裡是虎國境內嗎，龍陽宮外駐守我虎國十萬兵力？嗯，答應寡人，別再做傻事了，寡人會讓全宮上下都以禮待之。」

虎王把月追的虛弱的頭靠在他的胸前，再抱她起身吩咐侍女道：「爾等還不快去準備溫泉水爲王妃沐浴更衣！」

也不知道是心有想，情急之下他竟然用了王妃稱呼她，罷了，將錯就錯也好，虎都略一沉吟道：「傳我令下去，告知這裡所有隨行侍女，以後都要以王妃稱呼，更要以王妃的禮儀待之。」

「知道了，主公。」

或者是兩三天以來滴水未進，再加上被迫服用的功力散，被虎都抱起一路走過花榭轉廊，亭臺樓閣，月追竟然也並未做掙扎，便任由他一路抱著，一起步如入溫泉水池。明月懸一線，天堂水色，光彩瑩瑩，鬆風吹解帶，曼曼輕紗舞淩風。

「兩三天不吃飯也就罷了，你都不口渴的嗎？」他柔聲細語的問，她也不做答，他突然抓起清池邊的水壺灌了一口不知是水還是酒，再直接捧起她的臉，舌尖撬開她的銀舌，把嘴裡的液體全部渡給了她，根本來不及掙扎，只得悉數咽下，他鬆開她的時候，她才拼命地咳嗽起來。

「你是自己喝水呢，還是要寡人以後都這樣喂你？」他遞過了一杯水，強勢霸道的問她。

無奈得她有些憤恨地接過水杯道：「你這是又給我吃了什麼？」

「怎麼你終於說話了？」虎都笑道：「剛只是怕你口渴罷了喂你點水罷了，你嘗不出來嗎，你總是不喝水不吃飯怎麼行？」

「明明又是一個藥丸。」她恨恨得道。

「那是千心丹，可解功力散之副毒，讓你沒有那麼難受。你以為寡人捨得給你嗎？千心丹是寡人用來強身健體用的，一顆價值千金，我雇傭那一堆道士，他們一年也練不成幾顆。呵呵，即使你不吃不喝，這一顆千心丹也可保你十天半月性命無憂。當然，你也不必給寡人說謝謝，」虎都狡點地笑道：「做寡人的王妃就好，你會知道寡人有多疼你。」

被這個男人抓住，受他凌辱也倒是罷了，還讓你求生不得，求死不能，如今竟然連絕食自裁都不得，月追只覺得心頭的恨意幾乎就要溢滿她的胸膛，她的指尖也似乎要把那玉杯掐得粉碎，可理智告訴她，她不能就這樣認輸啊，吃人的老虎你打它不過，或者可以嘗試去馴服它。是時候改變一下策略了，哪怕只有一線能贏他的機會，她也不應該放棄不是嗎？

她緩緩的端起玉龍杯，瓊漿玉液一飲而盡，隨即潛入了水中，游到了他的面前，濕漉漉的她猶如精靈變態狀無方，游龍宛轉驚鴻翔，手指尖輕輕劃過胸口，再在他的肩頭稍作停留，他只覺得心口都要炸裂了，他的月兒這是要做什麼？

「月追承蒙虎王錯愛，自覺得受之有愧。虎王你可知是為何？」

剛剛還無精打采，神情冷漠的月追這時候卻睜著一雙魅惑的眼睛看著他，只看得虎都一陣熱血沸騰，他禁不住摟緊她的腰肢貼著自己的肚皮，恨不得就這樣直接長驅直入，在這水裡和她來一場遊龍戲鳳，嘴上卻心不在焉地敷答她：「卻是為何？」

「虎王，你可是真的愛我嗎？」

「當然。」

「和你珍愛你的汗血戰馬有區別嗎？」

「月兒，你說的這是哪裡話，寡人雖然愛惜自己的戰馬，可它怎麼都是個畜生，怎麼能和你比呢，在寡人心目中，你珍

貴過它何在千百倍。」

「不都是虎王你擁有的東西嗎？在這虎國的境地，普天之下莫非王土，後宮佳麗三千自然也是虎王一人所有，我若是獨得一人寵，豈不是很愧疚，可我若是和三千佳麗共分你的愛，那我豈不是很委屈？你說，你若是我，該當如何？」

一直以來威風凜凜的虎王可從來未曾考慮過此類問題，這天下都是王的，王喜歡的女人又怎麼會不是王的呢？其他女人若是給他說這等大不敬的話，他怕是輕則賞她一個耳光，重則一劍賜死了吧？可月兒這麼說，他卻自覺無言以對，誰讓他喜歡的這個女人和他一樣是個王呢。在她自己的月王宮，她怕是也和他一樣，那些後宮男寵還不都是她的？

想到這裡，他竟然有些莫名的嫉妒，摟緊她的腰肢在自己的身上：「月兒，你莫不是還在想著你的那些男寵吧？還有你那個剛剛冊封的駙候，你要是想著他，那我就去把他們都殺了。」

「為什麼要把他們都殺了，」她抱著他的脖子貼上他的臉，輕吻他的耳邊，口吐蘭香：「難道是因為你沒有自信嗎？你沒有自信讓我愛上你？」

讓你愛上我嗎？她的輕輕的耳邊囓咬讓他一陣幻暈一陣迷幻，虎都腰下的火龍幾乎就要噴薄而發了。這一半清醒，一半混沌之際，五感都被她軟綿綿的肉體香霸占了，他真的很難清晰的去感受她的話。可他好像從來沒有考慮過這個問題吧？這普天之下，有幾個人會對虎王的示愛不接受呢，女人嘛，只要他愛，他喜歡不就好了？可這個女人竟然說他沒有自信讓她愛上他？

「我會讓你愛上我的。」他抱著她的腰只想再進一步，她卻輕輕地推開他，窈窕起身走出了溫泉水，兩名侍女趕緊上前替她披上絲袍，她回眸一笑道：「虎王的龍陽行宮還真是得天

76

獨厚，這天然溫泉我也甚是喜歡，不如我們就這裡玩個遊戲，好不好呢？」

「遊戲，什麼遊戲？」

「請讓我愛上你的遊戲啊。虎王你不會告訴我，你沒有這個信心吧？」

「哈哈，」虎都覺得自己被逗樂了，他的月兒還真是個特別啊，陪你玩玩又能如何？於是大聲笑道：「這遊戲也甚合寡人的心意，只是不知道，月兒你想怎麼個玩法呢？」

「嗯，可不可以容後再細說？這幾日來滴水未進，我真的深感頭暈眼花，四肢乏力，就如虎王所說，我啊，就算不吃不喝你也不會讓我死的，算罷了，我覺得自己真的要先吃點東西才好。」

聽聞月追竟然主動說想要吃東西，虎都大喜過望，連聲吩咐道：「你們還不快去給王妃準備！」

原本想陪著月追的虎王，被一個臣下的前來的緊急彙報耽誤了一陣，商議完國事的他急匆匆地趕往月追的寢室，竟然發現房間裡沒有人，轉頭問了侍女才知道王妃進了晚膳只好說想在外面散散步，他這才放下心來。

剛想著是不是去尋她，抬眼看見走進了的月追，虎都簡直不敢相信自己的眼睛，原來他的月兒竟然換上了虎國服飾，梳洗完畢的她簡直是明目皓齒，光彩照人，閃耀得就像那天邊的紅月亮。虎都強捺怦怦跳動的心臟，走上前去，想要抱美人入紅羅暖帳，想與她共赴巫山雲月。

她卻偏偏反被動為主動拉他在床沿坐下，再回頭吹滅燭臺的火光，搖搖曳曳的窗櫺月，暗夜裡輕輕靈靈的小手，窸窸窣窣開解的衣衫，奈何虎王的腰帶是特別設計，月追怎麼都解不開，不覺間小臉竟然面紅耳赤了。

「虎王……」她嬌嗔的一聲輕喚，虎王已經全身酥麻。

看得伊人如此主動，虎王分外受用，竊笑著抓起她的小手繞過障礙，所有的衣襟扣霍然開朗。玉帳傳心如鏡，青龍繞指成輪，低頭一吻似水中的蓮，密波漣漣，柔情蜜意如蝶戀花一片溫柔，細細編織那天羅與地網，把兩個人層層疊疊，重重疊疊徹徹底底的包裹，雙魚玉人再破繭而出。這紅塵之中有多少有情人，乾裡尋壬難認？

月兒啊，你這哪裡是要你愛上我，不過是讓我愛你更多。罷了，罷了，恨了，恨了，愛了，愛了，自古英雄難過美人關。你要什麼我都給你吧，只要你陪著我，生生死死，只到永遠。

第四章

即使有了寡人的孩子，你也不願意留下？

　　仙居誰解其中味？願得一人心，白首不分離。自那一日，這二王便在這虎國行宮，你情我儂，忒煞情多，羨煞旁人，不知不覺之間，已經三月有餘。

　　虎王的心是想把摯愛一世珍藏，女王想的卻是即使我烏月追放任自己愛上你，又有何妨？我們烏月女子的一生，哪一個還不愛上幾個男人？她對虎王這曖昧不清的愛怕是動機不純，月追內心真實的期望恐怕是願虎王能看在這段感情的份上放她回去。然而虎王雖然任由她自由自在，出入行宮，甚至許她接見月國來的信使，和月國保持通信，可偏偏就是不願意放她走。

　　縱使你情我儂，這要怎麼才能談得攏？

　　明月光漫步地上霜，與君同遊，花園小徑曲折通幽，醉淋浪，歌窈窕，一曲舞溫柔。兩人手挽手，亦步亦然想看無限好，天生神力的虎國突然鬆開手一個箭步，便飛身上了屋頂，看來塊頭巨大的虎王，輕功也著實不錯。

　　他站在那房頂上與她招手，這讓她有些詫異，她不是一直都被迫服用了功力散嗎？難道……她微微一運功，全身經脈竟然暢通無阻，心下大喜的她也倏然飛上了屋頂。他笑而不語看著她，拉她一起坐下，兩人一起抬頭看向那朗朗的明月。

　　她靠在他的肩頭，忽而幽幽地問道：「你讓我回復功力，不怕我逃走嗎？」

　　「怕啊，不過比起怕你逃走，寡人更擔心那功力散太過傷

身，即使給你同服千心丹可以解功力散的毒性，長此以往對你的身體會很不好，所以一早都沒有給你再吃，最近寡人都依靠內功給你點了穴位。騙你說給你吃了功力散，只是不想你偷偷運功解穴。」

「點穴，你什麼時候給我點過封功穴？」月追有些驚奇的問，身為一個常年習功練武之人，被人點穴不可能不知道的呀？

「你說呢，月兒。你什麼時候才會最享受，最心無旁騖渾然不覺呢？」虎王看著她曖昧的一笑。

想起兩人房事之時，虎王那不安分的手會愛撫自己的全身，總是在自己情欲最高漲的時候劃過自己的胸口，自己的腰臀線，恍然大悟的她不禁羞得滿面通紅，忍不住捶他道：「你，你，以後不許你這樣欺負人了。」

「月兒，我怎麼會捨地欺負你啊，從頭到尾都是愛啊。你明明很喜歡我……」虎王任由她嬉鬧。

「不要，不要，你就是欺負人，你總這樣欺負我，我也只能逃走了。」

「你就是逃到天涯海角，我也會去把你找回來。」

「你真的不願我走嗎？」月追怔了怔道。

「嗯，不願。」他摸了摸她的臉說：「說什麼都不願意，月兒，我要你永遠待在我身邊。」

「那你陪我回月國吧，我冊封你做我的駙候。」

「哈哈。」

「你笑什麼嘛。」

「我笑我的月兒真會講笑。」

「我沒有講笑啊，我又非草木，你對我的愛，我怎麼會沒有感知？我也很喜歡這種和你長相廝守的感覺啊。可我畢竟是月國的女王啊，我怎麼能捨得自己的國家，放棄自己的職責所

在？就像你也捨不得爲我放棄虎國啊。」

「這……」虎王都當然不可能認同月追的話，可他也不知道該如何辯解，只得笑言道：「月兒你說想冊封寡人做你的駙侯，可是駙侯月兒你不是已經有了嗎？」

「雖然按照我月國的傳統，駙侯是女王正式的丈夫，當然只能冊封一個，可沒有規定我不能廢侯再封。嗯，爲了你，我可以破一次例。」月追故作鄭重其事地說道。

「呵呵，我的月兒，你這可是已經愛上我了嗎？嗯……」

說著不管不顧，就捧起她的臉，那盈盈的月盤，堵上了她的柔嫩的小嘴巴。她想掙扎卻還是被他抱緊了，他就喜歡她總是欲拒還迎的姿態，他就是喜歡強勢又溫柔的撬開的櫻桃小口，像一個貪杯人，雙蛇漫銀牙，飲醉玉液瓊漿。

隔日在議事廳內，下臣正在彙報京城的事態，說是和大邑交界的黃河流域發生了水災，情況嚴重，虎王都卻淡定又簡明扼要地交代了幾項賑災的事宜，便揮手要下臣退去。下臣卻俯身施禮道：「臣受太王太后所托，還有一事奏請，還請君王先赦臣冒犯之罪。」

「哦，」虎王都盯著這位老臣的臉看了看，這一提太王太后，他也大意猜得出這位會說什麼話了，因爲他班師回朝的原計畫已經延誤了快兩個月了，虎王滯留龍陽宮，寵愛蠻族女王的風流事恐怕在都王宮已經人盡皆知了。

雖說虎國在他的治理下，國力逐漸強盛，現如今可謂國泰民安，歌舞昇平，可身爲一國之君，爲了一個女人荒廢朝政，那怎麼行？他的王后太傅氏自然也不敢說什麼，可這不代表她不會去找他的母後啊。太王太后和王后一樣是來自太傅氏族，聽說兒子爲了那蠻族女王，連王宮都不回，當然要替又是侄女又是兒媳的王后出頭，這不已經連發了三分懿召，要他火速回

京。最後這份懿召更是不惜誇大黃河沿岸的水災疫情，逼他回天都。

虎王向來不滿母後總是干涉自己，可是念及太后畢竟是自己的親生母親，早年喪夫，在自己年幼時輔佐自己登基，多年來含辛茹苦在背後教導，他也不好說什麼，只是淡淡道：「你要說什麼，寡人已經知道，回京之事我自有安排，你先退下吧。」

下臣還未來的及退去，在門外守候的貼身侍衛突然上前來，對著虎王的耳邊一陣兒一陣耳語，虎王頓時大驚失色，起身就向門外奔去。走到門口，還未站定就急切的對等在那裡的侍女問道：「王妃可還安好？」

是女連忙跪下道：「請主公恕罪，今天晨起奴婢替王妃梳妝，王妃突然間口吐鮮血，嚇的奴婢想要即刻跑去請了太醫，王妃卻說她素來有肺熱，並無大礙，讓奴婢不要擔心。但是主公有交代，要奴婢照顧好王妃，奴婢不敢耽擱還是請了太醫，也趕緊來給主公稟報一聲。」

虎王聞言，也不敢耽擱，火速奔到了月追的寢殿，太醫正在把脈，見到虎王駕到，立刻稟退到了一邊。虎王坐到床邊看見小臉蒼白的月追，甚是心疼，坐下抓住她的手，柔聲問道：「月兒，你可感覺好些？」

月追擠出一絲笑容道：「虎王大可不必擔憂，我自小便有肺熱之症，所幸我母王月顯女王當年調製的月靈茶對此症非常有效，現在母王雖然已經過世，我宮中的女官也懂得月靈茶的調製之法。幾日前我自覺心口火熱，不是已經請求你代為飛鴿傳書到月王宮，想來這幾日裡他們應該會把藥送到了。」

虎王聽罷，這才放下心來。轉頭問身邊的太醫道：「王妃的身體，太醫如何看？」

太醫卻面露難色，欲言又止。

虎王道：「莫不是有什麼令人擔心之處？」

太醫連忙俯身施禮道：「正如王妃所說，確實是肺熱之症，可是這月靈茶卻萬萬飲不得。」

「哦，此話怎講？」虎王詫異道。

「回稟主公，以剛剛王妃的脈象來看，王妃已經有了身孕，身懷龍種。」

「此話當真？」

「老臣絕不敢信口雌黃。」

一時之間虎王欣喜得不知如何是好，只言道：「月兒，你聽到嗎，你懷了寡人的孩子，這實在是大喜之事啊。」

「恭喜主公，恭喜王妃，只是……」

「有話還不快說！」虎王呵斥道。

「老臣惶恐啊，主公，只是王妃這肺熱之症如此就會非常棘手，老臣也對月國的藥材月靈草略知一二，知它乃世間少有的大寒之物，王妃若是服用固然可以止住肺熱，但恐怕會胎兒不保。王妃要是不用藥，這肺熱怕是只會加重，要是將來變成肺癆，就難辦了。」

「那就沒有什麼好法子嗎？」虎王急切地問道。

「還請主公恕罪，若是治療肺熱，必然會影響胎兒，若是保胎，王妃的肺熱，必然會加重，恕老臣愚鈍，確實想不出什麼好的法子。」

聽到這些，躺在床上的月追也是一陣心驚，一陣膽顫，若舞梨花遍身解數，倒不是怕自己的什麼肺熱之症。這太醫只知其一，不知其二，月國的月靈草固然是大寒，可母王的配方裡含有紅葉蟲草，兩項均衡自然也不必擔心會傷身。

更何況她只是略施小計，讓自己的肺熱症看起來很嚴重，好藉故宣召月國的親信前來覲見，最近虎王對她好似已經不設

防，她其實正準備趁機逃離。一切都已計畫周詳只待今日午夜行動，只要跨上千里馬，不消一日內就可以進入月國境內。只是千算萬算，她沒有算到自己竟然懷孕了。

眼下這可如何是好？自己竟然有了虎王都的骨肉。

虎王都聽太醫如是說，卻非常的生氣，怒斥道：「連這樣的事情都不知如何處理，寡人要你這樣的庸醫做甚？來人，給我遍邀全國各地的名醫，要他們來給王妃看病，誰若是有良方，寡人必然重賞。」

月追聽虎王都如是吩咐，連忙打斷他的話道：「虎王不必過慮，我自幼便有著肺熱之症，本就不是什麼大事，休息兩日自然環境自然會好轉。何況我月國的月靈茶配方獨特，有紅葉蟲草，孕婦喝了，不但不會傷及胎兒，還有安胎之效。」

虎王聽了，不由大喜過望。只抓著月追的手道：「那真是太好了，月兒辛苦你了。寡人雖然身為一國之君，卻子嗣單薄，王后也多年無所出，才過繼了一個侍妾為寡人生的兒子。月兒你若是為寡人誕下龍兒，我一定會立他為當朝太子，讓他成為下一任的虎國國君。」

月追聞聽此言，著實心情複雜。身為月國女王，培養後繼人也是重責，她也一直在期待著自己的第一個孩子，這也是她為什麼著急冊封駙侯的原因之一，而她最想生下的當然是一個女兒，因為也只有女兒才能繼承她的女王之位。如今你讓她該如何是好？難道真的要他接受虎王的冊封？做他的其中一個王妃嗎？

還沉浸在無邊喜悅與興奮中的虎王都心情大好，完全沒有意識到月追的心情起伏。摒退了一眾人等之後攬她入懷，虎王都一臉柔情蜜意地說道：「月兒，你就先陪寡人回天都好嗎？寡人要昭告天下，正式冊封你為虎國王妃，雖然這種事情自然

是寡人一個人說的算,但好歹禮儀之上,你也得前去拜望一下我的母後太王太后,還有王后。月兒啊,寡人其實想了很久,該如何爲你做妥善安排。寡人知道你定然不習慣虎國這些繁文縟節,若是強留你在都王宮生活,怕是會讓你鬱鬱寡歡,於是寡人就想在正式冊封之後就把這龍陽古城定爲陪都,且把整個龍陽宮都賜予你。龍陽美奐美侖,盡得天時地利,重要的是近鄰月國,讓你在這裡生活,寡人再盡力常伴左右,豈不美哉?月兒,你覺得寡人如是安排可好?」

　　心亂如麻的月追也不知道該如何應對虎王的這一番眞情,只得把頭埋入他的懷褆,假意親昵,實則無言以對。

　　天階夜色涼如水,煙籠寒水月籠沙,供斷一窗愁絕。帶減衣寬誰念我,轉枕褰帷,難忍離別。忽聞窗外一聲杜鵑啼月夜,她自知那是催促她離去的聲音,看著身旁酣睡的虎王,月追更是含淚滴落,淚無聲,不是怨極愁濃,是只怕日後相思難耐。

　　知與君別後,此生負你多少風月,我料得情義難兩全,也只得罷了。他日不管飛來蝴蝶,排悶人間,寄愁天上,終歸相見再無時日。她靜悄悄地起身離去,走到門口處仍不忍一個回頭,咯吱一聲輕叩門扉,她披上斗篷的風帽,總歸消失在茫茫夜色裡。

　　背後傳來一聲輕微的嘆息聲。

第五章

女王的新歡要殺她的舊愛

白馬人影在竹林影散，月出皎兮星斗璨，前來迎接的正是月追的親信地緣大將軍犀令，看見女王出現，她激動地上前行禮，幾乎要哭出聲來。

月追連忙扶起她道：「此地不宜久留，你我還是趕緊上路吧。」

大犀令回話道：「陛下說的極是，我已經挑選了一隊精英人馬在幾十里外等候，只要我們成功穿過這道竹林，和他們匯合，虎王怕是再也奈何你不得。」

月追正想飛身上馬，卻聽得那旁竹葉蕭瑟，不由驚覺道：「誰？」

來人倒也並不隱藏，撥開林叢便露了真人相，四目相交，月追一陣心緒難平，來人正是她幾個月來都未見面的丈夫，她的先前剛剛冊封的駙候，烏月川大人。也正是因為她執意要冊封他做她的駙候，違背了先任女王的遺言，草甸貴族那一支才借機叛亂。其實月追一早心知肚明，這一支草甸貴族早就心生異心，蠢蠢欲動。母王遺言要她加以安撫，性格倔強的她卻偏不，即位之後，不但遲遲沒有在那一支草甸貴族裡面選駙候，甚至在幾個月前突然昭告天下，敕封了一直以來對她最忠誠的一位額駙做了她的駙候。

她敢這樣做，因為她根本不怕激怒那一支草甸貴族，甚至有意而為之，若是他們膽敢犯上做亂，她正好借機出手平亂，

徹底消滅危機，只是沒有想到螳螂捕蟬黃雀在後，虎王都竟然已經明修暗度，布局良久，只待她入甕。

他冊封的駙候，正是眼前的這位月川大人，川雖然出身低微，曾經也只是她的近身羽林軍，卻相貌堂堂，智勇雙全，白天在戰場上為她捨生忘死，夜晚在象牙床上與她翻雲覆雨，她對他自然也甚是喜愛。他性格沉穩，從未過多說什麼話去討她歡心，只是只要她說了，他就會拼勁全力去做。

她是個在馬背上出生的女王，在烏月族發跡的川花谷地，有她們烏月特有的白馬，性情彪悍且靈敏，她的母王月顯女王正是因為超強的騎射神功在眾多的公主裡贏得了女王之位，而她是母王在馴服一匹悍馬的時候出生的，或者正因為此，她從小都喜歡在月王宮下的川花谷地策馬狂奔，這也養成了事事親歷親為，驍勇善戰的個性。戰場上她烏月追也總是和十幾名戴著同樣羽蛇面具的近身女侍衛，還有她那些貼身得羽林軍毫不猶豫地衝在最前面。

戰場上的血雨腥風，她可從來都沒有怕過。

而他，不知道為當時還是公主殿下的她擋下過多少次明槍暗箭，有一次一箭穿心，見他重傷，她連忙過來查看他的傷勢，扶他到安全地帶，為他拔下箭頭纏上繃帶，最後還是忍不住大聲吼他，「你瘋了嗎？你這樣會死的，剛那一箭我根本可以輕鬆避開的，你何故做無謂犧牲！」

他竟然還笑得出：「女王陛下教導我等要做公主殿下的盾牌，誓死保護公主殿下的安危，我只是盡到自己的職責。只是今日能得公主殿下如此關懷，我死而無憾。」

她一時淚崩。自那日，她賜他王姓烏月，名川，召他做了自己的額駙。

山人就在面前，晴鬢離離，川花盈盈，往日情歷歷在目，

川啊川，月啊月，他是她親選的丈夫，她的駙候啊，她原本計畫與他生下烏月王位的繼承人，可此刻已經是百事非，她竟然愛上了虎王還懷上了他的孩子，愁心忽移愛，花貌無歸妍，悲風一聲輕吼，望川口竹葉凌亂走，月追強捺心緒不寧，冷靜道：「你怎麼來了？」

因為按照她的指使，只要大犀令前來接應，自然是人越少，才越不會被發覺。大犀令見狀連忙解釋道：「駙候擔心陛下安危，執意要親自領領我們挑選的精兵，我與他爭執不下，也就只好一同前來。」

川也上前一步施禮道：「陛下，川違背聖命，執意前來，還請陛下治罪。」

「罷了，此刻也不是問責的時候，我們趕緊前去匯合吧。」月追伸出手扶起他，卻避開他那熱烈思切的眼神。

暗葉流花徑，風林纖月落，一行人披星帶月策馬狂奔，竹葉瀟瀟，山林搖曳，眼見就要穿過這片山林了，只要再趟過山林外面的那條河，對面就是等待得月國精英人馬。曾經一片歸心似亂雲，如今遊龍戲鳳的夢卻已是被拋卻的身後事，咬咬牙，月追再也不做他想，駕的一聲，踩得馬蹬，只恨不得一箭飛越面前的那條河。

忽然前方一陣石火光明，猛然亮起的火把光亮忽明忽暗，好似電爭光照耀了半邊天。一群黑衣人奔跑而至，即刻把他們圍了個水泄不通，受驚得馬匹一陣長嘶，緊拉韁繩的月追卻像是意料到什麼，她對著已經抽出武器的月川和大犀令，示意他們稍安毋躁。

月追沉靜的下了馬，她往前走了兩步，那些手持刀劍的黑衣人竟然隨即後退，她再往前走，那些士兵卻如水分流，直到她看見站在她的面前的高大人影，正待她欲再上前一步。來人

卻刷的一聲抽出腰間的佩劍，指著她的臉道：「烏月追，寡人待你一片眞心，讓你做虎國王妃，許你一世榮華，你就這樣對寡人的嗎？」

「虎王，月追自知辜負了你的一片深情，於私我無言以對，於公，我絕不後悔。我烏月追生的一天是月國女王，死那一日是月國女王，我絕不會接受虎國王妃的敕封。我既然有逃離的計畫，自然也做好了失敗的準備，虎王今日若是不願放我走，我但求你賜我一死，月追我絕無怨言。」

「月兒，你知道寡人不會讓你死的，才故意這麼說的嗎？寡人一生從不受人威脅，可奈何偏偏……罷了，只要你能跟寡人回去，今晚的事情寡人可以當沒有發生。」

「呵，」月追有些略爲悲涼的一笑道：「燕過留聲，人過留影，又有什麼我們可以當它沒有發生過？雖然你脅迫我在先，可人非草木，孰能無情，你對我的情誼，我心中自是明白，可我不會跟你回去的，我雖料想此舉或能成功逃離，也知道虎王並非泛泛之輩，自然做好了被你發現的準備，我現在口含蛇藍毒囊，虎王你若是執意相逼，我也只能就地自裁了。」

「什麼，你……」

蛇藍毒堪比鶴頂紅，一滴已足以致命，毒囊在舌下，稍有不愼分分鐘會被咬破，虎王聞言眞是氣不打一處來，他憤而把劍尖指在她雪白得脖頸處，大聲呵斥道：「月兒，你這是瘋了嗎？還不快把毒囊吐出來。」

月追卻紋絲不動，只是抬眼望向他，那眼神裡有動驚天隨的雲煙，變態千萬狀，閃過一絲悲涼，一絲絕決。說是遲那是快，見虎王暴怒，馬背上的月川飛身而至，挑開了他的劍道：「我還以爲號稱天生神力，武功蓋世的一國之君虎都什麼樣的人，原來不過是個喜歡偷襲加威逼的小人！」

　　虎王轉眼看著忽然跳出來的這個男子，目光毒烈，他不說，他也知道他是誰，正是因為得到線報說月國的駙候月川大人也來了虎國，才引起了他的格外警覺，再加上這兩天月兒的反常，他就料想到月兒有事瞞著他，原以為月兒不過是想瞞著自己出來和他的駙候相見，追出來，才知道他的月兒竟然一直在計畫著逃離。

　　百計強留，多情狂惱，為花斷了百日情，心頭無故飄起萬點霏微，誰人能解他此刻心扉痛徹，痛徹心扉？他突然想起月兒那嬌媚的模樣，回頭一笑道，我們做個遊戲吧，看你能不能讓我愛上你？一句笑言而已，他也不知自己在幾何當了真？幾個多月以來的朝夕相處，耳鬢廝磨，他真心以為他的月兒已經愛上了他。

　　這男人跳出來罵他是小人，如此僭越，是可忍也，孰不可忍。可最痛莫過是他的月兒，竟然就這樣欺騙他，可他偏偏，偏偏還是不忍心傷她分毫，八丈高的怒氣，該往何處入雲霄？

　　「來人，把這個人給我拉下去，斬了！」

　　一眾人欲上前，月川卻冷笑道：「原來堂堂虎國之君莫過如是，說什麼是天生神力，蓋世神功的虎霸王，我看你怕也只會以多欺少，以寡勝多的魯夫，我烏月國的女王怎麼會看上爾這樣的蠻橫之徒？你想冊封女王陛下做你虎國的王妃，我勸你還是不要癡心妄想，癡人做夢啦。」

　　女王和虎王的事早已是花外風傳，金鴨香濃鴛鴦暖，這烏月川在言語之間難免有三分妒，兩分嫉。

　　「您……」明知烏月川不過是在激將，虎霸王還是氣的差一點說不出來話。

　　「我敢前來，就早已把生死置之度外，你的這幫手下若是想領教一下月國第一勇士月川大人的劍法，那就一起上吧，誰

想碰到我們女王一下，那就請先踏過我的屍體！」

「還有我！」大犀令也飛身而來。

虎王說道：「你們月國的人都那麼想死嗎？你們知不知道我這群手下全是虎國一等一的高手？他們任何一個的武功怕都不會在你們之下。」

「不是我等尋死，而是爾等欺人太甚！」川咬牙切齒道。

「那我就成全你們！」

眼看虎王怒氣攻心，劍拔弩張的氣氛一發而不可收拾，月追連忙喝道，「你們兩個還不給我退下。」

大犀令和川面面相覷，即使有百般不情願，也只得聽女王的命令站到了身後。

「虎王……」月追剛想說話，就被虎王打斷了。

「月兒，我知道你想說什麼，但是我就是很想看看，」虎王把手中的劍指向了月川：「很想見識見識這位自稱自己是月國第一勇士的人，他的武功是何造詣，竟然能討得女王的歡心？」

局面突然轉得如此，月追也有些不知所措，她自然知道這兩個男人是在賭氣，卻一時也真不知道該如何解釋，或者說什麼好。

「虎王啊……」月追想再勸說，卻也不知道說什麼好。

虎王也只當沒有聽見，依然拿劍指著川說道：「你過來，你不是說寡人只會偷襲加威逼嗎？你不是說寡人只會以多欺少嗎？來來，那我們就來比試一下，寡人就讓你看一看什麼是天生神力。如果你贏得了我，寡人今天就把你們三個全部都放了，你若是輸了，也別怪寡人不看月兒的面子殺了你。」

「好，」月川上前一步道：「如此正和我意，你大可不必看我女王陛下的臉饒我不死，我若是贏了，你放我等離去，我

若是輸了，甘願就地受死，絕不累及他人。我只是怕刀劍無眼傷到了虎國國君，你遷怒於我女王陛下。如此，我只有一個條件，既然是比試，那就生死各安天命，勿累及他人，虎國國君你可真敢與我一比？」

虎王身旁的一名親信江雪裡，怕如此比武會令虎王會受傷，連忙出聲阻止道：「陛下，此人陰險狡詐，陛下切莫中計答應他。」

虎王道：「無妨，我諒他也奈何我不得。」

親信無奈，只得對著虎王耳語道：「此人武功高強，陛下若是想有十足把握贏他，也不難，請讓小的用家傳的獨門暗器冰影助陛下一臂之力。」

冰影無色無形，乃水之凝結，見之即化的細細寒針冰羽，擊中人身輕則劇痛無比，重則傷及肺腑，打中對方那可就即可扭轉戰局。

未曾想虎王大怒道：「混賬！寡人需要如此卑鄙下作使用暗器才能贏嗎？寡人的天陽虎掌拳一拳足以震死一頭牛，一掌足以讓普通人斃命，即使是武林高手運功抵擋怕也沒有人能受得了三拳。如此卑鄙發暗器的做法，你也膽敢給寡人建議？若不是看在你跟隨我多年，忠心耿耿的份上，今日寡人就斬斷你的手臂，讓你再也發不了暗器。」

月川笑道：「想不到虎國國君也還有如此磊落的一面，還真是讓在下失敬了。如此看來我們兩個的比試也就簡單多了，虎王不是自稱當今世上沒有人能受你三拳嗎？那就讓我來開這個先例吧。若是我能受你三拳，就當我贏了。」

「川！萬萬不可。」月追忍不住一聲驚呼，虎王的功夫她當然有所領教，月川如此那分明就是送死啊，即使勉力受了三拳一時不死，怕也活命難逃。

「陛下，」月川隨即單膝跪下，向月追施禮道：「川本一介賤民，想當年的前月顯女王陛下器重，甄選我做了公主殿下的近身羽林軍，川承蒙陛下厚愛，讓我一路平步青雲，川何德何能，竟然得陛下賜我王姓，讓我做了陛下的第一額駙，還敕封我為月國駙侯。月川連性命都是陛下的，為陛下做這些又算得了什麼呢？陛下曾戲稱川乃陛下的神盾將軍，可對川來說，這並非是一句戲言，而是我的使命，這一次月川不在陛下身邊，令陛下身陷囹圄，已經是罪該萬死。」

「川，你何罪之有……」

「陛下，川有幸能侍奉在身邊陛下已有七年餘，從來未曾忤逆聖意，這一次，就請陛下容我自作主張一次。」

「月川啊……」

「陛下，珍重。」月川說完便自行起身了。

看到這一幕，虎王都也難免有些唏噓，對月川道：「月川大人，我敬重你是一條漢子，看在月兒的面上，我願意手下留情不傷及你的性命，寡人就再問你一次，你若是接不下我的虎掌拳，可知必死的後果？」

「大可不必！生死自有天命，月川何曾懼過？只是虎王不要忘了，你輸的可能性更大。」

「好，這可是你自願的。」

第六章

若是寡人之妻還養著幾個男人，那寡人豈不是成了全天下人的笑柄了？

天雷震動，虎王一陣咆哮，龍顏一開，天子拳法它與天霽，掌風收處，霧斂湛湛清涼。一拳威鋒剛硬，志向前當，一掌飛騰法界，萬鐘顛狂，要如何抵擋？也真是奇了，奇了，莫不是他有靈光內鎖，保護真心不破。眼見月川竟然穩穩接下了他一拳一掌，依然面若金玉得凝澄，淡笑自若，屹立不倒。虎王也不由得一陣心虛，這可是前所未有啊。難道他真的就要如此這般顏面盡失，心甘情願放他的月兒和這個男人一起離去嗎？

神通勇猛賽天兵天將，生死無由近我，一番功過，幾多因果？歸去獨攜雲朵，似這般保護三光，莫得偎依，視死如歸。旁人不知其中玄妙，月追卻已是心碎。他這哪裡是抵擋？他根本是徹底放棄了抵擋，她已經看了個明白，他這是要用自己的離元神功自斷心脈，任那烈拳與掌風穿越五臟六腑，如此接下三拳掌，他固然能留一口氣在，可就算天上元君下凡來，也救不回他的命了。

她不能讓他死啊，趁虎王一點猶疑，月追連忙飛身擋到前面，說道：「虎王，月兒有些話想說，你可否容我一講？」

花解心意，蓮破岑寂，虎王也著實需要一個臺階落下來，再者，月兒她從來在他面前都是自稱月追，或本女王，從來都是他叫她月兒，這自稱月兒，還真是頭一遭。莫不是她想通了，願意和自己回去嗎？心有小小竊喜，虎王停下蓄勢待發，只言道：「當然，寡人什麼時候都願意聽你講。」

　　月追緩步上前，抓著他的一隻手道：「虎王，有些話，我只能與你一個人講，可否請你讓部下退後五十米背對著你我？我會讓月川和犀令也盡如是。」

　　她看著他，上弦月更穿雲霧，熹明漸入了山林，那眼神裡分明多了一絲切切的哀求，多少愛多少情此刻都言語不得，猶如茫茫煙靄堆在心底，欲說還不通，痛苦，痛苦，糾結，糾結，這番神情，怎能讓他不心疼？

　　「月兒，」他摸了摸她的臉道：「當然可以。」

　　隨即命令道：「爾等全部後退五十米，背對著寡人和王妃，沒有命令不得轉身，違者斬。」

　　虎王的一眾親信皆聽命而去，剛剛那名進言的大個親信眼神裡雖然似有懷疑與不甘，但也不敢在此刻違背虎王的軍令，也只得隨眾人離去。月追向大犀令點頭示意，大犀令當然明白女王救人的心意，不由分說地扶著重傷的月川走到了遠處。

　　看著眾人皆離去，月追秉吸了一口氣，隨即俯地向虎王行起了正式的天家夫妻禮儀。這是虎國才獨有的禮儀啊，是有冊封的王后和妃嬪在祭祀或者其他正式場合才會向君王行的叩拜禮。月兒向他行此大禮，豈不是說明她已經自認是他的王妃？虎王又驚又喜，他的月兒什麼時候懂得這項禮儀，他都不知道？

　　「月兒，快快起身。」他連忙扶她起身，愛憐的攬她入懷：「你何必這時候行如此大禮呢？等寡人正式冊封你的時候也不晚。」

　　又只見她一陣淚眼朦朧，落拓鎖眉淚漣漣，虎王心疼的替她拭去淚痕道：「月兒你這是怎麼了？怎麼又是行禮又是哭的？寡人的心意你又不是不知，我追出來，也不過是捨不得你離開，何況如今你已經懷了寡人的孩子，寡人怎麼會捨得傷害你？疼你都來不及。你啊，也莫要再任性了，你不替自己想，也替孩

子想一想，跟我回去吧，你手下的兩個人，我放他們回去便是。」

「虎王，你可記得那日你給我看你心口的傷，你曾對我說，你把你的那顆心給了我，如今月兒也請你摸摸我的心，你可知，你讓月兒愛上了你了？」月追邊說邊哭道：「你也成功地拿走了我的心啊，我不想的，其實我剛開始我是恨你的，你知道嗎？恨你剛開始根本就不管不顧我心意，上來就要強行與我歡好……」

「對不起啊，對不起，」見心愛之人如此落淚，虎王趕緊一陣安慰又一陣保證得道：「月兒，都是寡人不好，怪只怪寡人這三年來滿腦子都是你，日所思夜所夢，見到你那一刻實在是情不自禁，你就原諒寡人好嗎？」

「我才不想原諒你，我都恨死你了，」月追聲淚俱下狠聲道：「我恨你奪了我的身，還想要我的心，你欺負我，強迫我，折磨我就好，幹嘛要對我好？為什麼要我對你動心，你可知，這幾個月以來，對你的愛與依戀每增加一份，我的心都備受煎熬，讓我不堪其重啊。我明明只是想逃走才對你虛情假意得啊，我明明是只想恨你得，你可知？還說什麼要和你玩，愛上你的遊戲，我真恨自己這是自食其果。」

月追這番口是心非，恨恨的，愛愛的表白讓虎王一陣心花怒放，道：「我知道，我知道，月兒，寡人給你恨還不行嗎？」

「我不要。」

「怎麼？難不成我的月兒捨不得恨寡人不成？現在只有愛了嗎？」虎王捉住她的手腕嬉笑道。

「哼……」

「月兒難得如今你和寡人郎情妾意，互相愛慕，此乃美事一樁，你何苦還要自我折磨呢？隨寡人回去吧。」

「我……我也我也曾做過如是之想，可我做不到啊，」月

追依然有些抽噎道：「我自記事起，母王就教導我如何做好一國之君，我只懂得如何做月國女王，卻不懂如何做虎國王妃。我能給你我的身心，也願意在心裡把你視作夫君，但我不能為你放棄月國，放棄自己的天職，虎王啊，你若愛我，定然能明白。」

「我明白，月兒，你要是想繼續保留你女王的封號，管理你的月國，這又有何難？寡人如你願便是，兩國還可以從此建立邦交，簽和平盟約，開兩岸布市，不都是你心之所想嗎，寡人都會幫你一一實現。」

「當真？」

「當然是真的。」

「或者情義兩全的辦法，就是你做你的虎國國君，我做我的月王女王，若是兩情長久，一年一度在龍陽相會。」

「說什麼呢，月兒，你以為寡人和你是牛郎和織女嗎？一年只見一次？你讓寡人怎麼忍的？你就在龍陽宮住著不好嗎？」

「你讓月兒像你那些妃嬪一樣獨守空閨日日夜夜在宮中等君王歸來嗎？我烏月追怎麼能忍受那樣的生活啊。離開了月國的月兒怕也不再是真正的月兒了。」

「月兒，寡人愛你，珍惜你之心明月可鑒。無論後宮嬪妃有幾多，寡人的心也只有一顆啊，只能許給你一人啊。月兒難道你看不出嗎？寡人若不是真心愛你，豈會對月國如此心慈手軟？寡人自十三歲已經登基大典，十年來南征北戰，四還臣服。可這三年來我雖然陳兵時萬在兩國邊境，卻從沒有進攻的行為，我的月兒，你可知這是為何？」

「這……」

「我的月兒，因為寡人志不在月國了，寡人想要的是你啊，

三年前橋頭那一見，寡人被你一箭刺心，若不是你的羽蛇面具被風吹落，讓寡人驚覺天人，晃神之間才被你偷襲成功，你以為寡人會那麼容易就中箭的嗎？寡人哪裡是中了你的箭，分明是中了你的愛之箭。我的月兒，如今寡人但求能與你將心比心，且容我一顆心換你一顆心，此世今生與你一心一意一雙人。」

「此世今生，一心一意一雙人？」

「嗯，執子之手與子偕老。」

月追沉默良久道：「我母王月顯女王曾經在她重病之際給我講過她的故事，她說，即使她一生有額駙無數，可一生摯愛卻只有一個，那就是我的父候月和大人，我的父候是母王的第二任駙候，父候過身之後，母王就再也沒有再冊立過其他駙候。或者一生一世，一心一意一雙人就是這個意思嗎？可那豈不應該是一生過完之後才可以下定論的嗎？原來還可以是事先的承諾？」

「嗯，當然可以是相互的承諾。我的月兒，請你相信寡人，我會愛你一生一世，更會珍愛我們之間的孩子。月兒，你難道沒有想過你和寡人的孩子嗎？他可能是未來的虎國國君啊。」

「也可能是月國女王啊。」

「嗯，若是女兒的話，你喜歡的話就讓她做月國女王好了。」虎王一笑道。

「若是男兒，你喜歡的話就讓他做虎國國君好了。」月追也是一笑。

天下女人都夢寐以求的事情，月兒她竟然說得如此淡然，就好像這是一件再也正常不過的家事，虎王這心中真是五味雜陳，可他的月兒越是如此，他就越發的會被她吸引，她的妖豔與美麗，她的俏皮與個性都讓他不能自拔地愛上了這個女人。

「我愛你啊，月兒。」他愛憐的撫摸她的頭髮。

　　「月兒也愛虎王，月兒也相信一生一世一雙人的美好，」她依偎在他懷中，接著仰著小臉撒嬌似的看著他道：「或者虎國王妃的封號和月國女王的稱號也確實不矛盾啊。只是虎王你能不能容月兒住在月國呢，讓月兒還能履行女王的職責？月兒一定會時常回來與你相見，一年一度或許真的太少，如果我們想念彼此，那就盡量常見面吧。嗯，從月王宮到龍陽也不過一兩日路程，我有時出門打獵也不止十天半月啊。」

　　嬌嗔，可愛，時而強勢，時而示弱，這個真實又夢幻般的女人牢牢地抓住了他的心，讓他沉迷，讓他癡醉。只是，她是真心的嗎？他若是放她走，她真的還會回到他的身邊嗎？不管了，不管這一刻是真是假，不管月兒的話是有意欺騙還是發自肺腑，他願意相信這一切都是真，他相信他的月兒－這個川花谷地的精靈陛下愛上了他。

　　「月兒，你若是能答應寡人一件事，我就放你走。」

　　「嗯，你說。」

　　「月兒，你剛給寡人行了王妃之禮，在寡人的心目中，你也已是寡人之妻，寡人不管你月國的風俗為何，依照我虎國的傳統，你都不能再有其他男人了，什麼額駙或者駙候都不能再有，懂嗎？因為你是寡人的女人，寡人絕對不允許任何其他男人玷污你，若是你能理解，也能答應寡人且謹守承諾，寡人就許你繼續做你的月國女王，也容你自由往返虎月之間。」

　　「玷污？」

　　「唉，我的月兒，你竟然連這個都不懂嗎？你是寡人之妻，當為寡人守身如玉，若是寡人之妻還養著幾個男人，那寡人豈不是成了全天下人的笑柄了？月兒，寡人可以寵你萬千，愛你千萬，什麼都可以答應你，遷就你，但虎國男兒唯此不能忍，你懂嗎？」

第七章

淒厲聲響澈雲霄，
虎霸王竟然活生生地斬下了那人的整隻手臂

「嘻⋯⋯」她莞爾一笑。

「你怎麼還笑得出，我的月兒，寡人可是認真的。」

「我知，」月追道：「雖然月兒不明白這種事怎麼就會讓你成全天下人的笑柄了，但月兒明白你的心意，因為如果你和其他女人在一起，月兒怕是也會有幾分妒忌。可這不公平嘛，我要為你守身。那你呢，後宮還有那麼多嬪妃呢。」

月追真實的想法是，這男歡女愛本就是天倫，虎國男兒要求妻子如是，自己卻又都可以三妻四妾？什麼習俗如此不合天理，不近人情？

虎王都正言道：「雖然我虎國風俗，貴族男兒多妻妾，可我們虎國也不乏互相忠貞成雙入對的恩愛夫妻。月兒你怕是會不信我，但我是真心的，如果月兒你能陪我回天都，還能順利為我生下虎國的繼承人，我此生有你一人已足夠。」

月兒怔了怔，她沒想到堂堂的虎王也能說出這番話，難道這就是一生一世一雙人的誓言嗎？她自然是不願陪他回天都的，但若是連心意都不能許他，他怕是萬萬不會容她離去的，想了半晌，她謹言道：「月兒答應你，只要你我一日還愛著彼此，月兒就不會再有其他男人。」

「月兒⋯⋯」虎王忍不住再次捧起她的臉吻了吻她的額頭道：「我的寶貝月兒，你知道嗎，你只能是寡人一個人的，要是讓寡人知道你再有其他男人，寡人可是會發瘋的，到時候寡

人可真的會毫不猶豫揮兵北上，直接攻入你的月王宮，過去殺了那男人。」

何曾有男人敢對她如此口出狂言？這虎王實在是太霸道，太不講道理吧？可奇怪的是她竟然為這個男人的這番話心動了，她竟然有一種被征服的快感，她還真喜歡上了這樣霸氣側漏的虎霸王。雖然對這虎國的奇特風俗她原本是嗤之以鼻，可既然如今兩人都闡明瞭心意，她也願意順應他，信守這份愛的承諾。

想到此，脈脈柔情，淺顰輕笑，她抓著他胸前的衣襟，踮起腳尖浮花蔓蔓一吻，不勝微風的溫柔。青山一點含煙遠，花葉散落，一個是武景良天，一個是嬌魂媚魄，兩人好一陣纏綿。那日，他執意與她同乘一騎，送她到了兩國交界，眼見她與等待的那些月國士兵會和。

晨曦正曈曨，煙霞連灌叢，她在馬上給了他最後一個回望，他的心正如他的懷抱一陣空空如也，良辰美景奈何天，賞心樂事誰家院？花非花，空亦非空，這心境時憂時喜，冷熱參半，他的月兒還會回來吧？

只到踏入月國境地，月追那懸著的一顆心才落下，鑒於川的傷勢，她並未即刻返回月王宮，而是先到了就近的月國營地，不管是出於愧疚還是愛，她都拼勁了全力去救他，可倉天不隨人願，即使她不顧及肚子裡的胎兒，執意和大犀令合力輸送內力給他，月川還是在勉強撐了幾日之後撒手人寰。

或者是哀莫大於心死，伴君左右七年有餘，還有誰能比他更善解君王心？儘管多麼想相信女王和虎王的虛情假意莫不過是為了保全月國的權宜之計，他也明白女王心意杳杳已變，他再也抓不住她了。

耳聽為虛眼見為實，二王恩愛幾番眼前，他焉能故作不見？

說什麼自斷心脈？眼見女王移愛他人，他心本已碎，山林一戰，也只是抱著必死的決心以石擊卵罷了，如此他便會永遠在她心中占有一席之地，永生不滅，讓那虎王以後怎麼都比不過，他贏了。

追蘿寄青鬆，綠蔓花綿綿，皎月不留景，良辰如逝川，看斯人去，月追悲痛道：「川，對不起啊，對不起。我……」

「陛下莫哭，你……沒有對不起我，一切都是……我心甘情願。」

「月川啊，你……我會讓你的族人世襲貴族頭銜，我會在月王宮後山為你修陵，年年月月前去祭拜。」

月川看著她，只輕道了一聲：「謝陛下……」

斯人合目而去，千言萬語且留心照，如玉碎了，廢瑟難為弦，川乃水心萍草，出身低賤，承蒙陛下恩澤東海，曾貴與並蒂蓮開，幾度榮君香閣前，此生已是無憾，川只有愧不能再為陛下分憂君前，為了月國萬民，陛下要多珍重啊。

悲風涼月夜，陣陣悲歌裡大犀令問女王：「駙侯他一心求死，怕是女王也回天乏術。」

月追沉默不語，她知道這是大犀令在試探她真心意。而她的心意就像那川花穀底的梨樹花，一樹一樹紛亂如絲，連她自己也分不清道不明了。她知道自己愛上了虎王，可這份愛有多深，有幾多政治考量，連她也說不清楚啊。她也依然念著川啊，可這份深情如今只能是一份壓在心底的回憶，摻雜太多且愧且疚。

儘管川得確切死因是自斷心脈，可畢竟虎王重傷了他啊。川為了自己豁出去的性命，可她在他臨終之前都無法承諾為他報仇雪恨。三月十三寒食夜，映花月，絮風臺榭，幾多方寸情話都付與山外弦聲，千春萬續，女王的新歡殺了她的舊愛。

　　虎王，我和你是前世的冤，今世的孽嗎？

　　送別了心上人的虎王，沉默良久，突然叫來身邊的親信江雪裡道：「你可是有話與寡人講？」

　　此人正是那名擅長獨家冰影暗器的江門雪裡，被虎王這麼叫過來，只唯唯諾諾上前施禮道：「小人不明主公何所以，還請主公明示。」

　　「你真的不明？還是揣著明白裝糊塗？剛剛躲在暗中偷聽寡人和王妃對話的人難道不是你嗎？」虎王忽然大怒道：「是不是要我斬下你一隻手臂你才肯說真話！」

　　那人只嚇得趕緊跪下道：「請主公饒命啊，小的之所以敢忤逆聖意，在暗中偷聽，小的只是怕那月國女王會在暗中對主公不利。小的對主公一片忠心，還請主公明鑒啊。」

　　忠心？你這個混賬東西，那日偷窺王妃和我在溫泉合歡的傢夥也是你吧？」

　　「主公！」聞聽此言江雪裡頓時大驚失色，連忙跪地乞求道：「那日我只是想去求見主公，不小心撞到龍鳳承歡，絕非有意偷窺，還請主公恕罪。」

　　「嗯，我本也是這麼想的，所以那次也就想裝作不知道算了，可後來讓我發現這種事應該不是一次吧？你這斯偷窺王妃應該也不是一次兩次了吧？」

　　「主公，主公，還請饒我死罪啊。小德雖然偷窺過王妃兩次，卻從來不敢有僭越之舉……」

　　「你的意思是說偷窺王妃不是僭越？你還想怎麼樣僭越？」

　　「主公饒命，小的不敢再狡辯，還請主公看，在我這麼多年忠心耿耿地追隨左右的份上，饒我不死。」

　　「你這廝，先是偷窺王妃，再給寡人進言，靠發暗器取勝，

剛剛更是膽大包天，罔顧聖命，再次在暗中偷聽王妃和寡人的對話。如此身術不正，其心可誅。來人，把他給我拉過去，斬了。」

「主公，饒命啊。」江雪裡慌的連聲求饒道：「主公，小的其實是受太王太后的懿旨，才會暗中偷窺的，太后她擔心主公被人迷惑……」

「所以你這廝監視寡人，寡人還得感激你不成？」

「不是，不是這樣的，必須，太后讓我彙報主公的日常，但是並沒有指示我做任何對主公不利的事情啊。」

「難不成太后還要求你你把本王和王妃的床事也要一一詳細彙報？所以你連寡人的溫泉和床榻也要偷聽。」

「不是這樣的，主公，主公饒命。小的就實話實說吧，其實是王后她請太后下的懿旨，是她吩咐小人的。」

「你終於肯說實話了？可是晚了，我本來還想在思慮著怎麼處理你，不過這會我也沒什麼耐性了……」

「還請主公看在小的陪你南征北戰多年，當年也曾為主公擋過刀劍的份上，饒了小的吧。」

「你不提這個我倒是還罷了，你仗著當年替我擋過一刀的份上，這些年做了多少為虎作倀，狐假虎威的事情，我都睜一隻眼閉一隻眼算了，如今王后許你點好處，你竟然吃裡爬外的事情也敢幹了。」

「不，不，不是這樣的，主公。」

「那是那樣？」

「是小的覺得王后指示的事也不是什麼損害主公的事，所以，所以……」

「這有沒有損害是你來判斷，還是寡人來判斷？」

「是主公，應該由主公來判斷。」

　　「江雪裡啊，」虎王從身邊一名侍衛的身上取下寶劍指著江雪裡道：「其他的也倒是罷了，寡人看在你追隨我多年，還曾替我擋下一刀的份上都可以罷了，但你知道不知道有一件事，寡人是不能忍的，你知道你致命的錯是在哪裡嗎？」

　　「啊，主公，小的，小的不知……」

　　「好的，那我今天就讓你死得明白一點，你知道不知道，寡人的女人，你是不能癡心妄想的？你藉著有母後的懿旨撐腰，多次躲起來偷窺王妃，你腦子裡想些啥，你以為寡人都不知道嗎？」

　　「啊，沒有，小的沒有啊。」

　　「沒有？罷了，看在你在我身邊多年的份上，我雖然會廢你武功，但是留你一條狗命，隨便你也去告訴王后，寡人喜歡那個女人都輪不到她管，要她不要仗著有母後給她撐腰，一天到晚亂管寡人的閒事。如果再妄圖收買安插耳目在寡人身邊，她的王后也就做到頭了。至於你，死罪可饒，活罪難逃，寡人今天就斬了你的右臂以示懲戒。」

　　這哪裡是廢武功，這簡直是要人命，啊，淒厲聲響徹雲霄，虎王竟然活生生地斬下了那人的整只手臂。

　　「禦醫，給我，給他塗上止血散，但是要給我餵到五心散，我要讓這小子永世都不能再練武功。明白嗎？」

　　這人能活下來也算是命大，但五心散不但斷人心脈，還能讓人失智。一個背叛了虎王的叛徒，還有什麼用？王后自然也不再鳥他。一個堂堂的國王的近身侍衛，曾經的武林高手，如今，竟然也只能落得半瘋不傻，和一幫山野村夫為伍。

第八章

母王被迫屈服在淫威之下，
給虎王都做了十幾年的私密情人

柳眉梢，玲瓏眼，貝齒輕咬，
金宵帳，重影搖，尾狐搖搖引霸王折腰。
月花好，雲竹茂，蜿蜒迤邐，
芙蓉俏，冰肌綃，蛇眼紅塵誰能與我共逍遙？

幾個月前的龍陽的鬧市街頭，一個說書正在唱完開場，接著就開始故弄玄虛，神神化化講著什麼妖狐變美女，社樹成樓臺，蠻族女王之所以姿容絕色，虎王見了路都走不動，那是因為她是吸取明月精氣的九尾狐妖幻化……惟有空心樹，白蛇藏魅人，借取天宮臺上鏡，為時開照月下霧蛇。

「喂，我說，你這說書老漢真是能誆我們的聽書錢，我聽你唱開場歌的時候就不對頭啦，你今天一會狐妖，一會蛇妖的，都是些什麼亂七八糟的啊。所以王妃到底是啥變的？」

「哎呀，今天一是慌亂，兩個版本講串啦，等等啊，我看看，那咱們就徵詢一下大家的意見吧，大家想聽那個版本啊，狐妖版，還是蛇妖版？」

「去去去，這都什麼呀，走了，不聽了。」

看那人不滿的甩甩衣袖離去，旁邊的一位笑道：「這人真是的，聽個故事較什麼真呢，哎，那個老漢，今天就講白蛇版吧，那九尾狐聽了好多遍了。」

「好嘞，就聽這位客官的。」

　　微服出訪，在酒店二樓與男扮女裝的月追對飲的虎王，聽得大笑不已。

　　「你笑什麼呢，難道你也覺得我像是蛇妖不成？」

　　「呵呵，怎麼會，不像，不像。我更喜歡九尾狐，呵呵。」虎王低聲用平語道。

　　「你說什麼呢，我哪裡像狐狸啦，你怎麼能和這些百姓一般見識，跟著他們胡扯八道。」月追不滿道。

　　「他們沒有胡說啊，我還真是被你迷的走不動路，哈哈，再說，我的月兒還真的美的凡人比不得。此人只應天上有，人間能得幾回聞？」

　　「那不應該是仙嗎？怎麼會是妖呢？你啊，這些年來，縱容那各色歌謠，禁書在市井流傳，現在這些百姓越來越不像話，編的故事也越來越離譜，你真的都不打算管管？」

　　「呵呵，我有下令禁過一些過於不像話的。」

　　「但你幾乎從來沒有懲罰過這些人。」

　　「呵呵，為君者，寡人只怕百姓質疑我的能力。如果連這些扯淡的閒話，寡人都要關注的話，豈不是一天到晚地要累死？」水流心不競，雲在意俱遲，虎霸王正色道。

　　「說的也是呢。」

　　「世人皆諷寡人金屋藏嬌，殊不知從來都是月兒你不願意接受冊封啊。月兒啊，雖然寡人知你是我妻，已然足以。可你不是說過待到好兒成年，足已接替女王之位時，你就會陪在我身邊嗎？你還要讓寡人等到什麼時候啊。」虎王突然轉了話題。

　　「龍陽已被你定做天都城的陪都，你每年幾乎都有三、五個月在這邊處理公事。而我也總是在這邊陪嘛，你還想怎樣啊。」

　　虎王剛想說什麼呢，一個侍衛突然來報，說是河都府送來急報，按規例需要虎王親自過目批示。虎王點點頭道：「知道

了，你先下去吧。」

轉頭對月追道：「月兒啊，出來了半晌，你也有些疲累了吧，我們回去吧。寡人先去忙些政務，晚些時候，寡人還有非常重要的事情和你商量呢。」

龍陽宮入夜桃花雨，金爐香燼漏聲殘，翦翦輕風陣陣寒。春色惱人眠不得，月移花影上欄杆。暖帳裡虎王環抱佳人，輕扯她胸前的衣帶：「寡人就是想要讓天下人都知道你是我虎霸王的女人啊。」

「今個外面下雨，你的手好涼。」她抓住他的手，似攔非攔的。

「是嗎？我看月兒你是又想糊弄過去呢？今天可不行，寡人說了，寡人要讓天下人都知道你是我虎霸王的女人啊。」

「這天下人有人不知道的嘛……」

「那怎麼一樣啊，月兒啊，我想昭告天下，正式冊封你做虎國的王后，我要給你封號，讓你享太廟祭祀，我要和你生同衾，死同穴。」

「現在也沒有什麼不同啊？」月追嬌嗔道。

其實月追怎麼會不明虎王的心思？多年前太后駕崩，太傅氏王后日漸勢衰，這虎王就一門心思想要正式冊封自己，去年虎國王後病逝，虎王更是肆無忌憚地在一眾朝臣面前表達此意。雖然她從來不在乎這虎國王后的虛名，可她拗不過他啊。如今連好兒都已經要到成年禮了，她還有什麼理由拒絕他呀？

歸根結底，她並不是不想和他長相廝守啊，也不是不想做虎國的王后，她已經是他的妻，這些年來甚至為了他，守身如玉。而他也自認是她一人的夫君，即使好兒之後，她沒有能再為他生下男丁，他也再沒有納過新妃。想到如今虎王也只有一個侍妾生下的王子，被先王后領養。

她試探著問他：「虎國只有一個王子津，你不擔心後繼無人嗎？」

「不是月兒你給我生下的孩子，其他的再多兩個又有什麼不同？不要也罷。」

此生得此一人心，她還有什麼遺憾？她只不過不想把烏月徹底變成虎國的一部分。如果烏月變成了虎國的一部分，那烏月還是烏月嗎？她希望烏月的百姓能夠保留他們的生活方式啊，他們祖祖輩輩習慣了的一切啊。

「嗯，月兒怎麼不搭話，難道你不想和我生死與共嗎？」他揉捏她的胸，又撫過她的臉親吻她：「你不讓好兒知道寡人才是她的親生父親，好讓她能專心繼承烏月女王之位，寡人都依了你了。可是你答應寡人要做王后的承諾，還要叫寡人再繼續等下去嗎？」

「嗯……嗯……不……不是。」

「你要是再不答應寡人明天就去告訴好兒，我才是她的親生父親。」他的手順勢而下，扶上她的大腿根部。輕輕柔柔的小曇花，層層疊疊的分化，食指尖的穿插與勾畫，氤氳霧美的水彩，繽紛流淌。

「嗯……不要……那裡不要。」

「月兒，都這麼濕了，還說不要啊？嗯，寡人的詔書都擬好了，你要再給我說什麼時機未到，寡人就不許你離開這裡了，寡人要直接帶你到天都，在那裡和你大婚。之後寡人還要照告天下，冊封我們的女兒月好，不對，應該是婦好為虎國長公主。」

她翻過身來，環抱著他的脖子舌吻：「不要，你答應過我，讓好兒做烏月國女王的。如果好兒知道你才是他的親生父親，定然會亂了心神。」

「嗯，那月兒答應我的事也要做到啊。」

「嗯……」

只是這後面是什麼啊，虎王突然觸摸的毛茸茸的一片，嚇了一條，掀開被子一看，竟然真是一條玉白色的狐狸尾巴。

「月兒，你，你這玩的是什麼啊？」他忍不住用手扯了扯，月追不僅嬌羞的道：「別用力扯啊，會痛的。」

「什麼，你不會是把狐狸尾巴塞在了……」

「嗯，那你要不要摸摸看啊？」

她反身騎跨，那狐狸尾巴弄到了虎王的身上，讓他一陣癢癢。再順勢而下一番愛撫那盤龍繞梁，舌信子親吻豆尖舞：「你啊，總是這樣子性急，和你的主人一個樣。早晨才剛好好地疼愛過你一番，現在就又變得急不可耐了。

「哦，月兒哦，你這是個狐狸妖精……你這樣會弄死寡人的。」

酒醒花間，酣睡花眠，女王因為素來身體肺熱，稍有不慎，便有嘔血之症。總是會在午後涼爽之時，小憩片刻。半醒半眠閑，一陣風涼涼，花開花落的宮闈幃帳，烏髮雲瀑，金川玉臂，女王全身汗微透，聽得宮人輕喚：「陛下，陛下。」

這才意識到，自己這會兒並不在龍陽宮啊，而是在月王宮啊。都怪這該死的虎王都，自己這麼多年來為了他信守守身的承諾，一個額駙都沒有再招過。這般如狼似虎的年紀，既要日理萬機，還要清心寡欲，就連一個午睡小憩也會想起他？

虎王的迎親隊伍也快到邊關了吧，是不是這兩天就要擇日啟程了？嗯，任世人如何描述妖媚狐子迷惑虎王都罷了，說的都是自己在勾引虎王，哪裡知道是他先是逼自己做王妃，再逼著自己做王后的？好一個不達目的誓不甘休的虎霸王。她能拿他怎麼辦好呢？都已經下定決心大婚了，也沒有什麼放不下的了。

　　大婚的詔告已經四海皆知了，按照虎國的風俗，虎王送來烏月的彩禮都不知道有多少車次了。聽說虎王這次還派了虎國唯一的王子津前來迎親，明迎親的隊伍也已經在路上了，她這是嫁也得嫁，不嫁也得嫁呀。唉，罷了。好兒也十六歲了，成年禮也舉行了。這代理女王給她做，身旁有兩個師傅協理政事，也不會出什麼差池吧？

　　這個好兒啊，也真不讓她省心，不但因為大婚的事和她慪氣，這兩日她竟然還能強搶了一名虎國送過來的奴隸，逼著人家做了她的額駙。唉，這孩子不但音容笑貌神似她那個虎霸王爹爹，就連這行事風格都差不多嗎？這喜歡的人就要搶了去，也不管人家願意不願意？而這名奴隸似乎也那有來頭⋯⋯

　　如果月好是男兒身的話，會不會真的像他的父親一般，會成為虎國國君？月追當然知道虎王心中最大的憾事，莫過是為什麼月兒的孩子不是男兒呢？不然還有虎津什麼事呢。他不過虎王一侍妾之子，卻因為虎王都唯一的兒子，而被王后太傅氏過繼，成為虎國名正言順的繼承人。

　　唉，如果月兒能替寡人生下繼承人就好了。虎王都不止一次這樣感嘆過。

　　「月兒啊，你說，寡人是不是當日在山林就不該放你走啊，當年你若能在虎國生產，怕也不會因血崩九死一生。」虎王懷抱這人兒，一陣憐惜。

　　「烏月的醫療怕不在你虎國之下吧？這女人生子之事，在那裡也都是以命相搏，我從不後悔生下好兒，想想大概是我的命數吧，命中註定只有這一個女兒。即使如此，也夠了。」

　　「嗯，雖然寡人最大的期望就是月兒你能為寡人生下我虎國的繼承人，但如果天意如此，寡人也不能強求，你我二人皆子系單薄，如果這真的是天意，寡人和月兒相濡以沫這一生就

好了。唉，只可惜好兒她是女流之輩，不然我定讓她做虎國的儲君，承繼王座。」

「女兒家就不能做王嗎？你虎國這算得什麼重男輕女的爛習俗？」她假意有些惱。

「呵呵，祖上的規矩罷了，就像你鳥月，不也從來沒有男兒為王之說？」他摸了摸她的鼻子說道。

這說得也是，月追心想，我只道是虎國重男輕女，原來鳥月也好不到那去啊，重女輕男不一樣有失偏駁？「我知你有多疼惜好兒，你隻身去過鳥月兩次，全都是為了她，一次是她出生的時候，一次是她生病的時候，兩次你都是帶幾個親兵侍衛就硬闖月國領地，連喬裝打扮都免了。」

「你還講啊，你知道你生產的時候，寡人聞聽你因生產血崩命在旦夕，寡人有多擔心嗎？寡人當時的心情，是真的怕從此再也見不到你，哪裡還顧得那麼多？當時就想丟下一切，千里騎行，到你身邊。」

「呵呵，我關卡不放行，你也進不來啊。」

「寡人要是硬闖，怕也沒有人攔得住。」

「呵，今天還這麼大口氣，那你那時候怎麼不闖關卡啊？」

「還不是怕惹佳人生氣嘛，你派人攔截，約寡人月後見，算算時日勉強也可以忍耐……」

「我那時候就應該學你一樣，讓羽林軍直接把你捆了，拉過來見我，大不了冊封你做駙侯算了。」

「呵呵，月兒，你還在記恨寡人當日生擒你之事啊。」他忍不住摟緊了懷中人兒，「你就不能原諒寡人嗎？」

「你想我原諒你啊，好啊，那今日，你要容我先報仇。」

「不知月兒你想怎麼報仇啊？」他輕吻她，只道：「寡人都想你做王后了，難不成你還想寡人把這天下也贈予你，才肯

原諒寡人嘛。」

「嗯，你那天下我沒有興趣，我要這樣……」月追扯下自己的腰帶，羅衣瞬肩滑落，她晃了晃手中的腰帶，接著就把虎王的雙手纏得緊緊實實，還真如當日一般模樣。

虎王先是一愣，繼而笑道：「月兒，我可是一國之君，你這麼玩啊，不怕寡人治你大不敬之罪嗎？」

「治罪，那要看你還能不能說出話。」她輕輕反身一個騎跨，一手攔腰，一手扯他的衣襟，再吻他，勾弄他的舌尖。

「嗯……寡人受不了了……月兒……」

「不許你說話……」她嘩啦扒開他的衣褲，小手探向遊龍，再堵上了他的嘴。

遊龍戲鳳。

第九章

熊用天羅銀絲設陷阱豈會是一般人，
說吧，你是不是虎國來的奸細？

這幾日之前，月好公主不過才剛好過了十五歲的成人禮沒有多久，那天早上面見母王的時候，不知怎麼的就再一次因月國和虎國聯姻之事爭執起來。各種緣由讓月好心中憤恨虎國國王欺人太甚。明知他們烏月是女主當家，從來都只有男婚，沒有女嫁，還要幾次三番地逼婚，要她母王，堂堂的烏月女王月追下嫁。這虎王怕是醉翁之意不在酒吧，這是想要徹底霸占她們烏月的國土，讓烏月變成虎國才肯甘休嗎？

母王也真是的，竟然就這樣被迫屈服在淫威之下，給虎王都做了十幾年的情人。想到這個，月好就恨得牙癢癢，一陣陣急火攻心，氣不過，就駕的一聲，獨自策馬出了王城。

一陣馬蹄聲輕靈，由遠而近。

寶馬似乾龍之靈，足如奔電，目如耀星，馬上人影金羈紅衣，迎面疾馳而來，看得躲在樹下的他一陣陣膽顫加心驚，因為他很清楚自己剛用天羅銀絲線在樹下設置了絆阱。這騎白馬的紅衣人大概率是這附近烏月族人吧，如果就這麼衝過來，那還不人仰馬翻？

無故取人性命，這種事情公子昭可萬萬不想。

好在這馬兒靈性非凡。一身白色，唯有頭頂那一縷黑色格外的搶眼。馬踏飛塵，颯遝流星，一陣長嘯停在了絆阱之前，來人收緊馬韁，拍了拍馬頭道，「黑頭，你這是怎麼了，這裡還會有什麼危險嗎？」

　　一身奴隸打扮得子昭先鬆了一口氣又倒抽了一口氣，這才看清對方竟然是一名體格頗為強壯的女子，看她虎虎的背，熊熊的腰還身著一身紅衣，子昭不由心下一涼，久聞這烏月的女子個個野蠻又兇狠，這後面還有虎國追兵，他若無故和她糾纏上，豈不麻煩大了？

　　這胖嘟嘟的紅衣女子拉了拉韁繩，踩鐙示意馬兒快走，那白馬卻始終躊躇不前，她只得下馬環顧四周，自言自語道：「這裡還會有什麼？」

　　金鞍照白馬，她臉龐圓潤，卻也眉目如鉤，颯爽風流，只是細細看來分明有幾分稚氣，約莫也就是個十六七的姑娘。剛飛馬而來的氣勢磅礡，子昭還以為是多麼彪悍的女漢子呢。公子昭當然不知，他面前的這位正是烏月的公主，威震四海的虎霸王和烏月女王追唯一的親生女兒。看這一臉的孩子氣之也不像是什麼奸詐之徒吧，子昭有些猶疑該不該出言告知危險。

　　他子昭，大邑的公子，年方十八，是大邑人盡皆知的宗之瀟灑美少年，曾經的大邑國王位繼承人，先王后的大公子，大邑的百姓贊他舉止優雅，軒若朝霞。大邑王子又能如何？母後過世之後，父王的虎國王妃做了王后，他的親兄弟，虎國王後的兒子開始備受寵愛，他自然的成了眼中釘。

　　可這會怎麼一身奴隸打扮被虎國的官兵圍追堵截上了？

　　說來話長。

　　只因在朝堂上反對增加課稅，就被父王一怒之下發配遙遠的雁城。他其實也樂得清閒在雁城教授農業，順帶還和關城守將成了朋友。只是最近讓他在無意中發現邊境有竟然有大量羌方和鬼方官兵駐紮的祕密營地。他暗中奏明父王，請求父王多增派官兵，父王竟然回復讓他不要多事。說什麼虎國和大邑是殺血同盟，雁城靠近虎國天都，羌方和鬼方豈敢輕舉妄動？

憂心朝政就算他多事？他不明白父王何故糊塗到如此地步？密報敵國的軍營已經陳兵邊關，父王竟依然不為所動。本國的邊防怎麼能完全依靠盟國？父王是不是也太相信他那位虎國王後啦？或者他的密報根本沒能被父王親眼看見，也是王后代替回復的吧？只這麼一想，他已經不寒而慄。

母後原是井方國的郡主，當今的井方國主算來也是他舅舅，母後在世之前，還給他定下和井方公主的婚事。可如今這婚事也被一拖再拖，他都不太不確定這舅舅是不是看他繼承大統無望，已經不想把井方大公主許配給他啦？

也許並非如此，因為舅舅前些時日還寫信來，邀他前往井方做客呢。眼不見心不煩，他決定取道壺渡，上行井方，去拜會井方國主。這壺渡三國交界魚龍混雜之地，上行不遠的天塹密林之中還有女氏部落烏月國。他這一路上喬裝打扮，風聞的全是虎國國王將要和烏月女王月追大婚的事。

半道茶寮，那些鄉野村夫繼續說著宮廷祕事，忽然嗖嗖的兩聲箭呼嘯而來，有個箭頭正插在了寮杆上，茶寮眾人頓時做鳥獸散。好在他的幾個貼身侍衛大薑反應靈敏，飛身替他擋下幾箭。他還沒有反應過來是怎麼回事，已經被人團團圍住，領頭的二人一黑一白，頭戴斗笠，二話不說，刀刀致命，一番激戰下來，只有他和侍衛大薑僥倖逃脫。

是誰吃了豹子膽，竟然敢刺殺他這個大邑公子？而且他們又是如何知道他如此私密的行蹤？是誰會出手如此之狠，上來就要取他的性命？他想一想還真是不寒而慄。對方武功卓越還窮追不捨，他和大薑只得趁機混在被運送的奴隸群中，這才逃過了一劫。

奴隸竟然是虎王送往月國的彩禮？

堂堂大邑國的公子竟然做求親禮，也真是笑死個人，好在

他趁機逃脫。這兩天喬裝成奴隸，也虧的還有這根保命符。那虎國官兵都窮追不捨了半天，這也該偃旗息鼓了吧，就為了兩個逃跑的奴隸，至於吧？難道真要追上三天兩夜嗎？

他在樹下設下的這根天羅銀絲線自然非同一般，那是致命武器，不但可以殺人於無形，還可以設置陷阱，更重要的是可以隱於無形，不上前細細查看，輕易不會被覺察，等到你發現那根極絲的銀線，你恐怕已經中了它的機關。

子昭這一個晃神間啊，就聽這名健氣的紅衣女子青眉微挑再次自言自語道：「原來有人在這裡設了陷阱啊。」

馬作身飛，霹靂弦驚。

好一個肥嘟嘟卻敏捷的身形。

她刷的拔出了一把小金斧，就要去挑動那根銀線……天羅銀絲的拌阱如果這麼容易破，那還叫天羅銀絲嗎？紅衣女子此舉恐怕只會觸動機，被天羅銀絲懸吊半空。

子昭終還是忍不住挺身而出，想把紅衣女子拉住。可……可……原來這小女子竟然非一般的強壯有力，子昭扯她不動，暗中一用力，竟然扯爛了她衣衫。女子還來不及反應呢，這兩個人都被齊喇喇地吊在了樹上。

白馬一聲長嘶。

這女子發覺自己和一男人像粽子一樣，一起被懸掉在半空中，竟全然沒有驚慌失措之色？只是試著掙脫了幾下發覺這天羅銀絲竟然越來越緊，月好也就不再動了。對這突如其來的陷阱仿若全然不在意，反倒是歪起頭看著同樣被捆綁的子昭。浪定浦月，閑花自香，那笑嘻嘻，直勾勾的眼神竟然還略帶幾分賞花的閑情雅致。

難道臉紅的竟然是自己嗎？這熱辣辣的目光都快把自己的臉看穿了。子昭禁不住面紅耳赤，下意識想避開對方的眼神，

可偏偏是避無可避，反倒是越靠越近。

這女子的眼神啊，簡直就好比獵人去打獵，看上了那頭獵物，又或者……像是父王在朝堂看鄰國進貢的奇珍異寶，那欣喜又甚是滿意的神情。大邑國民風保守，貴族女子也多被要求舉止有度。就算是公子昭是大邑第一美男，也有女子敢這樣盯著他看吧？

這熱辣的感覺緣何如此熟悉？真是太羞恥了，男女授受不親，和一個陌生女子全身緊貼，自己竟然還頗有些受用？子昭的心口恍過一種莫名的燥熱和緊張，該死，下面，那裡，拜託，千萬不要有反應啊。頭腦裡一陣白光閃過，他仿若看到了另外一個一模一樣的女人奇裝異服，半坐在造型奇葩的白色床榻上。

「思彤……」他竟然在心裡叫出聲來。

子昭被自己腦中一晃而過的聲音嚇了一跳，好在侍衛大薑及時三下五除二解脫機關，兩人一起掉落到了地上。

以為公子被著突如其來的發生嚇到了，大薑剛想走過來，子昭卻突然給他使了個眼色，叫他不輕舉妄動。子昭只是不想惹麻煩啊，這烏月女子年紀輕輕，體格壯碩，行為舉止怪異可怕，誰知道她到底是什麼人？他只想解釋清楚他沒有惡意，放下糾纏，跑路要緊，這後面還有虎國的追兵呢。

他剛想說話，那女子拍了拍身上的灰塵，氣定神閑地開口了，「嗨，這陷阱難道是你自己設的？看你這樣子也不像我們月國人氏，說吧，你是哪裡來的？嗯，看你剛似乎是想拉開我，而不是意欲加害本公……哦，你剛是想救我嗎？本公，哦，我是說我今天心情好，你若是說得清楚，我就饒你衝撞之罪。」

衝撞之罪？子昭看看身上這身偷來的奴隸服，再看看女子身上的華麗紅服，瞬間也就明白，這女人大概是烏月國的什麼貴族出身吧，還真以為他是那裡來的奴隸啦，還好她看得出自

己剛那是想救人救好。

　　子昭後退了幾步，施禮道：「在下二人只是路過，怕姑娘中了前面的陷阱，才貿然出手相救，實在是無意衝撞，還請諒顧。」

　　「路過？明明這陷阱就是你設的。」女子背起手淡定的繞他走了兩步，依然就像在欣賞自己中意的獵物，接著抽出腰間的那把金斧玩了玩說，「別以為你剛給人使眼色我沒有看見哦，樹下的那個也出來吧！」

　　侍衛大薑只得走了出來，女子卻突然變了臉色，用那把金斧指著兩人兇狠地說道：「能用天羅銀絲設陷阱豈會是一般人，說吧，你們是不是虎國來的奸細？」

　　年紀輕輕的一個小女子竟然認的天羅銀絲線？看來還真有些來頭，難怪她自始至終都沒有驚慌，早知如此，自己真不該出手救人，惹得一身麻煩。可是讓子昭有些丈二和尚摸不著頭腦的是，據他一直以來的軍事情報，這烏月和虎國的關係一向是蜜裡調油，這女王和虎王不都要擇日大婚了嗎？女子怎麼會質問他們是不是虎國來的奸細？子昭還在愣神之間，月好手中的斧頭已經架在了他的脖子上。

　　「再問一次，說吧，你們到底是不是從虎國過來的奸細？」

　　大薑也急得拔出了配劍對持，子昭連忙失示意大家不要衝動：「姑娘可不否先放下武器，聽我好生解釋？」

　　「不必了，你就這麼講吧。」她目光凜冽，似乎對著身旁持劍的大薑根本不屑一顧。

　　「姑娘都不怕我同伴傷了你嗎？」

　　「哼，你可以讓他動動手試試看！」

　　子昭心想，都說烏月的女子彪悍，看來也是所言不虛，自認武功不弱的他也有了好奇心，有心想看一下這女子的身手，

便冷不防躲開她的斧頭，一晃眼已經要扣緊她的胳膊，未曾想到這小女子果然身手不錯，腰身滾圓反應靈敏，手腕一抖已經輕鬆避開，緊接著竟然又是一真猛劈，金晃晃得斧頭差一點就碰到了子昭的肩頭。

子昭避開這一輪猛攻也不在話下，還轉頭控制住了斧柄，誰知道這小女子力大無窮，自認為功夫了得的子昭竟然卸不下她的武器，兩人就這樣你來我往僵持不下。幾番回合，子昭似乎略占了上風，抓住了月好的胳膊好聲道：「聽姑娘剛的口氣，像是對虎國甚是不喜歡，不過在下不是虎國人，而是大邑人氏，路過貴境，並無任何企圖，不知道姑娘可否行個方便，放我們二人離開？」

「大邑國？」月好若有所思，便收了武器追問道：「此話可是當真？」

「所言非虛。」

「好吧，既然你說你們是大邑國人，我也不難為你們了，你們這就隨我到前面的關防，通報姓名，說清楚你們的來龍去脈，我們驗證無誤之後，放你們回去就是。」

「這……」子昭心下打鼓，雖然他是來自大邑所言非虛，可自己確認是被奴隸車拉過的，且這名女子就很奇怪了，剛剛提起虎國，一臉憤恨，這各種的厲害和關係，他一時半會兒也琢磨不清。若照她所說去了邊防通報，保不准接下來會發生什麼事情。

「怎麼，難道你剛說的是謊言，這會心虛了嗎？」

「啊，當然不是，在下所言句句屬實，只是不知道姑娘您怎麼稱呼，憑什麼要我們跟你到關防？」

「我嘛，」女子揚了揚頭正言道：「你也不需要知道。」

「我若是不去呢？」

「那你就是找死。」

「姑娘言重了吧，我看我們還是大路朝天各行一邊吧，告辭。」子昭言畢，就想離開。

可這蠻橫的月好公主，哪裡肯讓他走？

「你還是說清楚再走吧。」她毫不客氣再次出手攔他去路。一時之間，兩個冤家死纏鬥打在一起，天昏地暗，難解難分。看儒冠羽衣兩身影，玄妙美金花，玉面初凝紅粉見，乾坤覆載暗交加，月虎俘金沙。青山綠水浩然歸，生羽翼，上煙霏，尋跨鳳吹簫侶，且伴孤月獨鶴飛。

第十章

傳我軍令下去，出動三軍，精兵包圍這座山林，
一日之內如果找不回那兩個奴隸，你們就提頭來見

　　君不見一聲霹靂斧兮霧罩長空，千眼頓開兮雲收月面。美人金斧，佇立少年。草色誰與媒？青青一何驟。桃花面，安可辨？公子可好，澄潭明眸暗送秋波。

　　看兩人你來我往的鬥纏，明裡你死我活，暗裡是明艷秋波。侍衛大薑哪裡懂了個中曖昧？在一旁急得不行，公子偏偏幾次三番示意不讓他插手。他也只能在旁邊看著二人打的難分難舍，子昭顯然低估了這個小女子的功力，他赤手空拳還有意讓她三分，她卻看似招招致命，咄咄逼人。

　　子昭無奈，只得使出殺手鐧敲山震虎，震落了她手中的金斧，一時月好疼痛難忍，小臉都皺在了一起，她下意識地抓緊胳膊後退兩步，差一點就要碰到後面的石頭。子昭哪裡忍心她摔倒，一把拉住她，月好觸閃不及，被他扯到了懷裡面，想要掙脫，卻被他牢牢緊扣，動彈不得。

　　「姑娘得罪了，我若不拉你一把，你差一點就要摔倒啦。」
　　「你放開我。」
　　「我放開你可以，但是姑娘你得先聽我解釋，在下公子昭，路過寶境，實在是並無任何惡意。」
　　「你在我烏月境內設置陷阱，還說沒有惡意？我怎麼知道你到底什麼人？」
　　「我說了在下姓子名昭，只是路過而已。」
　　「如果只是路過，你怕什麼跟我到關防？」

　　子昭還想解釋，卻聽得那邊一片人聲嘈雜，大薑忍不住提醒道：「公子，我看很可能是那些虎國官兵又追過來了，別再和她糾纏了，咱們趕快走吧。」

　　子昭只得好先鬆了手，把月好推向了一邊，順手收了天羅銀絲，大薑催他快走。子昭卻忍不住回頭再多看了她一眼。見月好還是摀著手臂疼痛難忍，他不忘解釋道：「我剛才只是震到你手臂上的穴位，姑娘且放心，並無大礙。」

　　話畢，兩人消失在森林裡。

　　月好剛剛看似兇狠，實則也只用了七八成功力，不然神力過人的她，單比力氣連男人都不是對手的，該有多心猿意馬，竟然能讓子昭偷襲得逞？眼見兩人離去，她略略陷入了沉思，這二人顯然不是他們烏月氏族，可也著實不像虎國人。

　　那位雖然一身奴隸打扮，眉宇之間卻自帶一番軒昂，身手更是不凡，難道他們真得是來之大邑國的貴族？烏月與大邑鮮有交集，他們為何假扮奴隸出現在這裡？看他兩次出手都是想救自己，看來也確實並無惡意。最重要得是如此眉清目秀還功夫了得，嗯，甚得本公主得歡心，那不如……

　　想到這裡，月好竟然面露喜色，突覺腳下一道光芒反射，斑駁樹影隱隱透，一塊玉石模樣的東西躺在那裡閃爍著耀耀的光芒，一派嫩涼如水。她不由得走過去撿起來看了看，這上面只有一個清晰可見的「昭」字。

　　剛那一群追過來的人，其實並不是虎國押送奴隸的官兵，而是公主殿下的師傅之一，左輔大祭司地緣犀令將軍。剛剛聽聞公主獨自策馬出了王城，還賭氣不讓人跟隨，實在是放心不下，這才追了出來。公主遠遠看見師傅，趕緊把玉石揣入懷著，佯裝什麼都沒有發生。

　　大犀令追隨烏月女王月追征戰多年，戰功彪炳，在族內深

受眾人尊重，就連烏月王親貴族，見到她也無不禮讓三分。說是公主的師傅，其實在沒有後人的大犀令心中，她一直以來都當公主是自己女兒一般。看見愛徒站在馬下捂著手臂，擔心不妙，越下馬就飛奔過來，上前問道：「公主殿下可還好，這是受傷了嗎？」

「無妨，我只是不小心碰到，沒有什麼的，師傅不要擔心。」月好還真是佯裝什麼事都沒有發生。

「碰到哪裡了？怎麼碰到的？」

「噢，都說沒有什麼了，只是剛才看見兩個……，噢，嗯，那個兩頭鹿，我想追，在森林裡有些磕磕碰碰罷了。」

「兩頭鹿？」

「是啊，就是兩頭鹿，給他們跑了，哎，師傅就別問那麼細了，你看我這不好好的嘛。」月好說著還忍痛甩了甩胳膊。

見公主愛徒看起來也確實沒有什麼大礙，大犀令雖然心裡有疑惑也不在過多追問，只道：「你呀，從小到大，只要一生氣，就愛來這森林裡瞎跑。」

月好調皮一笑：「都是師傅最瞭解我。」

「好啦，也自己出來跑了半天，隨我一起返回王城吧，不然你母後真的該不放心了。」

「我不想回去。」

「怎麼啦？還在生你母後的氣啊，你看這林中的空氣多好。走吧，師傅陪你邊走邊聊吧，也當陪你散散心吧。」

「好啊。」

山風吹過空林，素暉流煙。

師徒二人林中牽著馬緩行，後面的侍衛切切跟隨，兩個人閒話了一些其他之後，大犀令最終還是忍不住再次柔聲勸說：「公主，你也要理解你母後的苦心啊，她同意大婚也是無奈之

舉，想當年我與你母後，還有你父候，舅父一同南征北戰，才成就了烏月的今天。可是你也知道，你的幾位姨母，還有父候，舅父全都是死在了戰場上，女王獨自一人擔當重任……」

「知道了師傅，你說過好多次啦。」自知多少有些理虧的月好撅了撅小嘴巴。

「你只知其一，不知其二啊……」

「那也要師傅你告訴我，當年到底發生了什麼，我才能知道啊。」

「這……你只要知道女王忍辱負重這麼多年，也無非是想把你培養成一個合格的繼承人就好。你啊，切不可辜負你母王的一片苦心啊。」

「我只恨那虎王當然殺了我父候，又霸凌我母王這麼多年，是可忍孰不可忍。」月好只倒是師傅多年來都不願意提及母王當年在虎國受辱的詳情，大概是顧及母王的顏面吧？畢竟這世間還有誰不知道母王每隔幾個月都會前去龍陽和那虎王幽會，這本來就是公開的祕密啊。

「公主啊，為師給你說了多少次啦，別總想著報仇，事情不是你想得那麼簡單的。」

「有什麼複雜的呢？難道不是虎王都殺了我父候嗎？」

「是，確實是。這一點沒有人可以否認。」

「那就好，我就不明白，母王和師傅你們為什麼都絕口不提此事？為什麼不讓我報仇？母王她若是沒有能力，就讓我來好了，總有一日我要報仇雪恨，以慰籍我父候的在天之靈！」

「這話也就在為師面前講講算了，其他人面前休要再提起。畢竟虎王和你母王大婚在即，你此番言論會讓人誤會的。」

「難道如此就要這樣心甘情願接受那虎王的條件嗎？說什麼要和我母王大婚，冊封我母王做他虎國王後，我看虎王他就

是想要用這種方法，不肖一兵一卒就能吞併我們月國領土。」

「虎王承諾，不會侵犯烏月的，且會助你順利登基，保月國天平。若不是這麼說好了，你母王她也不會同意大婚的。這都和你說過很多次了，你怎麼還這麼意氣用事？」

「我意氣用事？殺父仇人的話讓我怎麼信？」

「女王已經一早把她的生死置之度外了，你還不明白嗎？她的心中只有烏月啊。」大犀令嘆了口氣說：「我們烏月國百姓以前飽受虎國的欺負，不知道多少人身上都背負著國仇家恨，這些年兩國好不容易交好。你讓女王她如何輕易和那虎國輕易撕破臉啊，兩國開戰可非兒戲。」

「我知，我就是知道，心中才恨啊，師傅，我恨自己幫不了母王，讓她受這般委屈。」

「唉，公主啊，你再這麼賭氣，讓你母王如何放心把烏月交給你管理？」

月好低頭不語。

「為了烏月國民，莫說你母後，就算是為師，也早已把性命置之度外。可你也知道這虎國勢力強大，我們絕不能就這麼貿然和他們開戰。」

「我才不是什麼貪生怕死，苟且偷生之輩。要打的話，讓他們放馬過來好了。」

「為師知道你心裡怎麼想，因為為師也和你樣的想法，若是女王陛下一聲令下，我烏月將士寧可玉碎，也不瓦全，就算堵上所有，肝腦塗地。可為師也理解女王她忍辱負重的一片苦心，她想以此保全烏月，她想你順利接替王位啊。」

大犀令剛想再說，那邊突然有一女兵前來報告。

「說吧，有什麼情況？」大犀令淡然問道。

「稟告大犀令，那邊虎國送來的彩禮車，裡面有上百名奴

隸，已經到達邊防。」

大犀牛忍不住蹙起眉頭說：「這種事情報告給我幹什麼？交給那邊的內官處理就好了。」

「報告大犀令，正是那邊的內官差遣下人前來稟告，說是虎國送來的這上百名奴隸，有兩個逃跑了，想請教大犀令這事情該如何處置。」

「兩個奴隸而已，又不是什麼大事，差幾個人前去尋了便是，找到了最好，找不到就由他們去吧。」

那名女兵剛想領命前去，月好突然叫道：「你等等。」

公主自然是想起那兩個一身奴隸打扮，又顯然不是奴隸的人，大概率就是虎國送來的奴隸裡逃跑的兩個？可他明明自稱自己是大邑國人士啊？還有這塊玉，上面還刻著莫名其妙地昭字，一般人怎麼會有這種東西，難道他真的是大邑公子昭？

公主心中充滿了好奇。

剛剛和他一起被懸吊在樹上，兩個人像粽子一樣被捆到了一起，此刻方後知後覺的一陣莫名耳熱。月好摸摸自己的耳朵還有點奇怪自己這是怎麼啦，嗯，不管了，反正這人真的很好玩，嗯，我的想個法子把他抓回來陪自己玩才好，到時候再慢慢搞清楚他的身份也不遲。

「師傅，」月好腦瓜一轉道：「我看不能就這麼輕易算了，這虎國的人一向狡詐，萬一那兩名奴隸是他們有意安排的奸細，當如何是好？我看師傅還是派重兵去把他們抓回來得好。」

「重兵？」大犀令有些失笑道：「抓兩個逃跑的奴隸而已，還需要派重兵？不過公主殿下擔心的也有幾分道理，不如我就多派些人手把那兩個奴隸抓回來吧。」

大犀令怎麼會知道那兩個人可不是一般「奴隸」，不但身手不凡，就連他一手調教出來的公主愛徒都不是其中一個的對

手呢。這若不派重兵，怎麼可能把他們抓回來？月好對師傅一向是知無不言，可這會兒不知道出於什麼樣的女兒家心思，她偏偏就是不願告訴師傅剛才和那兩個「奴隸」交過手。

「咳，咳，」月好假意咳了一聲，這才又說道：「師傅你有所不知，若那兩人真是虎國派來的奸細，那絕非是普通身手，如果我們不派重兵，那斷然會讓他們逃脫。」

「嗯，這樣啊……」大犀令略一沉吟，讚賞的對月好點了點頭說道：「公主殿下說的確有些道理理，那就派些精兵吧。」

大犀令高喝一聲道：「傳我軍令下去，出動三軍，精兵包圍這座山林，一日之內如果找不回那兩個奴隸，你們就提頭來見我。」

「是。」女兵領命前去。

月好調皮一笑說道：「師傅真是英明神武。」

「呵呵，」大犀令笑言：「你這孩子啊，鬼得很。師傅我明明聽的是你的建議，哪來的英明神武？」

幽幽空林，翠色綿延，師徒二人相視一笑，策馬揚鞭而去。

第十一章

公主，你不是在和為師開玩笑吧？
讓這個身分不明之人做你的額駙？

　　驕陽愈烈，炎炎正午，山坡上的一塊空地一絲風也沒有，可憐了我們這位丰姿英偉，相貌軒昂，文韜武略皆具備的大邑公子昭，也算是倒了八輩子的血黴了，被扒了衣服，赤著上身的捆綁在一顆巨大的木樁上。大薑也不知道被他們弄到哪裡去了。太陽曬得這頭髮昏，一陣陣口乾舌燥，他對看守他的那幾個士兵說了半天，對方不是不厭其煩，就當沒聽見。

　　唉，莫名被人刺殺暗算，混進奴隸群中又被當成彩禮送到了月國，以為只要和侍衛兩個偷偷逃脫，順黃河沿岸而下，不消的三兩日就能返回大邑，誰知道林閑又碰見一個難纏得女子，還被月國烏拉拉出動三軍，精兵包圍在了山頭。任你學足以通古，才足以禦今，哪裡逃得過過萬雄兵的天羅地網？千軍萬馬把森林圍了個水泄不通，大薑因為護主心切，不但受了傷，還被人打暈了過去，眼看這陣勢，他也只能束手就擒了。

　　想自己堂堂大邑國的公子，文治武功哪樣不行？空有一肚子治國安邦之才還什麼都沒有發揮呢，就這麼要死這裡了嗎？不行，不行，一定要想點辦法脫身才好。

　　「我那位同行的兄弟沒事吧？」他再問。

　　「你先顧好你自己吧。」那邊走來了一位大鬍子的兄弟對他說道，好歹這次總算有人理他啦。

　　「只是想知道他還好。」

　　「放心吧，我們烏月族從不胡亂殺人，你那位兄弟只是昏

死過去，等一會兒應該會醒來了。」

「那實在太好了，兄弟，你聽我說，能給件衣服穿嗎？這樣赤身裸體實在是不雅觀……」

「喲，你一個奴隸也懂的什麼雅觀，真是的，我看你長得細皮嫩肉的，嗯，派你幹粗話可能也幹不了，來那等下檢查完身體，哥讓宮內的給你安排個輕鬆點的活。」大鬍子說著就去扯他的褲腰帶。

「什麼，你這是要幹啥？」

「那你想什麼亂七八糟的呢，奴隸入編當然要驗查身體，不然什麼不正常的，殘疾的都送去宮裡面，那怎麼行？」

「這驗查身體，不需要脫我褲子吧？」

「褲子不脫怎麼檢查？驗查身體當然全身都要看了，你一男人，你還想我幹啥？」大鬍子嘩啦一聲撤掉了他的褲子，捏著他的腰臀轉了半圈，口中喃喃道：「不錯，不錯，這腰身簡直是黃金比例，這裡也很大，應該也很健康吧？」

「你，你……說什麼呢，哪裡當然沒有問題啦。」子昭簡面紅耳赤。

「可惜了，啊。」

「什麼可惜啦？」

「我們公主殿下剛剛招過額駙，不然送你參加競選，肯定雀屏中選，要是那樣你小子就飛上枝頭變鳳凰啦。」

「我去，我對你們公主沒興趣，我都給你說了我不是奴隸，你讓你們將軍來見我，我有重要的事和她說。」（作者特意紅筆批註：公子昭，說對公主沒有興趣，會被打臉打得很疼的哦）

「給你點顏色，你就開染坊了。你這傢夥是不是傻子，一個奴隸有什麼資格要求見將軍？」

「我說了我真的不是奴隸。」子昭哀求道。

　　「你不是奴隸，難道我是奴隸嗎？算了，我看你小子長得眉清目秀，也不想難為你，你有什麼就說吧，重要的我自然會稟報我們將軍。」

　　「這事情當然重要啊，但我不能就這麼給你說，你不是說是你們將軍下令抓我嗎，讓她來見我，我和她談……」

　　幾個士兵突然抬出一個火盆，紅彤彤的赤銅烈焰飛漲，熱騰騰的紫氣熏天，子昭的臉瞬間變了顏色，這幫子人不會是打算對他行使黥刑吧？這些人還真打算用燒熱的赤銅刀在他的臉上刻字？逃跑的奴隸都會被黥面以示懲罰，這幾乎是各國通行的律例，身為大邑的公子，他怎會不知？

　　天哪，他這相貌堂堂的大邑國公子，不會就在這裡赤身裸體再被人臉上刺字吧，虎落平陽被犬欺，龍擱沙灘招蝦戲，真是要瘋了。也顧不得其他了，只得擺明瞭身分：「你住手，我是大邑國的公子！」

　　「呵呵，你要是大邑國的公子，我就是大邑國的國王。」大鬍子笑道：「呵呵，小兄弟，這一點小小刑法，竟然嚇得你語無倫次了嗎？你有膽量逃跑，沒膽量受刑？我們烏月女王一向仁治天下，刑法從來都是從輕不從重，只在你臉上刺個字算是輕的，完了給你塗點草藥就好了。來，別膽子別那麼小，沒你想的那麼疼。」

　　子昭也有些無語了，原本喬裝成奴隸的時候，他也留下了貼身的信物，公子的玉璽，可這會兒竟然不見了，十之八九是剛才和那名小女子糾纏之間，失落了。也不知道會不會被她撿到？現在空口白話，他說什麼估計也沒人信了。

　　大鬍子對著手中燒熱的赤銅刀吹了兩口氣，再看了看被綁在樹上的子昭，摸了摸他的臉道：「嘖嘖，也可憐了你這一張俊俏的臉，再早到些時日，哥肯定推薦你參加額駙的大選……」

「給你說了，我不是奴隸，也不是什麼虎國的人，我是大邑國的公子子昭，你要信了也好，不信也罷，要動手就快點吧。」眼看的燒熱的赤銅刀就在眼前，和這些人也是死裡不遇，活裡難談，子昭乾脆把眼一閉把心一橫，不就是臉上一刀嗎，來吧。

「你們先停手。」山坡下幾名女兵奔了過來，隨後一襲棗紅馬的大犀令威風凜凜，赫然而至。

「這就是剛才逃跑的那兩位奴隸中的一個嗎？」大犀令拍了拍手中的馬鞭，問道。

「稟告大犀令將軍，已經證實確實是那兩位逃跑的奴隸，現在依照慣例先為他們黥邢。」

「不是有兩位嗎？這裡怎麼只有一個？」

「哦，還有一位剛才抓捕他的時候拼命反抗，所以被我們的人給打暈過去了，這會還沒有醒過來，不過我們的巫師已經看過說他死不了。」

「嗯，很好。這兩位奴隸比較特殊，你們就先暫停黥刑，待我親自審問過之後再做定奪吧。」

「遵命。」

真是好險啊，子昭長吐了一口氣。雖然從未謀面，但他久聞烏月的這位女戰將雷烈風行，頗有遠見，且不知她是不是一個好溝通的人？他這心念陡轉之際，金鞍杏杏白馬，一晃而至。哦，是那個熟悉的圓嘟嘟，健氣又靈敏的人影，還是那匹黑頭，還是那身紅衣。

「見過公主殿下。」眾人喊道。

女子點了點頭後手持韁繩立定定，眼波流轉，和一絲不掛的他對視一眼，忍不住繼而掩面輕笑道：「你們先給他鬆綁，再拿件衣服給他穿上吧。」

哦，這位剛才在林閑和他交過手的野蠻的小女子，眾人竟

然喊她公主殿下，原來她就是烏月的公主？他其實一早估到她的貴族身分，但也斷然沒有猜到她竟然會是公主。子昭低頭看看自己這赤身裸體，蓬頭垢面的模樣，真是恨不得找個地縫鑽進去，他竟然有種寧可受刑，也不願在她面前這副模樣的心情。

幾名侍女幫他穿好了衣服，他突然遠望著她，呆了呆，因為那似曾相識的感覺再次襲來，他又一次看見那個和她一模一樣的女子驀然回首燈火闌珊處，雖然只是個轉瞬即逝的影像，可他完全肯定她們是一個人。

「公主陛下，您怎麼跑到這裡來了？」大犀令驚訝愛徒竟然特別跑了過來，平日裡可沒有見她這麼關心此類瑣事。

「我聽人說抓住了那兩個逃跑的奴隸，就跑過來看看。」

「這有什麼好看的？」

「師傅……」月好附耳對著大犀令一番低語。

大犀令頓時臉上呈現一片訝然之色：「這，殿下此話當真？」

「千真萬確。我有玉佩為證。」

「既是如此，在確明身分前，我們也當禮遇才好。」

月好再次俯耳低語，聽著大犀令不由得瞪大了眼睛。

「公主，你不是在和為師開玩笑吧？讓這個身分不明之人做你的額駙？」

「師傅，你就答應我嘛。」

「這，無論他是不是大邑的公子，都不合適吧……」

「師傅，你就把他送給我好嗎？」

看著愛徒可憐巴巴央求的眼神，大犀令笑了笑說：「但是只要公主陛下真心喜歡，也未嘗不可。」

「謝謝師傅！」月好神祕的莞爾一笑。

大犀令轉首對眾人命令道：「傳我軍令下去，給這位鬆綁，送他沐浴更衣，好生款待，然後再送他去朝天樓，就說這是公

主要的人。」

　　下屬的軍首聞言先是一怔，緊接著才連忙答道：「遵命！」

　　原本持刀準備行刑的那位大鬍子聽言扔下手中的刀，笑顏逐開地推了子昭一把，一邊說道：「你看小子，給我說中了吧，你這下可有福了嘍。」

　　子昭還有些不明所以忙問道：「大哥，你們這是什麼意思？」

　　大概是緣於公主和大犀令尚在此處，大鬍子雖知他是外來人，不懂得烏月的規矩，也不便明言，只道：「我們公主救了你，你還不上前叩謝啊。」

　　子昭只得上前施禮道：「在下多謝公主相救，只是不知道可否連我那個同伴也一同放了？」

　　月好點了點頭，大犀令於是對眾人說道，「另外的那位，也安排他進宮做些雜事吧。」

第十二章

玉人吹簫鮮花動人，灑遍薔薇清露，
東華待漏滿霜華，媽的，這該死的生理反應

　　一疃疃天樓木閣在森林之中掩映，樹影婆娑。圓圓得屋頂，似草帽散落，自山崖旋轉而下，有瀑水得喧囂，又有泉水的轟鳴，鳥語花香，若不是被人領路進入其中，子昭真不敢相信這層層疊疊的密林之中竟然隱藏著如此優美的烏月宮。

　　銜結而上總算是到了最西南的朝天樓，剛和大薑打了個照面，見他好生團圞一個，子昭總算放下心來。剛那些送他沐浴更衣，大家都對他畢恭畢敬，洗漱完畢又帶他來到這暖閣之中休息，再送來了一桌子的好吃好喝的招待。特別是這壺茶，味道清香宜人。他身為大邑公子，走南闖北，怎麼從來沒有喝過這麼好喝的茶呢？

　　粉香暖閣清香陣陣，給他做客房，總感覺有些不合時宜，難不成這就是烏月族的待客之道？哎，管它呢，這接連折騰了幾天，酒足飯飽之後就去好好休息一下。再次想起那位公主蠻橫得模樣，或者，其實也不算得蠻橫吧，那騎馬的樣子還真很是可愛呢，啊，她那樣子怎麼也和可愛搭不上邊吧，嗯嗯，帥氣，就算她帥氣吧。

　　忍不住問了宮女，這款如此清香的茶是何由來，叫什麼名字。宮女掩面一笑，只說道，「這是我們烏月王宮才獨有的曲靈茶，只有我們烏月的大祭司們才懂得如何配製的。」

　　「大祭司們？」

　　「是啊，我們烏月的第一大祭司歷任都是由我們的女王擔

任，不過除了祭天之外，宮中的各類事務其實都是由我們的天緣大祭司和地緣大祭司承擔的。地緣大祭司就是只負責掌管軍事的大犀令，至於我們的天緣大祭司那負責的事情可多了去了，這宮中大大小小的事務幾乎都要經過她的首肯。」

「哦，那這茶豈不是非常之珍貴？」

「當然，自然是非常珍貴，其實也是烏月貴族女性的必需品。」宮女突然抿嘴一笑，似有所指。

子昭卻並沒有聽出有什麼不妥，只道：「哦，看來你們女王也甚是喜歡喝這款茶啦。」

「哦，我們女王卻不會喝這款茶。」

嗯，不是說是貴族女性的必須品嗎，卻從來不喝？難道女王用這茶泡澡不成，子昭還想再問，宮女卻面帶一絲奇怪的笑容退了下去，也只好作罷。

大薑卻被安排去了其他房間，子昭有些奇怪，心下思忖，難不成他們知道了自己是大邑國的公子，大薑只是自己的侍從，這才區別相待？切，也不考慮那麼多來了呢，等再見到公主之時，感謝之餘要好生解釋，雖然隨身的玉璽已經丟失，但公主如果願意給他時間，他想要證明自己的身分恐怕又有何難。這會且自享受面前的美味佳餚吧。

他扯了個雞腿，剛咬上一口，大薑推門而入竟然為他帶來了一個驚天消息。

「那個，那個，主上，大事不好了。」

「怎麼啦，還能有什麼啊，你慢慢說。」子昭心想，這都被當成俘虜抓起來啦，還能有什麼比這更糟糕的？沒有想到大薑的一番話，還真讓他傻眼了。

他竟然在自己完全不知情的情況下成了公主的額駙！什麼不知情啊，簡直是莫名其妙。準確來說還是預備額駙，因為被

安排在宮中打雜的大薑聞聽那些人議論紛紛，說什麼這前幾日正好是公主的成人禮，按照族例已經爲公主挑選好了額駙。可公主不知怎麼就看上了他，這才在鯨刑之下救了他，央求師傅把他也加了進去。

　　所以說他堂堂大邑國的公子就要在這女人當家的地方，被那五大三粗的野蠻公主綁來當丈夫了嗎？還是幾個丈夫中的其中一個！這，這像話嗎？

　　「不是正式的丈夫，我聽人說這裡無論是平民，還有奴隸，不管是誰，只要女王或者公主看上就可以給女王或者公主做額駙。不過女王的丈夫駙侯就只有一個，必須是貴族出身，所以……」

　　「所以，所以你是說本公子還算不得貴族，還不夠資格給這個野蠻的公主擋丈夫嗎？」這話是脫口而出了，子昭納悶，怎麼聽起來就像是自己很想給那女人當丈夫一樣？

　　「公子有所不知啊，這額駙和駙侯的最大的區別是，我聽人講，額駙是不能有孩子的，這些額駙什麼的都要喝斷子茶才能和公主同房。」

　　「什麼，同房，斷子茶？！」子昭倒吸了一口涼氣。

　　「是啊。」大薑抓了抓腦袋，若有所思地說道：「我剛聽她們說什麼，但凡喝了斷子茶，就不能再讓女子受孕啦，那個茶叫什麼，什麼靈來著。」

　　「曲——靈。」子昭面若死灰，一字一句地說了出來。

　　「原來你已經知道了啊。剛擔心死我啦。」大薑拍了拍心口說：「我一聽道他們這麼說，就趕緊跑過來，想這必須得讓你知道，這地方絕對不能再待下去，我們必須得趕緊想辦法，今夜就逃……」

　　「來不及了。」子昭依然面無表情，只一縷鼻血蜿然而下。

「怎麼啦，你沒事吧，你怎麼流鼻血了。」大薑有些驚慌得問。

子昭用手摸了一把，用異常平靜得語調說道：「我想這大概是那斷子茶的副作用吧。」

「啊，什麼？」

子昭指了指桌子上得茶壺說：「你說得太晚了，這茶我已經喝啦。」

「啊？」

門外突然人聲嘈雜，兩名護衛打扮的女官走過來，一點都不客氣直接用武器指著大薑，用生冷得口氣道：「果真在這裡，讓我們好找，這裡不是你待得地方，快回去幹活。念你是初犯，又是公主指定額駙的朋友，這一次就不和你計較，如果你下次再不好好幹活，不經請示胡亂在闖入禁地，我們護衛隊絕不輕饒。」

大薑無奈地看著子昭，那眼神頗有點像是在問，公子你要是同意，我們現在就先收拾了這兩個，接下來我們再謀劃著怎麼逃跑。子昭倒是想啊，可看看門外的人影也只得嘆口氣，揮了揮手示意大薑先聽從安排。女官向他點頭示意之後就帶著大薑離開了。

子昭抓著腦袋勉力撐在餐桌旁，這一桌子的佳餚他再沒有了胃口，人生二十載，他從來沒有像今日這般失魂落魄，斷子茶啊斷子茶，難道說我公子昭日後真的……

天色已盡黃昏，門嘎吱的一聲再次被推開，進來了幾個掌燈的宮女，還有兩個個宮女手中挽著花籃，為首的女官示意點燃了房間的蠟燭，子昭才看清這名女官體態修長，身影姣好，臉上卻戴著一個奇怪綢絲面具，他根本看不清她的眼神。

兩個宮女也不二話，上前直接把子昭從凳子上扶起來，還

沒有等子昭反應過來呢，已經迅雷不及掩耳把他全身上下摸了個遍，子昭大驚失色，連聲問道：「你們這是想做什麼？」

首席女官語音道：「額駙你鴻運高照，公主殿下今夜宣召你侍寢。」

「什麼啊……」

女官接著命令道：「替額駙垂衫。」

「等……等等……不是說公主宣召嗎？」子昭不禁連退了兩步，穩了穩心神道：「為什麼要在這裡脫衣服？」

「哦，畢竟你是首次侍寢，咳咳，雖然一早你沐浴更衣的時候，我們已經初步確認過你身體沒有什麼異樣，但在正式侍寢前我們還是有必要親身確認一下。」

「什麼，親身確認，你們這些野蠻的女人，還真是不知道羞恥為何物啊。」

女官微微皺了皺眉頭道：「這不過是我們的宮中職責，額駙你若是不配合的，我也只能使用武力了。」

武力？這一天下來的遭遇也真的讓子昭受夠了，憤聲道：「看來你們公主沒有好好告訴你們，她和我交過手吧，你們若是認為你們的武功比你們公主還高，那就放馬過來吧。」

「需要大犀令出動三軍才能抓到的人，我們又怎能不知你功夫了得？怎麼能不做防備？看來額駙對我烏月的月靈茶還是知之甚少啊，呵呵，難道我手下的宮女今天還沒有給你解釋清楚嗎？我們烏月的藥靈茶有最強大的壯陽功效，然而也會至少消減你七成功力，你若不信，自然可以出手試試看啊。」

子昭一個提氣已知女官所言非虛，他失魂落魄的再次後退了幾步，頹廢的跌坐在床沿上，聽那她接著說道：「額駙畢竟是我們公主殿下中意之人，我等先盡力以禮相待，所以額駙還是不要為難我們的好。」

　　這一日之內失去生兒育女的能力，現在還要被迫去侍寢，看來這烏月蠻荒還真是我的葬身之所，如此羞辱我大邑公子，這還不如直接讓我死了好吧？

　　女官對身邊挽著花籃的宮女點了點頭，宮女會意，取了些花瓣輕輕對著燈罩吹了吹，子昭竟然昏了過去……再次清醒過來，竟然發現自己正面對著兩個赤身裸體的宮女，朝天柱已然一柱擎天，大驚失色的他半裸著身子，起身就想逃，卻被站在不遠處的女官一道真氣擊中，再次跌落在床上。

　　女子妖嬈的俯身而來，融融曳曳一團嬌，柔柔蜜密的吻，玉人吹簫鮮花動人，灑遍薔薇清露，東華待漏滿霜華，媽的，這該死的生理反應，大腦一片空白，子昭感覺自己就要失去意識了，突然聞聽一聲咳嗽，公主竟然從屏風裡走了出來，天呢，這個臭不要臉的女人，她是什麼時候來的？子昭看著幾盡不著一縷躺在床上的自己，真是羞憤交加，全都拜你所賜，一天之內，讓我受盡侮辱。

　　「公主殿下。」首席女官略略欠身施禮道。

　　「哦，我說，不如這個，嗯，今天這個測試就到此為止吧，我確信他是個正常的男人啊。」公主從屏風裡走出，也不看床上的那一派華麗的香豔之風，故作淡然地對女官說道。

　　「公主，這不合乎規矩啊，我按祖上規例為殿下挑選額駙，所有的預選額駙都必須經過確認，生理機能沒有問題，才能送去好好服侍殿下。」

　　「哦，這個，我是說，你看，我來測試現場，不也是通融的嘛，什麼規矩不規矩的，我都親眼確認過了，還有什麼問題啊。你就別那麼較真了。」

　　「這……」

　　「哦，上次萬花穀送來的蚌珠，我特別挑了幾顆漂亮的，

我就覺得吧，那蚌珠給你們用來裝飾面具再合適不過，今天公主殿下我高興，就都賞賜給你們吧。」

「謝公主殿下。」

「這裡就交給我吧。」公主說著就把女官推了出去，這個看似冷傲的首席女官，在公主面前也全然沒有了脾氣。

只是她沒有注意道，公主的小手啊，就那麼輕巧得一轉，就把首席宮女腰間的一個小藥瓶偷偷得給取走啦。揮手讓那幾個宮女離去，再看著這男人的這副模樣，月好像個調皮的孩子一般，手子尖在的他脖頸劃到了心口之間。

子昭驚慌失措的道：「你，你要幹什麼，你等等啊……」

第十三章

母王沒有了駙後，她可不能沒有了額駙啊，
此刻她唯一的祈求
就是眼前的這個他千萬不能死

「怕什麼呢，難道我是女妖會吃了你啊，來把這藥吃了吧。」公主的手這才停下，曖昧的一笑，揮手之間扯過單子給他蓋上。

「這又是什麼，我不會吃的。」

「放心吧，是對你身體好的。」月好說著就趁機把那一粒藥丸給他塞到了嘴巴裡，在他胸口一點，子昭也只能被迫咽了下去。

子昭因為藥效的原因有些迷迷糊糊的，月好坐下自顧自地端起桌子上的酒樽自斟自飲起來，看見公主那喝酒的背影，他勉強支撐著坐起身，急著想和她理論清楚。

「你到為什麼要這樣對我？」

公主卻也不急不慢，看著他輕笑道：「我喜歡你啊，這你不會看不出來吧？當然是喜歡你，才讓你做我的額駙啊。」

「你，」子昭真是氣不打一處來來，「有你這樣對待自己喜歡的人的嗎？」

「啊，你是指剛才那樣嗎，哎，我也不想的，我不都趕他們走了嘛。那是宮中的一些陳舊例行的規矩，為烏月女王或者公主挑選額駙，一貫都是如此。不過是怕誤選了一些不中用的男人，讓人掃興。」

「不中用的男人？」子昭真是被這公主這回答氣到頭暈。

「是啊，你知道的，」公主背著手，歪起頭看著他的臉，

然後嬉笑著說：「就是有時候會有些中看不中用的，嘻嘻，不過，以後你是我的人了，我不會讓他們欺負你的。」

「我是你的人？你到底知不知道我是誰？」

「還會是誰，我的額駙啊。」

「你……」子昭本想罵公主不知廉恥，想了想，這不過是人家烏月的習俗，他一個外來人也沒有什麼好拿這個評價的，只是忍了口氣才說：「我是說，你到底知不知道我是從哪裡來的，又是什麼身分？」

「啊，這個我也很好奇，嗯，不過我們有的是時間，你以後可以慢慢告訴我。」

「不用以後，我現在就可以告訴你，我是大邑的公子子昭，我的父王正是現任的大邑國國王。」

「嗯，我知道了。」

「知道了？你真的一點都不驚訝嗎？還是你不相信我說的話？」

「嗯，相信啊。我覺得你不會騙我，」公主莞爾一笑道：「而且，說實話，我撿到了你的玉佩，我今天花了點時間才弄懂玉佩上那個字的意思，是你們大邑的文字，應該是你的名字，昭。」

子昭心想原來這位野蠻的公主也很有腦子啊，竟然還知道去研究玉佩上的字，看了來或者也許真的可以溝通，也許說明白了，她會願意放自己走。

「既然你都知道我是誰了，你不覺得我不適合做你的額駙嗎？」

「怎麼不合適啊，只要我喜歡，就合適啊。」

只要你喜歡？那你就不管我怎麼想嗎？子昭被這回答氣地想惱，只道：「那你總該問問我的意思吧，如果我不喜歡你呢？」

「嗯，這個啊，我從來沒想過，不過即使你提起了，我也可以問一下，你喜歡我嗎？」

「我……」

「你不能回答不喜歡哦，你要是回答不喜歡的話，我就……」

「你就怎樣？」

「我就殺了你。」月好靠近他的臉，頭貼著他的胸口蹭了蹭道，這曖昧的舉動讓子昭的心莫名的一陣狂跳，心蓮花池心漣漪，怦怦怦，咚咚，廣北寒宮裡的玉兔跑了過來，執杵搗萍，我心花苞零，散落滿天晨星。

「真是個瘋女子。」

「你怎麼會不喜歡我呢？你一定喜歡我。」

「是什麼讓你這麼肯定我喜歡你？」

「嘻嘻，我感覺的，我就是那麼覺得的……」月好眨巴眨巴眼睛看著他。見鬼了，要瘋了，我為什麼要對這楚楚動人的眼神心動呢？這個小女人，明明是一直野蠻的母老虎。我竟然會感覺她楚楚動人，像只玉兔般可愛？

子昭確實不得不承認，他對這野蠻的公主有好感，而且那該死的心動還是第一眼看見她的時候。尼瑪，可這算不算是喜歡吧？何況自己還是被她綁來的？我怎麼能對強迫我的人動心呢？唉，難道現在最重要的不是應該好好想想，如何和這位野蠻的公主溝通，說服她放自己返回大邑嗎？難道他堂堂大邑過的公子，真得要淪落到在這裡給一個野蠻的公主當額駙不成？

想到這裡鬱悶之極的他，起身走到桌子前端起那壺酒一飲而盡。

突然一陣天旋地轉，辣喉當前，氣血攻心，子昭自覺不對，驚聲問道：「這酒……」

月好也傻眼了，這酒明明好好的，他怎麼會？

「你怎麼啦？」她上前抱住他，見他面青唇白，印堂發黑，驚慌失措之間撩開他的衣衫，發現他肩頭一道黑氣繚繞，這是什麼毒她竟然從來沒有見過？我剛明明給他吃的是宮心丸……怎麼會這樣？愣怔之間她想必須的找自己的另一個師傅，月國的左祭司天緣奉紗，師傅是天下第一的醫師，解毒師，她一定能就他。她這麼想著，也顧不得許多啦，扶著他道：「你放心，我絕不會讓你有事的，我找我師傅救你。」

她剛走到門口，門就哐當一下開了，霍然出現的天緣奉紗道：「扶他到床上去。」

「師傅……」月好訝然道。

「快把他放下，不然來不及啦。」

月好一肚子不解，可也只得先聽師傅講啦。放子昭在床上，天緣奉紗即可封印了他的穴道，阻止毒氣攻心，再點了他的睡穴，才說道：「好兒啊，你是不是剛偷了首席女官的藥瓶，把裡面的宮心丸餵他啦？」

「是啊。」月好低下頭，「我知道他今天喝了曲靈茶，又經過那麼一番折騰，便想餵他幾顆宮心丸給他，師傅說宮心丸珍貴無比，一年也只能製成那麼幾顆，每逢我身體不適，師傅才給我吃上一顆，每次我都自覺神清氣爽，精神飽滿，所以……」

「所以你就想給那小子也吃幾顆？你可知道宮心丸用的是我烏月天靈泉的水，白孔雀喉間血，暮雪蟲的鬚根製成，特別是暮雪草蟲要下到暗無天日的百米深澗去取，還要活體配藥，你不問過我，就偷來給他吃，可知會是什麼後果啊？」

「我也知道藥很珍貴，想著大不了就是被師傅責怪幾句。」月好難過得幾乎要哭啦。

「公主啊，宮心為女子專用，曲靈為男子專服，公主平日

裡這般聰明伶俐，怎麼今天就這般糊塗了呢？你可見過師傅把
這宮心丸給任何一個男人吃過？這宮心雖好，但男子服用會令
氣血倒行逆施，這是其一。其二，宮心裡的暮雪遇曲靈會產生
毒性。如果是我烏月一族的男子，也倒還好，因爲他們多有服
用各類毒草強身健體的習慣，雖不見的百毒不侵，至少也能延
緩毒氣的發作，可這位，就很難說了……」

「師傅啊，你怎麼會沒有辦法救他呢？」月好一聽就急啦，
「師傅是我烏月第一醫師，精通百草和巫術，這當今世界也找
不到幾個像師傅這樣的解毒師了吧？師傅你就救救他吧。師傅
的毒不都有解藥嗎？」

「是啊，問題是這宮心，它根本不是毒啊，它只是用來養
生地補藥，何況一年最多不過能配置出來一瓶，若是眞被我族
男子偷來誤食，我怕也只會砍了他的頭，怎麼會去研究它的解
藥？」

「師傅，」月好幾乎要哭出來了，「求你救救他吧。」

「好兒啊，我烏月有多少英勇俊俏的少年郎，你又何必糾
結這一個呢，他來路不明，身分可疑，公主若是太過寵愛他，
我眞怕他日會生什麼禍端。你不是不知道，女王當年正是因爲
執意要冊封月川大人爲駙侯才……」天緣奉紗欲言又止。

月好知道師傅說的是她的父侯，父侯出身低微，在成爲母
親的額駙之前只不過是母親手下的一名普通羽林兵，雖然甚是
得母親恩寵，可偏偏當年的女王，自己的祖母月顯女王卻不同
意母王冊封他。據說當年祖母病重之際，遺命要母王和她指定
的人完婚才能繼承大典，可母王偏偏不遵遺命，也正是此舉引
起了烏月草甸貴族軍的叛亂。

母王當年平叛，並不想對草甸趕盡殺絕，一念之仁，放過
了那些逃到烏月邊境的爲數不多的叛軍，說只要他們不再回

146

來，她也就不再追究了。可令她做夢也沒有想到的是，這些人投敵賣國，暗中投靠虎國，依靠他們對烏月地理軍事戰術的瞭解，虎霸王螳螂捕蟬黃雀在後，回頭把母王打了個措手不及。

她烏月追，曾被烏月一族奉為天神，女戰神，第一大祭司，自開始領軍以來就從來沒有打過敗仗，只那一次竟然被虎王都生擒了。月好從來沒有見過自己的父侯，母王也從來沒有講過她的故事，也沒有人會在她面前提及那一年的血雨腥風，可月好怎麼可能不知道？只聽兩個師傅的隻言片語她也什麼都明白了。

可惜了父侯為了救母王，死在了虎王的手下，母王和父侯也沒有能相攜白頭，而在烏月的朝天樓身後的密林中，也只有母王為父後也親立的衣冠塚。自兒時起，母王就年年歲歲帶著她前去祭奠，這也是她關於自己父侯全部的記憶了。

母王沒有了駙後，她可不能沒有了額駙啊，此刻，她唯一的祈求就是眼前的這個他千萬不能死，她不要他死。師傅一定有辦法救他的，不是嗎？

「師傅，求你救救他吧。」

天緣奉紗輕嘆了口氣說道：「公主殿下如果執意如此，我也只有聽命。或者有一種方法可以一試，就是用九成至冰至純的功力替他把熱毒逼出來，只是為師我融合了冰火兩重，如果控制不好，我怕救人不成，反倒走火入魔……然而縱觀這宮內，能掌握至純寒冰力的，除了你母王，想說服女王救人，怕非易事，時間也來不及。」

「師傅，寒冰之力，我的寒冰掌修為雖然不及母王，但也有她六七成吧，那就讓我來吧，只請你告訴我方法……」

第十四章

那，那什麼斷子茶，你昨天喝過了嗎？

　　銀潢濯月，金莖團露，昨夜山雲既雨兩想逐。一天一夜的昏迷之後，醒來後的子昭哪裡知道自己剛剛經歷了一場生死劫？只覺得自己做了一個很長的夢，影影綽綽的。夢裡的場景好奇特，全都是些反光的，扭曲的，高沖入雲霄的海市蜃樓，或者那根本不是人間？是天堂？每個人都衣著奇特，說著奇怪的話，做著奇怪的事，可夢裡的他分明覺得所有的一切都很正常啊。

　　他在夢裡輕聲喚她思彤，他不明白自己怎麼會對這個奇怪的名字如此印象深刻？

　　迷迷糊糊中睜眼看了看，公主正和他睡在一張床上。難道昨天晚上，這小女子真的用藥迷暈了自己，強行與我合歡？這女人怎麼能如此不知道羞恥啊。自己不是應該很生氣的嗎？可這心底為什麼偏偏有一絲約色溫柔。是的，自己這也是瘋了吧，他記不起的昨天晚上到底發生了什麼，卻清楚地記得夢裡巫山雲月的每一個動作，每一份細膩……這，這一定是春藥的緣故吧。

　　被衿上猶存殘黛，漸減餘香。夢裡和她十指緊扣水乳交融，親昵擁吻，纏綿結合，那嬌嬌地呻吟聲，那緊貼抽插的感覺是如此的真切，現在回想起來都依然讓他面紅耳赤。伊人正埋頭在自己的懷中，粉臉嘟嘟，雪沾瓊綴，桃紅色的唇，晶瑩剔透。她怎麼能這麼可愛，這麼勾人啊？原來昨晚的一切都不是夢

啊，他們真的已經……他忍不住用手輕觸她的臉。

　　現如今生米就這樣做成了熟飯，兩個人既然已經有了夫妻之實，他堂堂大邑國的公子，又豈能不認帳？要不？回大邑稟明父王，正式送來聘禮，定下這門親事？雖然烏月這一族民風奇特，可她畢竟也是公主，也算是門當戶對，父王想必也會認可這門婚事。

　　他輕輕推開她，抓起身邊的衣服穿上，而她只是睡眼惺忪地撐起胳膊問道：「你終於醒啦。」

　　雲度散亂的髮鬢，輕綺雪秀的香臂，臉色紅印枕，像初日朝霞一樣通透，他突然之間有些失神的望著她。想起兩個人第一次見面的時候，就一起被懸吊在了樹上，這該死的，神奇的，陌生又熟悉的感覺，讓他的心口像被鳥的羽毛繚繞，癢癢的，一陣繽紛混亂。

　　「我們是不是以前見過面啊？」他答非所問的回了句莫名其妙的話。

　　「怎麼可能，不過我第一眼看到你的時候，就知道你是我的人，嘻嘻。」

　　「什麼叫我是你的人啊？」

　　「嗯……就好比是一件東西，我看到後非常喜歡，無論如何我都要得到它的那種感覺。」

　　「原來我在你的眼中就好比是一件東西啊。」

　　「你當然不是一件東西啦，你是我的額駙嘛，不過也沒有什麼不同啊，反正都是屬於我的。」

　　「你還真是蠻不講理啊。」

　　「我怎麼蠻不講理啦。」

　　「你要是講理就應該問我是不是也喜歡你啊，兩情相悅難道不該是基本嗎？」

「昨天你也這麼說，可我問了，你也不答，今天不想問啦。」

「為什麼？你不在乎了，還是不敢問了？還是怕聽到自己不想聽的答案後捨不得殺我？」也許是和這個野蠻公主的對話中，終於奪回了嗎一點主動權，子昭覺得有那麼一點好笑，「你真的不在乎我喜歡不喜歡你嗎？」

「我……」月好迅速地起身，這才意覺一陣頭重腳輕，全身綿軟，幾乎坐立不穩。平日裡身強力壯怎麼會如此？一整夜為他的驅毒療傷，即使鐵打的牛也要撐不住了吧。若不是昨天晚上有師傅天緣奉紗為她護法，她怕是早都扛不住。看他最後總算安然無恙之後，在師傅的百般催促下也不忍離去，說無論如何都要看他醒過來。

這一切，子昭是全然不知，還奇怪她怎麼會臉色蒼白，站立不穩。他只是本能地想去扶她。卻未曾想，她的體重和身形有那麼點超乎想像，都還有些體力不支的兩個人都一起跌落回了床上。

他俯落了在她的身上，有些擔心她的子昭連聲問道：「你，你還好吧？」

「嗯。」她微微地點了點頭。

美目清揚，盈盈一水間，脈脈不得語，四目相交，子昭的心臟開始咚咚直跳，他竟然不爭氣的再一次有了身體反應，這哪裡還是在大邑貴族女子面前風度翩翩，溫文儒雅的公子昭啊，子昭羞得滿面通紅。這小女子真是讓他又愛又恨，牙也癢癢，心也癢癢。

想這臉皮厚的不要不要的公主昨天晚上給他下藥，再強行和他歡好，子昭還是很崩潰，更可恨自己竟然還氣不起來？這回也只是弱弱質問：「其實我也沒有說不喜歡你啊，你不需要事事都強來啊，不就是想我做你額駙嗎，你不需要給我下藥逼

我和你合歡啊，難道你們烏月的女子都是這麼才能找到丈夫的嗎？」

你不會以為我們兩個昨天晚上已經……月好楞了一愣，意識到子昭一定是誤會兩個人已經那個了，不禁失聲笑了出來。既然他誤會，那更要逗逗他。

「不管你想不想，昨天晚上都已經做了我額駙了，現在想後悔也來不及啦。」

「你……既然都已經生米煮成熟飯，我也沒有什麼好後悔的。」子昭避開那熾熱的眼神，語聲有些靦腆。

「當真不後悔……」月好開心的摟緊他。

「嗯，只是……」子昭轉個身把公主抱在了懷裡。

「只是怎麼？」

「只是我再怎麼也是大邑的公子，豈能和公主如此無媒苟合？再怎麼都要回大邑稟明父王，正式向公主求婚。我要和你明媒正娶。」

「你不是想誆我放你回去吧？」

「當然不是。我……我只是想，要做，也得讓我做公主你的駙侯，你唯一正式的丈夫吧，嗯。」

「你想做我唯一的丈夫，我的駙後？」月好噗呲笑了出來。

「你笑什麼啊，難道我還配不上公主你嗎？」

「配得上，嘻嘻，只是你是真心的嗎？」

「當然，你我男未婚，女也未嫁，如果烏月和大邑能如此結秦晉之好，應該也是美事一樁。」

「怎麼突然閒態度就變了？昨天還不情不願的。」

「那我們昨晚不是都已經同房了嘛，我，我其實也喜歡公主。」子昭突然降低了聲調。

「我們昨晚……」月好話說了一半，又咽了回去。

「嗯，昨天晚上我也好喜歡，我是說你根本不需要逼我，我真的是喜歡公主你的，第一眼看見你的時候，已經喜歡了。」

「你騙人。」

「你看看我這裡像是騙你的嗎？嗯。」子昭說著就去扯公主的小手附上那不知道什麼時候蓬勃起來的龐然大物。

「你，你這也太大了吧……」沒有想到一向不知道羞的公主這一次竟然真的臉紅了。

「要不，我們再做一次吧，公主。昨天晚上你把我藥的迷迷糊糊的，什麼都記不清啦。」因甚化作行雲，乍諧雲雨，便學鸞鳳，他探花私密地帶，她嫩臉羞蛾。

「你放開，不要了，我，我還沒有準備好。」還未真經過人事的月好這會才開始羞得不行。

「你什麼都不需要做，就像昨天晚上那樣，交給我來主導就好。」

「不，不行，那，那……你和井方公主的婚事可如何是好？」一時情急之下，月好也不知道怎麼就蹦出這一句。

「啊，你連這個知道？」這些子昭還真不得不停下來。

「當然啦，稍作調查就知道了。」

子昭突然很認真的捧著她的肩膀說：「子昭有公主一個就夠了，我一定會稟明父王和舅舅，退了和井方大公主的這門婚事。然後迎娶你做大邑的王妃。」

「那可不行。」

「啊，公主，你莫不是不願意和我明媒正娶吧？」

「當然不是啊，只不過我不會去大邑當什麼王妃的，若是你上門做我的駙侯倒還是可以考慮的。」

子昭心想自己在大邑也不受父王寵愛，繼承大統更是無望。公主雖然蠻橫，但待自己確是一片真心，那麼留在這裡生

活其實也沒有什麼不好。想到這裡，便下決心說道：「王妃還是駙後都只是個頭銜而已，你嫁我娶，還是你娶我嫁都一樣，如果公主喜歡，我今後陪你在月國生活也未嘗不可。」

「你當真願不願意留在這裡和我一起？」

「嗯，若是做了公主的駙侯，自然是要留下的。」

「那我就考慮，考慮，冊封你做本公主的駙侯。」

「我們該做的，不該做的全都做過了，你還要考慮？」

「你放心，我不會考慮到給你生孩子的時候。」嘻嘻，我就是不告訴你，我們昨晚其實並沒有同房，月好心想。

「孩子？」子昭突然想起那什麼斷子茶，不禁一個激靈，「那，那什麼斷子茶。」

「哦，那個啊，你昨天喝過了嗎？」

第十五章

我堂堂大邑國的公子，
就這樣成了額駙，竟然還是老四？

「你剛還說什麼孩子呢，我，我怕以後都不會有後了吧？」子昭心想，自己差點把這事情給忘了，還想給公主做駙侯呢，這那有駙侯不能生孩子的？

聽子昭的口氣，月好才明白他竟然以為那斷子茶的效果是永久的，不禁大笑起來，笑得肚子疼。那什麼斷子茶，還是給他解釋一番吧，免得真把他膽兒嚇破啦。

「那曲靈草，哦，就是你說的那什麼斷子茶是我們烏月特有的靈草，」月好還是忍不住笑：「它啊，確實有不讓女子懷孕的魔力，可對男子並沒有什麼傷害啊，只要不喝自然就好。我們烏月的貴族女子大多生來都是戰士，這懷孕的事情，自然是需要掌控的。」

「原來如此啊。」子昭鬆了口氣。

「那你還以為是如何呢？」

「我……」子昭也為自己的誤會感到有幾分不好意思呢。

一陣咕嚕嚕的聲響，子昭這才覺得饑腸轆轆啦。春宵，春宵，一刻千金，花有清香月有陰，唉，自己這昨夜得有多瘋？人生得意，金樽對月，竟然把人折騰到頭暈眼花，餓得肚子咕咕直響？

月好直接貼近他的臉問道：「你是不是餓啦啊。我讓人準備點吃得好嗎？」

門外突然傳來宮女的傳達聲：「啓稟公主殿下，侍衛大薑

要求覲見，他已經在門外恭候多時了。」

侍衛大薑？難道這裡也有一個和大薑同名的侍衛？子昭幾乎愣住了。

月好看出了他的疑惑，笑著說：「昨晚來見你之前，我在外邊看見大薑，見他幹活魂不守舍，心不在焉，看得出他十分擔心你，反正你做了我的額駙，也需要給你安排個侍衛，不如就你以前的手下好過了。」

子昭不曾想到公主會如此貼心，心下生出幾分感動。

兩個人起身，月好有出其不意地在他臉上一吻道：「如今你可是我的額駙，我就許你在這宮中自由行動，但不許出宮哦。」

「爲什麼不許我出宮？你還怕我偷跑了不成？」

「嗯，我知道你想回大邑，我怕你不告而別。」月好故意講笑。

「公主不會還是不信我眞心啊。」

「嗯，就是不信你。我暫時不能許你回去，但允許你休書，你在信中稟明你父王，說你自願入贅烏月做公主殿下的駙侯，還要告訴你父王，公主我對你甚是喜愛，讓他不必擔心便是。」

子昭說：「你放心吧，我會讓你信我的，也不會不辭而別的。」

子昭心想，公主若是對自己眞心，他定然不負她的這番情誼。假以時日，曉之以理動之以情，必然能讓她明白，自己的一片眞心向明月。眼下先休書一封給父王，等些時日再說服公主讓他返回大邑，那時再稟明父王便是。

門外再次傳來宮女的聲音，「公主殿下，大薑侍衛求見。」

「好，讓他進來吧。」

公主衣衫單薄，雲髻偏，花冠不整，子昭連忙拿外褂幫她披在身上。公主卻不以爲意，整了整衣衫道：「額駙你以後帶

著你的侍從便是，雖然沒有我的命令你們不的離宮，但你們也不必太多拘謹，你是我的額駙，若是有誰膽敢欺負你，你就報我知道，我治他們的罪便是。」

「呵呵。」子昭心想，這欺負我的人除了你，還能有誰啊？

「笑什麼啊，不喜歡嗎？」

「不是，只是想謝謝公主。」

「你和你那侍衛怕是也有許多話想說，我還有要務在身，就不久留了。」說完走道門邊，又不放心地回頭說，「我知道你餓了，若是喜歡吃什麼，交代門外的宮女，讓她們給你準備。」

大薑再是木訥，也看得懂這兩個人之間的曖昧。心裡一個勁的犯嘀咕，縱有千般揣測，也只是看了看子昭的臉色，那意思是：「公子，我可真得糊塗啦，你們兩個這是？」

開公主已經離開，子昭才避開那問詢的眼神，坐下道：「我看公主並無意傷害你，我在考慮是不是多留些時日，然後再想辦法讓她送我們回大邑。」

「什麼？多停留些時日？公子，老實說，你們兩個昨天晚上不會真的已經……」

「啊，咳，這個，這……我，那個她怎麼都是烏月的公主，若是有意於我，想必父王也會同意，我也當投桃報李，懷抱感激，他日她若是願意陪我回到大邑，我稟明父王，正式冊封她做我的妃子便是。」

「公子，你是糊塗了嗎？你忘記你和井方公主得婚約啦？就算你打算和井方退婚，也不至於要這蠻荒公主做我們大邑的王妃吧？」大薑瞪圓了眼睛，不敢相信他聽到的。

「公主雖然有些蠻橫，可也不是不講道理的人。」

「公子這是什麼話，你都忘記我們是怎麼被綁到這裡的嗎？再者難道你還看不出來嗎？這烏月是女氏，奇風異俗可比

不得我們大邑啊，就算和周邊的井方，虎國也是格格不入，在這裡女子當家，根本沒有男人說話的份啊。公子啊，你是不是被她下了什麼咒了？你現在做了她的額駙，別說讓她陪你返回大邑，我怕你不老死這裡，也會被她折磨死啦。」

「呵呵，大薑，你這才是咒我的吧。你啊，放心吧，說補丁井方公主早已無意和我的婚約，如果退婚，他們怕是高興還來不及。再說好兒公主對我是一片真心實意，所以啊，我不會老死這裡，也沒有折磨一說。雖然好兒不肯陪我返回大邑，但以我的瞭解，她絕非完全不講道理的人，暫時不許我離開王宮，只不過是對我情重，怕我不辭而別，棄她而去。」

「張口一個好兒，閉口一個好兒。我看公子你真是瘋了，這蠻荒之國的公主到底用了什麼法子，一夜之間就讓公子完全變了個人？」大薑氣惱的脫口而出：「公子啊，你倒是重情重義，還想著冊封人家做大邑王妃呢，你可知道這蠻國的公主，人家到底有幾個額駙？」

雖然這點子昭也清楚，但聽大薑提起依然免不了心花涼涼，故作鎮靜道：「哦，你知道有幾個？」

「外面聽人說，這位月好公主前幾日剛過了成人禮，一下子就選了三個額駙，算上你已經是第四個啦。而且這額駙也又一二三四的等級之分，外面的人都稱你是四額駙呢。最受人尊重的是第一額駙，據說他是未來駙候的人選，其他的額駙就難說了，聽說公主只要不喜歡了，隨時也就罷免了。」

「你聽說，你那來的那麼多聽說啊。」

堂堂大邑國的公子，就這樣被人綁來做了額駙，竟然還是老四，還隨時罷免了？自己竟然還對這樣的公主動了真心，用崩潰兩個字都不足以形容公子昭此刻的心情了。唉，子昭也免不了一聲輕嘆。

大薑於心不忍，這才又小心翼翼地說道：「公子也不必如此憂心，這位公主雖然蠻橫，不過我也覺得她對公子確是真心喜歡的。」

緊接著他悄悄地附耳過去說了一句，子昭聽聞忍不住大喜過望，「此話當真？」

「嗯，我今天早上過來的時候，外面的人全都議論紛紛呢。」

原來按照原計畫，公主本應該去和受封第一額駙的月封大人圓房的，可昨天晚上，公主竟然直接在四額駙月昭（公主啥時間給了自己這名字？自己竟然都不知道）大人的房間留宿了，明眼人還有誰看不出公主鍾情的是這個天上掉的，路邊撿的，刑場上救下來的四額駙啊？

子昭聽了免不了心中大喜，一陣洋洋自得，靜裡再轉恬然，歡喜回花觀，立面轉身，又是捧書又是撫劍，高興的都不知道做什麼好啦。可這才兩天下來竟然又開始無時不惴惴，忐忑難安，因為自那日分別，他已經兩天都沒有見到公主啦。明明只有兩日，確是度日如年，寢食難安。問了幾個宮女侍衛，才得知原來公主那晚為了救誤服丹藥的自己元氣大傷，需要和她的師傅一起閉關療傷的。

哎，原來公主那天晚上是為了救自己才和自己合卺的？真是的，想到這裡，這小心髒啊，又是內疚又是激動。公主那天晚上為了自己如此受累，自己竟然什麼都不知情，早上還抱著她一味求歡，真是丟人現眼啊。待公主出關之日，自己一定要好好賠罪。嗯，該說些什麼才能讓公主知道自己有多喜歡她？

水韻江南翡翠凋，枝頭雀躍奏清簫，這剛聽人說公主今天也差不多是時候出來了，想到馬上就能見到公主，子昭難掩內心的歡喜。

只願公主你心似我心，我定不負相思意。平生不會相思，

才會相思，便害相思。相思，相思，還真讓人坐臥不寧，子昭想在王宮裡隨便走走，內心帶著一丁點的期待，要是正好碰到提前出關的公主該多好？這轉悠了大半天，公主是沒有遇見，遠遠看見練習場，有人在比賽射箭。看對方也是個英俊瀟灑的二八少年郎，一箭中了靶心，他忍不住拍手叫好。

那人放下弓箭，回頭望了一眼，愣怔片刻，方才冷冷道：「你可是有興趣和我一比？」

人逢對手，棋逢對手乃人生一大幸事，能和弓箭術如此之高超的人切磋，子昭還真是求之不得，欣然應允。旁邊的大薑卻一個勁的給他使眼色，看見他一口應允，忍不住搖頭。

「來人，備弓箭！」

「是。」幾個羽林兵應聲取來了弓箭遞給子昭，子昭這才意識到這位應該是個非同小可的人物。這兩日他在宮中來回走動，還未曾見過有那個男子有如此威嚴，他幾乎從來沒有見過擔任重職的男子，這位是怎麼回事？

「在下大邑⋯⋯子昭，未曾請教尊姓大名？」子昭本能地想自我介紹是大邑公子子昭，想到太高調不定會惹來什麼不必要的麻煩，便只介紹自己來之大邑。

「羽林軍教領月封大人，怎麼，連公主殿下敕封你的稱號都不用嗎？還是你自知自己一個奴隸賠不起月昭的稱號？」對方聲調冷冷，滿含嘲弄之色。

難道說這位竟然就是第一額駙，月封大人？看來對方也很清楚自己是誰。子昭雖然無法否認自己對公主的心意，可他還真難適應這個所謂的四額駙的身分，公主的額駙不止一個，讓他這個堂堂的大邑公子如何能夠接受？

「這⋯⋯只是一時不習慣而已，月封大人可以稱呼在下月昭。」心頭有芭蕉雨打，真是堪比仇人相見，分外眼紅，子昭

的心一陣陣下沉，只覺朔風攪長林，凝冰封厚地，兩個人之間的氣氛瞬間開始轉冷成結冰。

第十六章

烏山關禁閉，讓他好好學習點規矩，
不要仗著公主恩寵，不知天高地厚！

　　眼前這位眼神凜冽，俊朗的少年英雄，現任羽林軍教領月封大人，正是公主的第一額駙，他出身顯貴，母親是女王戰死沙場的親妹妹月羚公主，和公主青梅竹馬，同拜地緣大犀令為師，兩個人也素來感情深厚。其實若不是因為烏月的傳統，駙候必須等到公主或者女王成年之後，由本人親自冊封，他怕早已經是公主名正言順的駙侯了。

　　這世間還有誰比他更瞭解和愛惜月好公主，他不記得自己從幾何起已經下定決心要成為她的駙候，她一生最得力的左膀右臂。他不介意公主有多少額駙，他在意的是自己是不是公主心中最愛。等待了這麼多年，可公主竟然看上了一個不知道哪裡跑出來的一個奴隸，還直接和他圓房了，你讓他能如何不恨？

　　嫉妒和仇恨像蔓藤一樣在心中蔓延，嗖嗖幾聲，月封大人幾箭都是直中靶心。看著這白衣少年百步穿楊的箭姿，子昭直覺得那些箭頭仿佛都直接射在了他的心上。兩天以來都沉浸在那一夜柔情裡的子昭此刻就像是被瓢潑箭雨刺痛了心房。公主啊，公主，你當真一心可以許二人嗎？還是……多人？

　　心情沉重的他緩緩的接過弓箭，竟然接連兩箭都射偏了紅心。

　　「呵，」封一陣冷笑道：「我還以為公主殿下看上的人，就算是奴隸的身分，也該有幾分過人之處，原來不過如此，枉費我剛還有一點期待之心。」

　　這一句公主殿下看上的人，枉費我的一點期待之心刺激了

子昭，醺醺灌天靈，一聲格轉，讓子昭雲時間清醒過來，咻的一聲，他凝神閉氣一箭射中了紅心，接著淡然遞過那把弓箭道：「承讓啦。」

言畢，並不想額外生事端的他轉身意欲和大薑離開。

「且慢！」月封在他身後喊道：「比箭術什麼的太過稀鬆平常，不如我們就來一場真正的比武較量，我倒是很想領教一下一個奴隸能有什麼真功夫。」

子昭頭也不回道：「我看還是不必了吧，若是傷了月封，公主怪罪下來就不好了。」

「我若是輸給你這個奴隸，還有什麼臉面見公主？」

天下邑無不可為，在人忍耐自為之，如此言語挑釁本不應該放在心上，可偏偏兩日來因為想念公，內心已經備受煎熬，想到眼前這位月封大人竟然也是公主的第一額駙，他再也難忍，難以抑制的荷爾蒙跳動起了烈焰，他出乎意料地回頭道：「此話當真？」

「什麼？」月封有些不明就理。

「你說你若是輸了，沒有臉再見公主。」

「你能贏了我再說吧。」

「好，不知道月封大人你想怎麼個比法？」

刷的一聲，月封握著腰間的佩劍道：「十八般武器我任你選。」

子昭最擅長的武器本是自己特製的金骨扇，那天在客棧一時大意遭人暗算，在暗室裡醒來的時候他的獨門扇子也不知所蹤，陰差陽錯偽裝成奴隸一路逃跑，他連件趁手的武器都沒有。不過這也算不了什麼，對自己很有自信的子昭隨手從武器架上取了一把長劍道：「不如我們就以劍會劍吧。」

「好！」月封語未置，人影已至。

　　回首跨清飆，隨足趁雲霞，如火光若電豹。高手之間過招那麼多花哨？不出手便罷，這一出手兩三招即刻見分曉。眼見主動出擊的月封幾番穿拿騰刺都似有不敵，他突然騰空而起，一個反轉穿插，手腕抖動，那把劍柔軟的劍梢竟然像蛇頭一樣可以側轉，大吃一驚躲閃不及，子昭被劃傷了肩頭衣裳。

　　「啊。」大薑被嚇得長大了嘴巴。

　　真是好險啊，只消得再多那麼一寸，怕是脖頸上動脈盡斷。

　　看來月封手裡的這把劍顯然是他從來沒有見過的神器，這烏月一族的武功更不能小覷，自稱是天宮月神後裔，能夠躲在這深山老林自成一體，多年來都不被臨近的大國虎國或者井方之流吞併，原來確實有他們的過人之處。

　　子昭也不敢再大意，打起了十二分精神，他看得出這位月封大人雖然武功底子甚是不錯，幾乎不在自己之下，又手持神兵利器，自己要像贏他，並非易事。不過看他年少氣盛，心高氣傲，又求勝心切，自己不如以退為進……

　　心念轉動之際，子昭連連後退虛晃幾招，再刻意紕漏，好勝的月封乘勝追擊，眼見手中劍氣如靈蛇信子，一劍襲來就要刺中心口。失手刀劍，轉眼兵戎，浮萃草木，萬轉飄風。早有預算的子昭不但不再避讓，反而飛身一腳點在對方肩頭，鬥轉星移到了月封的側後方，來不及反應的月封只感覺涼涼的劍氣已經放在了脖頸邊。

　　「你好像輸了，月封大人。」子昭冷冷道。

　　「我看未必。」月封的左手袖口一晃之間，兩只銀釘一彈而出，意識到不對子昭盡力躲閃，胳膊上還是中了一隻，扔下手中劍的他緊緊握著胳膊，一時之間，殷殷桃花血斑斑。

　　「公子！」嚇壞了的大薑大叫一聲跑了出來，撕下衣服的內襯幫助他止血。

月封只道：「你放心吧，死不了人。這是我烏月獨有的銀蜘蛛，雖然中著傷口清淺，可若是我放了毒，你也別想再活過今天。不過今日只是比武切磋，分個高下，我自然不會在這銀蜘蛛裡放毒。這裡有我烏月獨有的金創藥，你塗上去，不過三兩日傷口自會痊癒。」

說罷仍過了一小瓶金創藥，接過來的大薑嘴上還嘟囔道：「這些蠻族，真是沒有武德，比武暗器傷人，竟然還可以說得如此冠冕堂皇。」

「哼，不識好人心！」

「什麼不識好人心，剛剛明明我們公子已經贏了，是你不服暗中放了暗器，還傷了人，還什麼月封大人，我看你根本就是個卑鄙小人。」

「大薑！」忍著疼痛，子昭連忙喝止大薑繼續說下去。

「哼……我和他公平比武，說好了十八般武器任君選擇，何來卑鄙之說？我們烏月一族秉天地靈氣，承日月精華，上崇天地，下重先祖，從來都是只求自保，從不存欺霸之心，比不得你們中土之人，張口閉口滿嘴的仁義道德，號稱是禮儀之邦，背地裡卻陰險狡猾，爾欺我詐，虎國也好，大邑也罷，多年來你們吞併了多少像我們這樣的弱小鄰國？」

聞聽此言，子昭竟然自覺無言以對，心想，這烏月一個年紀輕輕的羽林軍教領竟然也有如此見識，整思忖間，突然問題那廂傳來一女人呵斥之聲。

「爾等何故在校場喧嘩！」

昆侖凝想，女王來乘。歌聽紫鸞猶縹緲，語來青鳥許從容。大犀令及一眾女官，羽林侍衛正步隨女王這邊而來。猶如仙子下瑤臺，紅袖引翻鸞鏡媚，婆娑風回。女王在風中微微笑，她真的好美。

背光處，對芳辰，鸞笙動昭顯普陀眞相，她粉面不怒自威。

一眾人已俯身請安：「參見女王。」

子昭和大薑剛也連隨同眾人低頭施禮，只是在心中三分驚訝，七分詫異。一面震驚於女王的國色天香，更多是訝然她和月好公主竟然如此相像。女王看起來哪裡像是公主的母親？分明就像是成熟，纖瘦的好兒啊。兩個人眞是太像了，如果說女王是月好年長幾歲的姐妹，似乎更合理一些。

一路聞聽虎國國王迷戀月國女王，說什麼女王因為容貌出眾所以從不在外人面前顯露眞相，看來並非空穴來風啊。虎霸王鯨吞了那麼多的邊境小國，唯獨對烏月獨留一念之仁，這個女人何以能夠讓虎國國王跪拜在她的石榴裙下，他總算理解了一二。

女王灑眼一望看見受傷的子昭，指著他問道：「這位就是公主的四額駙嗎？說，你是怎麼受的傷？」

子昭忍者疼痛，上前施禮道：「月昭見過女王，我和月封大人在這宮中的校場偶遇，一時興起，切磋武藝，在下技不如人，受了點小傷。驚擾到聖駕，還請恕罪。」

「嗯。」女王轉頭問月封道：「月封，可是如此？」

月封略一遲疑，也上前施禮道：「啓稟陛下，正是如此。」

女王只道：「月封，你可知錯！」

月封有些不明就理，只得單膝跪地道：「月封不知何錯之有，但憑女王教誨。」

女王這才轉過身道：「罷了，爾等先起身吧。」

女王接著道：「月封，你身為公主的第一額駙，羽林軍的教領，不是苛職盡責保護公主，以身作則教育部下，竟然在這裡借比武之名和其他額駙爭風吃醋，你可知錯？」

月封道：「這……」

「怎麼，我還冤枉了你不成？你們二人自顧自在這裡打鬥，可知道犀令將軍和我就在隔壁？你們二人的對話我都聽得清清楚楚。將軍今日花亭飲茶，好好的下午茶都被你二人攪和了，你還不知罪？」

月封連忙再次跪下道：「月封知罪，願意領罰！」

「如此甚好。烏月封聽罰，我罰你俸祿四十九天，回去閉門思過三日，三日內上呈知罪文一篇。」

「謝女王。」

「你上前來。」女王指了指子昭道。

子昭有些惶然，連忙上前行禮。

「你身為公主的四額駙，沒有人教你這月王宮的規矩嗎？」

「在下在這宮中時日尚短，還未能熟悉所有禮儀，如有衝撞之處，還請女王海量。」

「你好大的膽！」追月女王突然變了臉色，「宮中規矩尚且不懂，誰許得你在這宮中胡亂行走？見到第一額駙月封大人竟然不知禮節，還衝撞了他，你該當何罪？」

這女王怎麼能比公主還蠻不講理，他剛想解釋說是公主許他在宮中自由行走，就聽女王已經下令道：「給我拉下去，關烏山洞三天禁閉。」

子昭聞言嚇了一跳，什麼洞的，什麼禁閉，那豈不是和關監獄差不多，他完全不明白，自己這是哪裡得罪了女王？第一次見面，就給自己下馬威？眾人面面相覷，都有些意外女王何故罰的這麼重，還如此不合常理？

大犀令施禮進言道：「陛下，念他初來乍到，宮中規矩完全不懂，不如就罰他閉門思過一周，外加學習王宮禮儀，以符合考核為准，不知女王意下如何？」

「正因為初來乍到，才有必要嚴懲，讓他好好學習點規矩，

不然我看他仗著公主恩寵，不知天高地厚！」說罷拂袖而去。

　　片刻之後，坐在文案前的女王撫額一聲嘆息。一旁的大犀令試探性的問道：「陛下，你因何事心緒不寧啊？剛無端發那麼大的火。難道是因為虎王的迎親隊伍嗎？」

　　「迎親隊都到了嗎？」

　　「回陛下，虎國王子虎津率領的迎親大隊已經馬上到達月國邊境了，陛下至晚也要後日啓程了。」

　　「哦，這麼快嗎？一切都準備好了嗎？」

　　「是啊，萬事俱備，只是陛下，臣自知有一句話不當講，但臣依然忍不住想說。」

　　「你但說無妨啊。」

　　「請陛下先恕臣死罪。」

　　「犀令啊，你我雖然為君臣，但也情同姐妹，有什麼話但說無妨就好，你何須如此反常？」

　　「陛下！」大犀令後退一步，施大禮道，「請陛下恕我直言之罪，陛下的個人私事，以及決定我本不應該造次質疑，可我看陛下這十多年來為，為了烏月忍辱負重鞠躬盡瘁，我於心不忍啊。」

　　「犀令，你言重了吧，這本就是女王之責，和我的母王月顯女王比起來，我還做的還遠遠不夠呢。」

　　「陛下啊，別人不知我怎麼會不知道？你為了保護烏月不再受戰事之苦，被那虎王都欺辱霸凌這麼多年，甚至為了他都不敢再冊封一個額駙，現在還要被逼著嫁給他，我……我……」

　　「欺辱霸凌……」女王一怔道，「犀令啊，你何出此言啊？」

　　「難道不是嗎？當年你在草甸被俘，被他挾持前往龍陽宮，被他強暴淩辱……」

第十七章

什麼，你想連邑抗虎？

「臣該死，還請恕陛下恕臣下言辭不當之罪！」

「犀令啊，你先起身，」女王起身走過來，扶她起身道：「你說的都是事實，我恕你無罪。」

「陛下！虎王殺了駙後大人，逼陛下奉召侍寢，讓我堂堂月國女王受此凌辱，臣替陛下鬱意難平啊。現在明知我烏月沒有女嫁之說，還要逼陛下大婚。我等知陛下為了避免兩國交戰，不得不接受。臣只想說，陛下不必如此委屈，若是心中不願，但憑一聲令下，我烏月一族，大犀令麾下數萬將士，必將與虎國決一死戰，誓死保衛女王陛下。」

聞聽大犀令如此忠肝義膽，月追心中不免感慨萬千。怕是自己決定大婚以來一直心思重重，大犀令她誤會了自己心意。她固然是有很多顧忌，可並不是不願與虎王大婚，只是擔心好兒年少氣盛，怕她不能勝任代理女王之位元，有些心煩意亂罷了。這麼多年來，與虎王的感情她也只當是私人事，所以也從未向部下明說，犀令這般誤會，看來也是難免的，或者是時候說清楚了。

「犀令啊，我和虎王之間的感情並不是你所理解的那樣，雖然他確實是強擄在先，但，他之後並沒有威逼我，現在嫁他也是我心甘情願。」

「陛下！我知道你決意犧牲自己保烏月平安，但你也不需要這麼說啊……」

「我知道這聽起來有些不合理，可是，這一切都是真的，

虎王他對我情深意重，這些年來我與也的確是兩情相悅。」

「陛下！可是他殺了駙侯大人啊。」

「月川他，你我都知啊，他並非是虎王所殺，他是自碎心脈而死啊。」

「那也是因虎王而死啊！」

「犀令啊，你這是在怨恨我嗎？你明知道月川他是因我而死的啊。你莫不是在怪我無情？」

「臣不敢。」

「犀令啊，對月川，我確實有愧，我也只能把他葬在月王宮的後山，年年前去朝拜。可是我雖然有考到烏月的安危才接受和虎王大婚，可我不是被逼的，對虎王我是真情，我這麼講，你能明白嗎？」

「陛下，我……」

「唉，算罷了，你不明白我也能理解。重要的是我走之後，月好就只有你和奉紗了可以依靠了。這孩子很強，嘴上雖然不再一味頂撞，但我知道他心裡總想著要給她父侯報仇雪恨，你作為師傅可不能和他一起胡鬧啊。你要盡心盡意輔佐她做好代理女王才是啊。」

「臣自當竭盡全力護佑公主殿下。」

「這孩子半道上劫持個男人，就威逼人家做了她的額駙，雖然我烏月國傳統，公主成人禮之後可以冊封多名額駙，可也沒有強搶男人的道理啊。我還聽說那男子的身分可疑，有可能是大邑的公子，人還是你幫公主抓的？」

「陛下恕罪，這事情說來我確實有責任，人的確是我幫公主抓回來的。不過既然是被虎王送到了我烏月，那就是女王陛下的奴隸，那有什麼強搶之說。」

「話雖如此說，也要弄清楚人的來龍去脈，不要有麻煩才

好。」

「陛下容稟，公主的這個四額駙，那日審訊的時候確實自稱是大邑的公子昭。我見過玉佩之後，也不敢懈怠，就即刻暗中詳加探查，今日據可靠消息回復，大邑國的公子昭近日出門私訪，途中遇刺，下落不明。我估計他是因此才藏匿上了虎王的奴隸車，四額駙所言應該是眞的。」

「嗯，途中遇刺嗎？會是什麼人做的？」

「陛下，這個還不是很確定，不過……」大犀令對這女王咬耳輕語。

「你是說大邑王后婦嬈？虎王的堂姐？」

「據我瞭解，很可能是她在暗中動的手。大邑王現在年老體衰，王后婦嬈這兩年一直大權獨攬，把先王后之子昭發配關城還是放心不下，看來是欲處之而後快。」

「哦，還有這等事啊。」女王若有所思。

「臣還聽說先王后曾經爲其子昭定下和井方公主的婚約。」

「哦？這件事情公主可曾知道？」

「公主殿下想必也是只是知道的。」

「嗯，如果這四額駙確是公子昭，這事情就有趣了。」

「如果此人是大邑的公子昭，我們倒是可以善加利用。公主殿下冰雪聰明，我猜她是想到了這一點，才敕封他爲四額駙的。」

「她若是如此有分寸，自然是最好。」

「殿下向來聰慧。」

「即使我人在虎國，你也要飛鴿傳信於我，此事牽涉廣泛，背景複雜，務必要小心行事啊。」

「陛下放心，臣一定會謹愼行事。」

「我只怕好兒是對這位公子昭動了眞心，那天爲了救他不

惜傷了自己的真元，現在還在閉關療傷，也真是讓人放心不下。」

大犀令頷首道：「所以陛下才藉口關四額駙幾天禁閉吧。讓公主如此受累，他吃點苦頭也是應該的。還請陛下放寬心，奉紗醫術精湛，這點事情根本不在話下，估計要不了幾個時辰，她們兩個就能安然出關了。」

「犀令啊，以你之見，公子昭會不會真的是刻意接近好兒的，有什麼圖謀啊？」

「陛下，臣鬥膽以為不管有什麼圖謀，人只要在我們的控制之下就好。」

「只要不是圖謀不軌，公主喜歡，就由她吧。我不管他是不是大邑的公子，只要他不要仗著公主寵愛不知道不知天高地厚了。」

兩人正商議著，忽聞門外一陣人聲喧嘩。

「我要面見母王，你攔著幹嘛，你還不開門讓我們進去。」這聲音除了好兒公主，也沒有別人了吧。

「公主，女王正和大犀令將軍在商討國事，吩咐任何人等不得打擾。」

「我是任何人等嗎？」

「公主殿下息怒，只是陛下有吩咐在先，還請容我先入內稟告。」

「還不快去。」

「謝公主殿下。」

好兒如此吵鬧，聽得女王直搖頭，對身旁的大犀令言道：「好兒怕是提前了幾個時辰出關了。奉紗也真是的，怎麼能容她如此任性……你去讓她進來吧。」

「好的，陛下。」

「我女兒這傷可是好了？」猜到女兒十之八九是來求自己

赦免她的四額駙的禁閉，女王先發制人道。「回母王的話，已經完全好了。」「是嗎？」女王突然騰空而起，出手在月好的肩頭一拍，至少用了三成功力，月好紋絲不動，穩穩的接下了。

「看來我女兒是眞的沒有什麼大礙了。不過把我女兒傷成這樣的人死罪可免，活罪難逃。我關他三日禁閉，你還有什麼話說？」

「回母王的話，好兒無話可說，只希望母王允我前去探望。」

還以爲女兒會像往日一樣抱著自己撒嬌加無理取鬧的女王有些意外，莞爾一笑道：「禁閉洞的山門一經關閉，沒有我的禦令便不得打開，即使你是代理女王，也不能例外。不過，你要是門外探望自是隨你的便。」

「女兒謹遵聖命。」

「好兒，爲母可是教過你，爲君之道乃理智先行，切不可感情用事。你身爲代理女王這卻以身犯險，爲了救一個奴隸出身的額駙，差點連自己的命都不要了，你可有話向我解釋？」

「多謝母王關心，孩兒並非以身犯險，奉紗師傅就在身邊，我有十足把握救了額駙之後，略加調理便會沒事。」

「只是沒有想到你傷重的需要閉關療傷嗎？好兒啊，你現在已經是代理女王了，還總是如此任性該如何是好？」

「這應該都是像母王你吧？」

「你這是什麼話？」

「我母王都下定決心和虎王都大婚了，身爲女兒我這點任性算得了什麼，不就是找個奴隸做額駙嗎？」

「你這孩子，次次都要這般頂撞母王嗎？都和你解釋多少遍了，母王和虎王大婚，對我們烏月只有利沒有弊，你這是要和母王胡攪蠻纏到什麼時候？」女王慍怒道。

「孩兒不敢。」

　　「即使母王大婚，也不會永住虎國不歸。我不在的時候，你自然要在師傅的協助下，做好你的代理女王，要日日飛鴿傳書與我，你可知道？」

　　「孩兒謹記在心。」

　　「好兒啊，你這半道上撿個奴隸就冊封額駙，你可知道他什麼身分嗎？」

　　「母王，師傅定然什麼都會彙報你知道，他什麼身分，說不定你們二人比我知道的還多呢。」

　　「咳。」一旁的大犀令忍不住咳嗽了一聲。

　　「哦？你覺得我都知道了些什麼？」女王道。

　　「回稟母王，孩兒知道母王憂心何在，不過也請母王放心，女兒雖然甚是中意這個四額駙，但都不會忘了自己是誰，更不會不記得自己肩上的重責。我會時刻謹記母王教誨，無論何時何地都將以我烏月國的利益為先。」

　　「如果他的確是大邑的公子，女兒你打算如何做呢？」

　　「女兒想連邑抗虎。」

　　「什麼，你想連邑抗虎？」女王大驚道：「難道我與虎國國王聯姻，傳王位與你，保你在月國登基，此等保全月國的萬全之策不好嗎？」

　　「母王怎麼能英明一世糊塗一時，那虎王都是個什麼人？他的話我們怎麼可以全信？若是聯姻之後他會信守承諾，保我月國萬全，固然是好。不過女兒，也要時刻枕戈待旦，未雨綢繆有所防備才好。母王不是教誨孩兒，月國的安危只能靠我們自己嗎？」

　　「你是他的……他怎麼會……」女王竟然一是有些語塞，頓了頓道：「你擔心的事情不可能發生，你要相信母王，虎王不是個言而無信之人。如果你真的要擔心的話，倒是多防範你

那個新任額駙，畢竟他來路不明。你今已成年，喜歡什麼樣的
男人，要誰做你的額駙。男歡女愛兒女情長的這些事，母王是
不會管的，你只要記得國事為先就好。」

「女兒定當謹遵母王教誨。」

「月封我自小看他和你一起長大，品格端正，武功過人，
又很是忠誠，善加利用他將是你一生最得力的助手。你啊，切
莫有新歡就忘了舊愛。」

「有了新歡就忘舊愛說的到底是母王你吧。」好兒小聲嘟
囔了句。

一旁的大犀令聞言也略略變了臉色。

第十八章

盈盈紫藥乍擘蓮房，
花開露蒂，巫山雲雨銷魂斷腸

「你說什麼呢？」女王沉聲道。

「哦，女兒只是說母王教育的極是。」

「嗯，你知道就好。」唉，這時間膽敢和自己如此頂心頂肺的也就自己這個寶貝女兒了吧？女王其實也不生氣，只是心想，好兒這個性，又霸道又強勢，都不知道她這是隨了誰？

女王想起天緣奉紗應該幫女兒一起療傷，雖然他功力深厚，這般勞累之下，應該不會有什麼問題吧？便緊跟著問了聲：「你奉紗師傅呢？何故這會兒不來覲見？」

「回母王的話，師傅說，後山的那些月靈草明月時分是最好的採摘時機，他要先處理好靈草事宜，明日早晨才能過來，給母王請安。」

「奉紗為助你閉關療傷，必然元氣大傷，這會不好好休息，還操心那些勞什子草？」

「師傅說母王大婚，她會隨同前往，陪母王在虎國小住些時日，再折返。所以她要抓緊時間多為母王你精製一些月靈茶也好隨身攜帶，免得母王在虎國水土不服，如果再犯了肺熱之症就不好了。」

月追想起在月國邊境草甸和她的十二名親從被虎王生擒那日，奉紗還說要頂替她自認女王，讓她藉機逃走。奈何虎王認得她的臉啊，這奉紗，總是會為我豁出命。

「唉，算罷了，你們跪安吧。」

　　天階夜色涼如水，清塵收露，宮曲幽坊，窗前月色暗忽明忽暗，女王佇立在前，思慮成綿。大犀令和好兒已經離開了良久了吧？

　　女王突然想起了自己的母王月顯女王陛下，不由得輕聲長嘆，囁嗫自語道：「母王啊，孩兒不願告訴好兒她的親生父親是誰，只是為了她心無旁鶩承繼女王之位，可她心中如此憎恨自己的親生父親，該如何是好呢？這麼多年來，我一直守著這個祕密，連對犀令和奉紗我都守口如瓶，母王啊，我如此真的是正確的嗎？我該把實情告訴她嗎？」

　　月好想起這十五歲成年禮之前，她的師傅大祭司天緣奉紗給了她一大堆名單，讓她選幾個額駙，她也就隨手把月封擺在了第一位，母王還滿意地點了點頭。唉，一大堆烏七八糟的人，都沒有什麼像樣的，她不選月封還能選誰？至少月封哥哥，她是瞭解的。

　　這個似乎都已經被明頂暗定，註定做他駙侯的表哥，是多少烏月貴族姑娘心中的明月，她開他玩笑，說將來登基做了女王，第一件事情就是把他給「嫁」出去，不過看在他是哥哥的份上，許他個最中意的。他卻即刻跪地向她行禮，說什麼眼中從來都只有公主，她若是賜他「出嫁」，那還不如賜他去死。唉，哥哥就是這般無聊，她不過是開個玩笑，他卻認真的不得了，好生無趣，她也以為和月封哥哥之間的這一切便是喜歡了吧。

　　直到那天負氣飛馬出城，和他偶然在山林相遇，她才第一次有了臉熱心跳的感覺，原來這才是心動，這才是真的喜歡嗎？

　　他是一個逃跑的「奴隸」，他是大邑的公子昭。她說動師傅出動三軍，漫山遍野也要搜捕到他，她馬不停蹄奔赴刑場，在墨刑下救人，她不惜走火入魔也要救誤服丹藥的他。即使他

如何不情不願，她也捨不得放他走。好想多看他一眼啊，渴望和他肌膚相親，生死相融。這一切就仿佛是傳奇，是天定，是命中註定的相逢，是她的劫數，是她命運。

聞聽他被母王已經關了幾天的山室禁閉，她強行運氣調血，還未等完全康復就提前幾個時辰出關。料想到母王一定會試她，她又提前自封了幾處穴道，才接不下母王的一掌，還好母王不過用了二到三成功力。她知道母王最擔心的就是她真愛公子昭。那又能如何，她可是月好，烏月的公主殿下，未來的烏月女王，男人和國家她全都要。

她不能阻止虎霸王迎娶自己的母王，但她發誓，堵上自己的性命，她也絕對不會讓虎王侵吞月國的計謀得逞，絕不。

林海裡蒼茫，洞府裡深深，淡淡青煙，濛濛水汽。禁閉山洞幽霧繚繞，悶見中一點塵光，子昭正襟危坐，玉容瓊雕。微弱的光從洞頂一個傾斜的開口傾瀉而入照在他的臉上，色彩斑斕，晶瑩剔透。只是玉人何故一臉冷汗涔涔？不知何處吹來一陣風，他的髮絲好像是透明玉帶隨風而起，再散成千絲萬縷。

月好卻不由得看呆了，好帥，自己的心上人怎麼能這麼帥氣啊？

好在幼時玩耍，讓她發現了一條暗道可以通到這裡，不然她怎麼會那麼輕易答應母王不開石門呢。她略使小計就騙過守衛，偷偷地溜進來暗中相看，這盯著他看了良久，他竟然都沒有察覺？看他打坐竟然也能滿頭大汗的，以他的功力，不會山洞裡關幾了兩天的禁閉，就嚇成這個樣子了吧？或者是他體內的毒還沒有完全清除嗎？她躡手躡腳走到他的背後，心疼地用手摸了摸他的額頭。

一陣沁涼讓他突然清醒過來，他激動地一把抓過她的手，把她緊緊抱住，抱得她好緊，好緊，「思彤，不要離開我，不

要⋯⋯」

什麼彤不彤的，難道是另外一個女子的名字，她有些個氣惱，想掙脫他的懷抱，卻被他摟的那是一個緊實，這難道是在山洞裡被關傻了嗎？半天，他似乎才平靜了一些。

「哎，你醒點沒有啊，你好像因為胳膊上的傷發燒了，我是月好，你的公主殿下。」

「我知道是你。」

「那你幹嘛叫我另外一個女人的名字，病糊塗了嗎？」

「怎麼會，這點小傷算得了什麼，我沒有叫別人，我叫的就是你。」

「什麼，明明是別人。」

「那你讓我驗證下。」他摟著她的腰，突然就觸不及防的吻了過來，甚至連手都開始不安分起來？撫上她的胸。

「什麼啊，你別急啊，先別這樣啊，」她拼命推開，不是不喜歡這甜甜的吻，只是太奇怪他現在怎麼這麼主動了，難道是因為自己那天救了他，心存感激了？切，今天的表現，哦，畢竟我也是堂堂的公主殿下，怎麼能讓你叫著別人的名字和我如此這般⋯⋯

子昭鬆開她，看著她笑言：「我就知道就是你，因為這吻的感覺都一模一樣。」

「什麼是我啊。」月好更是莫名其妙。

「我剛夢裡的那個女人就是你啊。」他突然不知何時手已經偷偷摸了進去，小聲在她耳邊說：「瞧，連大腿根部的痣都一模一樣。」

「你胡說什麼啊。」月好一下子羞紅了臉，雖然昨晚被他誤以為已經圓房，可明明自己只是給他療傷了呀，他是如何得知自己大腿根有顆痣的？

「我沒有想到大邑國的公子竟然如此色欲熏心啊，母王關你禁閉，你竟然在這裡發春夢。」

「這都是你的錯，」子昭笑著說：「誰讓你把我俘虜來，逼我做了你的額駙，怎麼辦呢？我可是那種你招惹過一次之後，就會纏著你不放的那種人。怎麼，不是堂堂的公主殿下嗎？怎麼，害怕了嗎？不想負不起責任了嗎？」

「說什麼呢，誰怕了？」

「我這兩天從來沒有好好安睡過，就連在這山洞裡關緊閉，也日日夜夜都是這些亂七八糟的夢，無時無刻不想著你，你偏偏還不知道在哪裡閉關療傷，害得我差點都要想你想瘋了。」

「你要不要這麼誇張？」

「誇張？今天我就讓你看看我有多誇張。」子昭說著就強勢的扯開了她的衣衫，隱約蘭胸，菽發初勻，玉脂暗香，羅羅翠葉新垂桐子，盈盈紫藥乍擘蓮房，竇小含泉，花開露蒂，巫山雲雨銷魂斷腸。

「你，你別這樣著急嘛。」

「求你了，好兒，都給我吧，我們圓房的那天晚上，我中毒中的迷迷糊糊的，你告訴我，我們兩個到底是怎麼做的啊，是這樣的嗎？」

「啊，什麼啊，就那樣啦……」

「那樣，這樣嗎？」

「你，你別，別舔哪裡啊。」

「好兒，原來你喜歡這樣啊，嗯，那這裡呢，這裡喜歡嗎？」

「嗯……嗯……喜歡。」

「我可以進去嗎？」

「別，不要……」

「可我忍不了啦啊。」
「你，別說這麼色氣的話啊。」
「那還不都是因為你勾引我啊，我的公主殿下。」

李白白

第十九章

我想請王子幫我殺一個人

幾日之前，壺渡。

黑壓壓的山林裡猿聲驚啼，崇山峻嶺，林濤駭浪，一片山雨欲來之勢。三岔路口的酒棧裡，老闆忍不住抱怨道：「這天怎麼說變就變了？看來今日也不會有什麼生意了，還是早點關門吧。」

突然直覺脖子上一涼，後邊有人扣住他的肩膊，一把劍抵在了他的喉嚨上。

客棧老闆忍不住一陣心驚道，「閣下來者何人，可願報上姓名？」

「這劍都抵在喉嚨上了，語氣還能這麼鎮靜，看來我沒有找錯人了。你是我姑姑婦嬈王后的人吧？不經通報，暗中在我虎國進行間諜活動，你可知這是死罪？」

「王子津？！」

「既然你知道我是誰，咱們也沒有必要囉嗦了，」後面的山影裡走出一個錦衣玉袍的身影，越羅衫袂迎風，玉刻麒麟帶紅，那人走過來在桌邊坐下道：「我就明說了，曾經是我父王親衛隊的成員，那個被我父王斬斷一條手臂的江雪裡在哪？」

「啊，這個，難道你是虎王派你來的？」

「這個不是你應該擔心的吧？我問你什麼話，你照答就好，哪裡還來這麼多問題？」

「啊，這個不是，雖然我的確是婦嬈王后的人，可並沒有

做任何對虎國不利的事啊，我在這裡只是處理一點王后的私事。」

「啊，私事，正好我來這裡也是私事，那我們就談一點私事好了。告訴我斷臂那傢夥到底被你們藏在哪？我考慮考慮，看是否可以饒你一命。」

「王子殿下，這……我其實也不知道他在什麼地方啊。」

「混賬，你以為我不知道我姑姑給你下的什麼命令啊？他讓你在這裡監視，你竟然說你不知道人在哪？既然不知道，那也好說，反正沒有什麼用，把他給我殺了吧。」

「殿下，饒命啊。」偽裝成酒棧老闆的這傢夥，撲通一聲趕緊跪下道：「沒有婦嬈王后的命令，我真的什麼都不能說呀。」

「不能說，好，那就去死吧。」

「殿下，殿下饒命，我說，我說，只是我說了的話，能不能饒我一條性命？」

「好，只要你帶我去見斷臂那傢夥，我就放你好走。」

「好，我這就帶你去……」

幾刻鐘之後，山色已暗。一眾人點著火把在山洞裡潛行。柳暗花明，九曲十八彎之後，最終在一塊突兀的大石塊前停了下來，前面看似沒有路了。

「就是這裡了，只要按那個石塊門就會開了。」酒棧老闆說道。

「呵，這麼隱祕啊，難怪讓我們好找。」王子津淡笑道。

貼身侍衛悄聲附耳問道：「殿下，這個人怎麼處理？」

「這還要我教你嗎？不知道死人才會保守祕密嗎？殺了他。」

「可王子不是剛剛說要放他好去嗎？難道不是放了嗎？」

「你是第一天跟我的嗎？乾脆俐落殺了他不就是放他好去

嗎？」

「殿下饒命啊，饒命啊，你說過放過我的……」酒棧老闆跪地磕頭搗蒜拼命求饒。

「小的只是有點擔心，畢竟這是大公主的人。小的只是怕王子殿下會有不必要的麻煩。」侍衛道。

「哼，」王子津冷笑道：「你說我那位做了大邑王后的姑姑嗎，她和我一樣想要那煉毒師的毒，還能有什麼好得居心？不會是想謀殺親夫，好讓他的兒子快點繼位吧？儘管殺她一條狗，也沒有什麼，但是為了不必要的麻煩，最好也不要讓她那麼快知道是我做的，你們把手尾給我處理乾淨了。」

「知道了，殿下。」

「殿下……」還沒來得及喊出饒命。血已經濺了一地，雲散開來如櫻花燦爛。

轟隆隆的一聲，石門開了。

洞內的燭臺光，忽暗忽明，斷臂者高坐在圓蒲上，雙目微合，巍峨不動。

「江雪裡，你果然不愧是父王當年親衛隊的成員啊，這麼多年你在這山裡裝瘋賣傻也過得夠了吧，這都死到臨頭了，竟然還能這麼坦然處之啊。」

「哼，我只是知道你暫時殺我不得罷了。」

「此話怎講，你沒有看到剛才那個人，我已經把他殺了嗎？」「多謝了，這孫子監視我這麼久，你替我殺了他，甚是好，小的感謝不盡。」

「你難道不怕我連你也殺了？」

「殿下堂堂一國太子，未來之君，殺我何難？只是如此興師動眾，來這深山之中，總不會是無緣無故來取我這麼一個小人物的性命吧？王子想必是有所求，在你為達目的之前，我的

性命也是安全的。」

「呵呵，還真是個聰明人啊。也不愧當年父王和母後都曾經那麼賞識你。」

「不敢當，我聽聞先王后前些年已經駕崩，如此看來，殿下總不會是奉父命來這裡抓我的吧？」

「的確不是。」

「那就是為我手裡這無色無味的冰毒配方？」

「哈哈，既然你如此明白事理，我以為免得浪費口舌了。拿出來吧，或者我心情好，可以饒你不死。」

「殿下竟然找到了這裡，那想必也知道我為什麼躲在這裡十年。如果這東西這麼好拿出來，婦嬈王后大概也不會這麼耐著性子等我幾年了。」

「你別在這裡轉彎抹角，挑戰我的耐性了，我既然來到這裡，自然是已經收到風，你那冰毒淬練，已經大功告成了。」

「哈哈，前些時日確實是煉成了，不過王子殿下大概是不知道，可是這冰毒子的製作方法我若是不給你，你大概奈何我不得。」

「你不怕我讓你求生不得，求死不能嗎？」

「嘿嘿，果然是姑侄二人啊，說的話都一模一樣。我若是受此等威脅，郡主怕是早就得手了。」

「那你想怎麼樣呢？」

「怎麼，王子的情報看來有紕漏啊。難道你沒有從郡主那裡得知我有什麼要求嗎？我已是風燭殘年，命在旦夕，什麼金銀珠寶高官厚爵對我已經沒有什麼吸引力，我只有一個心願未了，只要王子津殿下你能幫到我，配方我自然雙手奉上。」

王子津想了想自己只是收到情報說父王當年的親衛隊成員冰雪子體格異於常人，常年練毒運毒，當年父王親賜他五心散，

他不但沒有死，還讓他躲在這深山老林之中臥薪嚐膽，忍辱偷生，苦心鑽研之下還真讓他煉成了人間至毒。三千越甲可吞吳啊，據說那冰毒無色無味可以殺人於無形，這麼好的東西當然想要抓在自己手裡了。

可是一直以來，姑姑婦嬈到底幫助江雪裡藏在什麼地方？一直讓他好找，沒想到踏破鐵鞋無覓處，得來全不費功夫。本來父王讓他前去迎親，他知道這是讓他禮遇新王后的意思。他還甚是不情願，沒有想到途中竟讓他收到消息，這江雪裡就在壺渡的深山中。

真是運氣好到順路都可以截胡啊，可是這傢夥到底想要什麼？竟然姑姑都不能幫他辦到？

「說吧，你到底想要什麼，婦嬈王后做不到的事情，我說不定能幫到你。」王子津道。

「我確信王子能幫我，我想請王子幫我殺一個人。」

第二十章

竟然就這麼放了「刺客」進來？
還讓他摸上了王后的鳳床？

「你想要殺何人？說來聽下。」

「王子殿下請上前一步。」

王子津猶豫了一下，還是向前走了兩步。江雪裡攤開手掌讓他看了看。在他的掌心裡赫然刻了兩個字，月追。

王子津心想我還以為你讓我殺父篡位呢，如果是這個人的話，我們也算是同仇敵愾。現在看來也真的明白姑姑為什麼沒有得手，讓他撿這個便宜了。烏月國女王，你殺她談何易事？可這個女人，做了虎國新任王后的女人，殺她就有機可乘了。且不說母後當日，恨她入骨，這女人如今也斷然不會想他的朋友吧？

他實在是想不明白，父王想烏月女王做情人也就罷了。為什麼這麼執著於給她王后的名分，難道是為了烏月國的領土？由他來迎娶烏月唯一的公主，占領烏月，那豈不是也是鐵板釘釘？烏月不久一個彈丸小國嘛，女王還不是給父王侍寢這麼多年。如果王子津要明媒正娶她的女兒，她還不應該感激涕零？於是他想到一個建議，或者可以討父王的歡心。

「啟稟父王，父王完全不必紆尊降貴娶那蠻夷女王了，如果父王意在烏月領土，孩兒倒是有一計，只要孩兒娶她烏月唯一的公主，那麼徹底控制烏月還不是順理成章？」

沒有想到，他話剛說了一半，虎王就直接罵他，「混賬！你個不知廉恥的東西。」

接著還教訓他讓他不要覬覦不屬於自己的東西，要禮遇新王后勝似親母，視月好等同虎國公主。媽的，他就不明白了，父王為什麼會生這麼大的氣。他不過是建議讓他迎娶烏月的公主，如果父王志在一統烏月的領土，自己這不是替他著想嗎？難不成他還真看上了那個什麼月好公主嗎？

那蠻夷女王好歹也算是個聲名遠播的美人，那月好公主卻生得膀大腰圓，蠻力無窮，性格更是刁鑽任性，大概全像她的蠻夷父親了吧。說娶她還不是高看她？父王竟然說讓他不要覬覦不屬於自己的東西，父王這是在暗示他不配未來虎國的王位嗎？他不僅暗暗地捏緊了自己的拳頭。

父王也真是鬼迷了心竅，寵愛一蠻夷女王竟能到達如此境地。這王后還沒有正式受封，人未到就如此壓他一頭？這來到了天都，以後還能有他好過？若是娶了她女兒還罷了，這若是不能締結姻緣從而為他所有，那就只能是敵人了。

讓女王來虎國遲早就是個禍患，必除之方能後快。可這殺她容易，之後當如何才能不惹得一手腥？沒有想到計畫得早，不如的送上門的巧。天上掉下個江雪裡，讓他想到一計既可以借刀殺人，由可以全身而退。真是天助我也！想到此王子津使了個眼色，讓一干人等退出。記著對江雪裡如此這般，講了一通。他倒是也想看看，這江雪裡是不是真的可以為了報仇血恨連命也不要了？

未曾想那江雪裡倒也是痛快，只道：「好說，只要能讓那娘們死，我這條命算什麼。能成事，這罪我一力扛下，不但會奉上配方，還會以死謝罪，即使虎王追查下來，也和殿下毫無相干。」

「好！非常好，不愧是條好漢。既然大家有共同的敵人，那我們就是朋友。不過一切都得聽從我的指示，絕不可貿然行

事。」

「那是自然。」

王子津心想，這一可以獲得天下冰毒的配方，二可以借人之手去除一個危險因素，三也算母後出了口氣吧，此等一箭三鵰的好事。真是踏破鐵鞋無覓處，得來全不費功夫。

看來只要我從長計議，小心行事即可。

一望蒼穹，白雲抱日映天紅，官道上的浩浩蕩蕩的迎親儀仗護擁著溜金的馬車，蔓延數裡開外。虎頭旗卷沫金風，迎風飄蕩，一如騰雲駕霧的錦麒麟在開道。虎霸王真是大道豪邁，氣貫長虹，迎接自己王后的派頭，還真不是蓋的。

昨夜在離天都最近的行宮琉陽歇息，這一大早梳洗完畢，再啟程，半日之內應該到了吧？月追心想，這虎王也真是，多大的人了，竟然還像個小孩子一樣，昨晚竟然單騎夜行，後半夜偷偷摸進琉陽行宮，跳窗進來她下榻的房間。或者是旅途太過勞累，或者是怎麼都不可能想到這幾千人的重兵設防就是虛晃的嗎？ 竟然就這麼放了「刺客」進來？還讓他摸上了王后的鳳床。

知道外面有奉紗守著呢，她才放心酣睡，恍然睡夢中被人沉甸甸地壓在身下。一時確實被嚇得不知所措，幸好她太熟悉他的氣息，即使在黑夜中看不清他的臉，她也知道那是他，她的虎王。她還沒來的及說話，哎，急不可耐的虎王已經扯去了她的衣褲，推她的腿，偷將碧玉形相，怪瓜字初分，還要蓄意點藏，輕倚推分，洞霧吹徹，淺斟輕嘗。

「月兒，你這裡想寡人嗎？」虎王輕輕呢喃。

「你別啊，別這樣直接撲過來啊，等一下。」她用力推他的頭，卻被他反手扣緊大腿再推起。

「你還想讓寡人等？寡人這都多久沒有抱你了？月兒，

快，來，把腿再分開點。」

「你都不能等明天大婚儀式結束再……」

「說什麼呢？月兒，你和寡人都多少年老夫老妻了，你還讓我等那些沒用的？」他說著就一個貫刺，狠狠地撞了過來。

「別這麼凶啊，你慢點……」

「對不起呀，月兒，這幾個月忍得太辛苦……」

量取白玉圭，調染紅蜜裏，一個冰清玉潤，一個檀心炯炯，兩相癡纏，幾番熱吻，花開花落，天翻地覆。一雙人影糾纏翻來覆去，暖香紅霧裡你中有我，我中有你，生死相容，至死方休。幾個時長之後才總算是停當，他抱著她道：「寡人明天出天都城外三十里親自迎接王后你好嗎？看這個時間也快後半夜了吧，那就算是今天啦，等一陣寡人會出城三十里親自相迎哦。」

「隨你吧，我快累死了，你這個瘋子。今天還不算親自啊，你不半夜就先跑過來我床上了。」

「剛月兒你喊累，寡人都沒有停下，你不會真生氣了吧？那還不是因為太想你，都幾個月沒見了，月兒，你難道不想寡人嗎？」

月追才不會告訴他，在月王宮午睡小憩的時候想的都是他呢，只是含糊不清的道：「想我，你也不能這樣啊，堂堂一國之君像個刺客一樣偷偷摸摸進來，簡直有失體統。」

「誰說我偷偷摸摸進來的？雖然不會告訴底下的人我是虎王，但我給他們看了通行權杖啊，不然你以為這幫護衛真的是吃素的啊？這麼大半夜敢放個人進來，如此保護寡人的王后，他們的腦袋不想要了？還有我剛看到，奉紗了，她要是不放我，我也進不來啊。」

「那你怎麼還跳窗？」

「你不反鎖了門嘛。」

「那你叫我開門不就好了。」

「呵呵，寡人突然之間就想看看王后你的睡顏，剛王后睡著的樣子的真的好美，真像是勾魂攝魄的狐狸精呢，一眼看寡人身下就硬了。」

「不要說得這麼色氣的話好不好，黑燈瞎火看得見嗎？」

「誰說看不見？今天的月亮還挺圓的呢。」

「你就色吧你⋯⋯」她用忍不住掐他胸口，他卻突然把她的腰摟得更緊了，那下面分明直挺挺的頂得她難受。

「你幹什麼啊，怎麼突然又發情⋯⋯」

「怎麼辦呢還？還想再多做一次。」

「你剛都做了多少次了，這天都快亮了，你趕快起來走吧。明天還有大典呢⋯⋯」

「就再做一次嘛⋯⋯」

「你趕緊走吧。你再不走，我可真的惱了。」

「好了，好了，寡人聽王后的還不成嗎？我這就走，記得我會出城三十里相迎，就在那君瀾亭見吧。」

「嗯，我知道了，趕緊走吧。你還怕以後見不著了嗎？這日後在天都宮和你一起生活了，還不日日兩想對，我還怕你會厭了呢。」

「怎麼會，我的寶貝月兒，我可是永遠都看不厭。那我走了，」虎王起身離去，在門口又一個回頭：「月兒⋯⋯」

「你又怎麼啦。」

「我愛你，月兒。」這天底下能讓虎王偶然說平語的，怕也只有烏月追一個人了。

「嗯，知道了，快走吧。」

「什麼，你都不回寡人一句嗎？」

「你要我怎麼回你？」

「當然說你也愛寡人啊。」

呵呵，月兒心想，我的虎霸王今天怎麼跟個孩子一樣？明明一會就又見到了，這一會卻在這裡癡纏不休，拗不過虎王，也只好笑道：「好了，我也愛你，我的虎王，等一陣見。」

「嗯，等見。」

第二十一章

渺萬里層雲，千山暮雪，
從此之後寡人只影向誰去？

「陛下，你還好吧？」金駕馬車一個晃蕩，月追竟然一個
趔趄，差點撐不住身子想要摔倒，身旁的奉紗連忙扶住她。

「只覺得有些頭暈，可能是這十天半月的舟車勞頓，有一
些不適吧。我這輩子也沒做這麼久的馬車，還不如騎馬快些。
這又慢又晃的，也真讓人難受。」月追道。

「我看不是這車晃得難受，是昨天晚上沒睡好吧，折騰了
大半宿，能睡好才怪。」

天緣祭司奉紗雖然是臣下，卻是先女王月顯陛下為女兒親
選的親信之一，論武功，她雖不及地緣祭司大犀令將軍，卻也
不弱。要是說天文地理和醫術，在月國那更是無人能及。追隨
了兩代女王，還是公主殿下的大師傅的她，在烏月說是被萬人
敬仰，那也不為過。月追視她亦友亦師，才不會介意她話裡有
話，含沙射影。

月追只是沒想到自己被奉紗調侃也會臉燙心熱？

只故作威嚴道：「咳咳，奉紗啊，你幾時竟然連本王我也
敢調侃了。」

「陛下，臣不敢，臣昨晚其實並不想放虎王進去的，我告
訴他保衛女王的安全是我的職責，沒有我的允許，任何人都不
能打擾女王休息。可虎王他竟然說陛下現在是虎國的王后了，
即使是半夜，他要見自己的王后，也不需要我的允許。我本來
想先稟報陛下的，沒有想到虎王竟然就那麼直接跳窗進去了。」

　　原來還真的是硬闖的，月追忍不住會心一笑，忽覺得心口猛地一熱，未及奉紗遞上了手絹，月追忍不住幾聲輕咳。血竟然是血，紅滲滲的一片，艷若桃李。奉紗不由得慌了，女王的身體一直由她負責的啊。可這怎麼可能啊，雖然女王素來有肺熱之症，可她一直幫她調理得好好的啊。這次因為要遠行，她更是提前做了不少準備，一路上也是倍加小心。

　　這沒有理由的，這不可能啊。

　　「啊，奉紗，我，我這是中毒了嗎？」月追一個趔趄不支，竟然倒在了她的懷裡，驚慌失措的奉紗拉起女王的衣袖，竟看到隱隱一條黑線。再扯開胸衣，不好，毒氣竟然已經近到心口了。這，這是什麼毒，竟然能如此悄無聲息，來勢洶洶？

　　女王所有的飲食我都一一親嘗，要中毒也是我先啊。已然在崩潰邊緣的奉紗來不及細想，手忙腳亂地取出銀針，先封了女王的穴位，阻止毒氣的蔓延。突然瞥見女王嘴角的胭脂紅，色翠欲滴。難道……只有這種可能了，用銀針試過沒有反應，再用可以驗奇毒的百蘇草檢視，果然銀白色的白蘇草瞬間就黑了。

　　果然，女王的胭脂唇彩裡有毒，奉紗想強迫自己冷靜，自己可是見遍了天下奇詭之毒的月國第一醫師，我一定可以救陛下，我一定可以。

　　「陛下，沒事的，你一定會沒事的，你給點我點時間，讓我給你解毒。」天緣奉紗強奈棘心夭夭不安，開始運功為女王逼毒，可那毒竟似鏡面水波，一波未了，一波又起，拉鋸來回，任她功力幾近耗盡，女王卻愈發的倦眠身似火，渴歠汗如珠，額頭更是布滿了細細密密的汗珠。

　　轉佩風雲暗，鳴鼙錦繡趨，雪花頻落粉，香汗盡流珠。大汗淋漓，精疲力竭的奉紗轉遍了腦筋也全然猜不透這是什麼

毒？無色無味連銀針都驗不出。晨起給陛下梳妝，如今還不足半個時辰，看來這毒是潛移默化，要在不知不覺間要了人命啊。雖說大婚的禮服和衣容物品都是王宮送來的，都有虎王的鏐封，她也不該如此大意啊。她真悔早晨她就應該用白蘇草把所有東西都檢驗一遍，自己怎麼能這麼大意的呢？

「奉紗啊……」月追悠悠緩過一口氣。

「陛下，陛下，你堅持一下，我正在為你逼出毒氣，你堅持一下啊，哦啊，咳咳……」奉紗竟然也口吐一大口鮮血，臉色蒼白灕汩如雪霜，她差一點來不及用衣袖遮擋，讓鮮血灑在女王華麗的紅色尾服上。

「奉紗啊，」看見眼前已經竭盡全力的人，月追道：「你等下，讓我來吧。」

凝神閉目，聚靈光萋斐暗成，貝絲絲錦粲然，指尖華光處，清清徐輝燭霞日，薄霧耿耿和煙埃，月好一道指光點在了自己的心門。這，這不是駙侯大人的獨門神技舍生門嗎？

當年駙侯大人為了讓那些將死的將士能夠享有最後的安寧，安然往昔，才會採用的極端方式啊，這固然可以給將死之人安德片刻舒適，可這也是再無回天之術的自絕之術啊。駙侯大人他，他自己不也是死在自己的這個獨門絕技之下嗎？

知道女王這是全然放棄生門的意思，奉紗淚崩道：「陛下啊，陛下，你這是做什麼呢。你怎麼能……你讓我救你啊，我要救你啊。請你讓我用我的命換你的，如果不然你讓我也隨你去吧。」

「奉紗，若是我許你用你的命換我的命，到頭來怕只會是，讓你我都死在這劇毒之下。你是我月國第一醫師，當今世上最好的毒師，若是剛剛連你用盡全力也解不了的毒，這人世間還有誰能解此毒？何況我是個習武之人，如果毒氣攻心大限將

至，我豈會不知？」

「陛下！那你就讓臣和你一起去吧。」奉紗攥手竟然也想自絕。

「你還不給我住手！沒有我的命令，你怎麼能胡亂去死！你若死了，還有誰能幫我完成遺願呢！」月好抓住了她的胳膊。

「陛下……若是陛下執意要臣留著這條賤命，那臣就留著這條命爲陛下你報仇雪恨，臣一定會找出這是誰投的毒，然後再把他生吞活剝。」天緣奉紗淚雨闌珊。

「奉紗啊，你莫意氣用事，現在也不是談什麼報仇的時候。你要謹記我的遺言有三，第一可你需要警惕一個人，那就是王子津，此人雖然表面上謙恭有禮，但他或者心腹頗深。雖然我對到底是什麼人下的毒一無所知，但總覺得和這個人脫不了關係。第二，知女莫若母，我中毒身亡的被好兒得知之後，以她的衝動性子說不定會貿然前來虎國尋仇。你切記飛鴿傳書好兒，說母王遺命讓他堅守月國，不要輕舉妄動。」

「好的，我都記下了，我一定會謹遵遺命，保衛公主殿下的安危。」

「最重要的是第三，奉紗，我今天要告訴你一件事，你要記好了，月好她，他其實不是我和月川的孩子啊。」

「啊什麼？陛下，你到底在說什麼呢？」

「月好，月好，她其實是虎王都的親生女兒，這個虎王他是知道的。」

「什麼……陛下，你在說什麼呢？」

「奉紗啊，對不起啊，這麼多年在這件事情上我都瞞著你，瞞著你和犀令。我這麼做無非是想讓好兒她能一心一意地繼承女王之位。可是事到如今，我也不能再瞞下去了，你就告訴我好好，說母王我對不起她，我不該瞞著她的。我……」

「陛下……」

突然車門外傳來稟報聲：「稟告女王陛下，虎王已經到達前方君瀾亭，要我等特來通傳王后。」

「陛下，我是不是應該馬上去告知虎王你的情況……你現在已經命在旦夕……我，我該如何是好啊。」

「奉紗啊，你要冷靜點，切記我交代給你的事情就好。以後好兒就靠你這個師傅了。出去傳令下去吧，讓他們通報虎王，就只說我身體有些乏累，就不要在君瀾亭見了，要虎王前來車裡相見。」

「陛下！」

「快去吧。」月追微聲笑顏。

「知道了，陛下。我這就去。」

一個是閬苑仙葩，一個是美玉無瑕。若說沒奇緣，今生偏又遇著他；若說有奇緣，如何心事終虛化？一個枉自嗟呀，一個空勞牽掛。一個是水中月，一個是鏡中花。想眼中能有多少淚珠兒，怎禁得秋流到冬盡，春流到夏。他英姿勃發，滿懷欣喜掀簾而入，她環珠金釵，鳳冠霞帔，微微一笑傾國傾城。

「我的月兒，不，我的王后，你今天真的好美啊。」他在她身旁坐下，攔佳人入懷。

「虎王你好像早到了一點啊。」

「是嗎，寡人還想再早一點呢，早知道這般煎熬，我就應該一早趕到琉陽行宮接你。」

「如此已甚好，能見你最後一面，已是甚好。」

「王后，胡說什麼呢？」虎王下意識有些心驚膽顫，看了看月追的臉道：「王后你的臉色怎麼這般蒼白，你莫不是病了吧？等等我要傳最好的禦醫過來。」

「都啊，你聽我說，我身中奇毒，時間不多了，我有幾句

很重要的話想跟你說。」

「什麼，什麼中毒啊，」紅色宛轉，一絲血跡自嘴角流延而下，月追忍不住呃了一聲。

「王后，到底發生了什麼事，你快告訴我，等等，現在不是說這個的時候，寡人馬上傳召禦醫。」

「別，不要，都，你聽我說，你不是不知道奉紗是當今這世界數一數二的解毒師，最擅長的就是解毒和用毒，她若是都救我不了，那根本沒有人能救我。」

「這到底是誰，吃了雄心豹子膽，敢對王后你下毒！」

「虎王，我身為月國女王，自知自己樹敵無數，報不報仇我其實也沒那麼執著，我只有一件事情，放心不下……」

「月兒，你快別說了，寡人一定會想辦法救你的，等一下禦醫過來，和奉紗一起幫你解毒的，再不成寡人就招全天下的醫師來，我都不相信，找不到解毒之法。」

「都啊，來不及了，你可知這毒其實會在須臾之間就要了人命，若不是我自斷了自己的心門，我根本不可能撐到現在。」

「什麼，月兒你……你自斷了心脈！」

「虎王，你千萬莫要悲傷，是人都固有一死，月追這一生，得母王疼愛，還能得王夫如此，集三千寵愛於一身，雖受之有愧，但王夫待我如此情真，我真的已經死而無憾。如此我，咳咳，我……我只想你答應我一件事……」

「好，你說，月兒，我什麼都答應你。」虎王心中似有萬千鋒刀側轉，攪動心肝肺，痛難忍，難忍輕撥湘弦。

「無論……發生什麼，你……都不能……傷害……好兒啊。」

「月兒你說什麼胡話，好兒，是你和我的親生女兒，我疼她都不及，我怎麼會傷害她……」虎王聲涕淚下。

「如此甚好。虎……王，好兒她，她若是得知……」

「月兒，月兒，你到底想說什麼，你說啊，你說……你不要這樣，你不能就這樣舍我而去，你不能……你不要丟下我一個人……」

環樓杪，裊餘音，仙人度曲，伊人已逝。虎王崩潰大哭，嚎啕之聲慟徹雲霄，讓金鑾駕外的人個個聞者心驚，膽顫不已。問世間情是何物，直教生死相許。王后啊，你怎麼能留下我一個人去了，渺萬里層雲，千山暮雪，從此之後寡人只影向誰去？

第二十二章

代價？寡人無所懼，寡人只是悔，
當初怎麼就沒有一刀結果了這廝的狗命？

秋風起兮白雲飛，草木黃兮雁南歸。
蘭有秀兮菊有芳，月佳人兮不能忘。
繙旗幟兮大道歌，馬中車兮揚塵坡。
簫鼓鳴兮發棹歌，歡樂極兮哀情多。
追魂逝兮奈若何！

六架馬車外天緣奉紗無言佇立，心悲落淚。金架馬車裡已然沒有了聲響，卻也沒有任何人敢上前問發生了什麼，車內之人是塵滿面，色如霜，不思量，自難忘，唯有淚千行。迎親大隊就這樣耗停在了原地，只剩下風吹草動，和馬兒的嘶嘶悲呼聲。

那廂突發喧囂，一片譁然吵鬧之聲，奉紗放眼望去，只見一個獨臂壯漢正被士兵攔下。

「我要覲見虎王主公，請代為通傳。」壯漢倒是彬彬有禮。

「不想死的話趕緊滾，你再在這裡喧鬧驚擾聖駕，就立刻抓你進大牢。」

「你只要代為通傳江雪裡求見即可。」

「還真是反了你，主公是誰想見就可以見了嗎。來人，把他給我抓起來。」士兵頭目剛把話說完，還沒有反應過來，竟然已經倒地不起。

「如此我只能不客氣了。」江雪裡唰唰釋放幾道暗器，幾

個士兵已經應聲倒下。

奉紗大驚失色，拔劍飛身上前，擋住了江雪裡的去路。

「我無意傷人，也不想見血，剛那幾個人也只是被我打暈了，若是你也想知道你們的女王是怎麼死的，那就帶我見主公。」

「你，你是何人，你怎麼知道女王她已經……」

「何人在外喧嘩！」所有人聞言都是一驚。虎王走出了馬車。一眼看見江雪裡，臉色也為之一變。

「你是雪裡？」

「正是，主公。」

「你，何故要見寡人？難道想寡人再砍下你另外一條手臂不成？還是想要寡人結果你的狗命，寡人今天可沒有什麼好心情，砍了你的頭或許能讓我寬慰少許。」

「主公，我今日前來就沒有想活著回去，不過你殺我之前，你是不是也想瞭解一下，王后是怎麼死的？」

「你都知道些什麼？」虎王眼眸一凜道：「說！不然我今天就讓你求生不能，求死不得。」

「君要臣死，臣自然是不得不死，可是不是先讓這位把刀劍放下？也好，容我一一道來，詳盡稟告。」

「天緣大祭司，你先退下吧。」

奉紗點點頭，收劍站到了一邊。

「謝主公。」江雪裡微微施禮道：「那我就開門見山了，主公可知王子津一心想治王后於死地？」

子津雖然對我和月兒的大婚心有不滿，但諒他也不敢貿然出手謀害王后。虎王心想，莫不是這個江雪裡想要挑撥離間？便冷言道：「你莫要在這裡胡言亂語，妖言惑主。」

「那我就要給主公看一樣東西了。王后是不是中的這種毒？」

　　江雪裡從從懷中抽出一個藥瓶遞了上去。奉紗接過一看，剛想打開。江雪裡便警告道：「瓶口有我自製的特殊封簽，當然天緣大祭司的威名在下也是略有耳聞，以你製毒用毒的造詣自然是可以打開。我只是勸你小心查看，因為你應該很清楚稍有不慎，這毒一滴足以讓你致命。我可不得不告訴你，我並沒有解藥，這世間也沒有任何人有解藥。」

　　樹上寒蟬，空裡流霜不覺飛，奉紗聽言些微的變了臉色，她小心取了一片白蘇草，沒有想到那白蘇草剛剛碰到打開的瓶口，邊角已經變成了黑色，果然就是這種毒。

　　「陛下她中的就是這種毒！快說，這毒你哪裡來的？難道真的是王子津給你的嗎？」奉紗直接把刀再次架在了雪裡的脖子上。

　　「子津他果真參與這件事了嗎？」虎王聞言也是怒目欲眥，「合謀殺害王后，你等可知這是什麼罪？江雪裡，你現在就給寡人一字一句從實招來，若有一句假話，寡人就把你五馬分屍，凌遲處死。」

　　「是的，這毒是我制的。王后是我和王子津合謀毒害的。」

　　虎王想這江雪裡當年跟他一起征戰多年，最擅長使用的就是毒暗器，這毒若是他做出來的，那也是有可能。可子津為什麼會參與呢？這中間到底還有什麼不為我知的曲折？

　　「我今日就是想把真相告訴主公你聽，至於主公聽完，是不是打算治王子津的罪，那是主公的事。」

　　這江雪裡也不知道出於和居心，竟然一五一十講出了所有。果然是王子津和他密謀殺害得他的月兒。而江雪裡所做的一切都不過是，偷偷換了禦封的胭脂盒。

　　一切正如王子津預料的那樣，藉刀殺人的計謀很成功，只不過江雪裡並沒有像他給王子津承諾的那樣，事成之後擔下所

有罪責，而是趁王子津聽命先入天都城之後，選擇來向虎王坦誠一起。坦白？自首？寡人瞭解的江雪裡可不是會做這種事的人！能製作此等毒藥，還敢貿然來見寡人，怎麼會不給自己留一顆？雪裡快要說要講出所有的時候，奉紗突然在他背後使了個眼色，虎王當即就明白，這斯肯定是準備好說出一切之後，就地自盡的。他怎麼能讓他得逞？

　　說是遲，那是快，晃眼之間奉紗突然在背後點了江雪裡的穴道，果然在他的嘴裡和身上都發現了毒囊。虎王冷聲道，「說吧，犯下如此大逆不道的滔天之罪，還敢來面見寡人，你到底意欲何為？你應該知道即使你說出所有，寡人也絕不可能放過你的。膽敢制毒謀害王后，寡人若不將你五馬分屍，實在難解我心頭之恨。」「哈哈，小的只有這一條爛命，就算被五馬分屍又有何所惜？我只恨當年我對主公忠心耿耿，主公卻為了一女人斷我手臂，今天大仇的報，這條賤命主公還想拿去，且隨主公心意！只是主公別忘了，王子津是我的合謀。這普天之下的人都知道王子津是虎王的唯一的繼承人，我倒是很想看看，主公會如何處置自己的親生兒子！」

　　虎王那是追悔莫及啊……他其實不在乎雪裡的威脅，他甚至也沒有為子津感到多麼痛心，這個王子他從來不曾多歡喜過，若是好兒是個男兒身，他怕是都不會多看他一眼。只不過那是因為他只有這麼一個兒子罷了，還是前王后的繼子，也是母後指定的繼承人。

　　「雪裡啊，你真正想報復的人是寡人吧？那你衝著寡人來就好了，你為什麼要去毒害王后？你如此賭上被五馬分屍也要挑撥離間，就是想看寡人的笑話嗎？嗯，那可怎麼辦呢？這子津如果真的參與此事，我必然會治他的罪，可我看你活不了那麼命長，怕是看不到了。不過讓你五馬分屍寡人都覺得便宜你

啦，你且說說，寡人僧如何給你加罪，才能略解心頭之恨？滅你江門九族如何？」

什麼，滅江門九族？江門可是世系的貴冑啊，那在虎國朝野的勢力可不容小覷，虎王當真會如此做嗎，旁邊的奉紗聽得也是一陣膽顫，一陣心驚。

「呵，這全是王子津和我的密謀，和江門何干？」江雪裡笑道：「我雖出身江門，但直系近親皆已經亡故，這些年旁系血親也從未有任何聯繫，且江氏是名門望族，九族之內少說也有幾千人吧？不少人在朝為官，多是戰功赫赫的幹將，主公應該也知道他們多為忠君良將吧。即使如此，也要追究連坐之刑，把他們全殺了吧？」

「如果是呢？」

「呵呵，那又與我何干？虎王瘋，天下亡！瘋了，我看主公果然是瘋了，為了一個女人，竟然不惜背上昏君的罵名，要誅江門九族？如此離心背德，主公都不怕危及虎國江山嗎？」

「這不是你該擔心的，誅你九族是你罪有應得，從你決心謀害王后那天起，你就應該料想到你會為此付出你無法承受的代價。」

「哈哈，江山的代價更大吧？」

代價？寡人無所懼，寡人只是悔，當初怎麼就沒有一刀結果了這廝的狗命？明知道他是陰險狡詐，睚眥必報之人，一念之仁放縱他去還倒罷了，竟然沒有讓人盯緊他，竟然讓他有機可乘，讓他謀害了月兒，如今就算讓他死百次千次也償還不了啊。風起輕煙，霧眼朦朧，簾幕無重數，仙臺雕鞍處，不見章臺路。

月兒，如果這世間沒有了你，那還有什麼值得寡人留戀？

金臺黃道，八駕禦輦昂然而立，風吹五花蓋，露綴九光輿，

天都宮一片古樂喧天，文武百官跪地兩側，高呼恭喜虎王，賀喜虎王。虎王都抱著王后，從龍輦裡出，都王官的石階有一百零八步，他懷抱著她一步一步拾階而上。

懷中的人兒身著王后的盛裝，血色玫瑰金色搖，嬌豔如她，她依然是那麼美。可那依偎在他胸口微闔的雙目，殘雪一樣白的面容，嘴角還有一點烏血絲，悄然滑落下去的手臂，是人都看得出伊人已然逝去。

階下文武百官，交口及耳，竊竊私語。吉時到，太陽正當午，使持節手執拂塵捧聖令，有些戰戰兢兢，不知該如何是好，剛他收到的消息是冊封大典照常舉行，他還以為王后不過是受了點輕傷，可現在看這樣子分明人已經薨逝了呀，難道這冊封大點還要舉行下去，虎王這是要和一個死人結婚嗎？

虎王懷抱著她輕聲威喝：「還不宣讀聖令？誤了吉時，你該當何罪？」

「王后，王后她……」

「王后她只是有些疲累，睡著了，你還不宣寡人之令，不想要腦袋了嗎？」

「應天順時，受茲明命。寡人承先帝之聖緒，獲奉宗宙，戰戰兢兢，無有懈怠。聞為聖君者必立後，以承祖廟，建極萬方。烏月追氏，烏月國月顯女王之女，後繼烏月國女王之位，昔承母命，衍慶家邦，柔明之姿，人品貴重，性資敏慧，宜建長秋，以奉宗廟。是以追述先志，不替舊命，使使持節兼太尉授王后璽綬。崇粢盛之禮，敦螽斯之義，是以利在堂基，母儀天下……」

使持節高喊禮成，文武百官見狀也只能再次跪立高呼，恭喜主公，賀喜主公。

「月兒，」虎王把月追輕輕放下，放在龍椅上，柔聲道：

「你知道嗎？寡人設想過無數次，迎接你進王城的那一天，就這樣讓你坐在我身邊，今天我終於得償所願。還記得我們說過要相守白頭，一生一世一雙人的諾言嗎？我的月兒，我的王后，你從今之後都會陪在我身邊。再也不離開。」

　　「主公，大禮已成。可以發信號了嗎？」身旁使持節小聲問道。

　　「嗯。」

　　使節突然吹起螺號，緊接著宮門咣當一聲被推開了，大隊兵馬突然蜂擁而至，錯落落金鎖甲，地迴鷹犬疾，弓矢速如飛，把在朝官員圍了，水洩不通。

　　眾人皆慌了，虎王這是要做什麼？

第二十三章

虎王瘋魔了吧？看來是真瘋了

腰間勒錦綬，轉眄生光輝，帶兵的廖將軍直奔上臺前，施禮道：「臣廖驂參見主公。」

「廖將軍，傳王子津上前。」

「好的，主公。」

埌雪翻鴉，河冰躍馬，驚風吹度龍堆，不過才幾個時辰，人情翻覆似波瀾。這時候即使自己想逃，也沒有任何可能性吧？王子津只得忐忑不安地上前。

今早接令，說是父王會出城三十里迎接新王后，讓他先快馬入城準備交接禮儀。那時候他還不知道事情會變成這樣？王后突然之間中毒身亡，他不用猜也知道是江雪裡動的手，可他根本沒有指示雪裡今日投毒啊。是的，他是有計畫想致新王后於死地，可他是個十分小心謹慎的人，怎麼會傻到在今日大典之時動手？

他安插在虎王身邊的耳目，剛已經傳來第一線報，說是江雪裡已被投入大牢擇日行刑，虎王震怒，怕是要誅江門九族。聽說雪裡是自投羅網的，可第二次線報遲遲未到，他到底給虎王都自白了些什麼，他還未能得知。現在虎王突然讓大隊兵馬進入王宮，到底意欲何為？他根本吃不准啊。他是虎王唯一的兒子，也是王國的繼承人。他也沒有參與投毒，如果他極力辯解的話，父王應該會放過自己的吧？

「子津啊，你護送王后一路入天都，辛苦了。」

　　聽虎王這等口氣，難道是根本不知道自己和這件事有干係？王子津心下略寬，施禮道：「謝父王關心，這些都是孩兒應該做的。」

　　「看來你對自己該做什麼，不該做什麼，還是很清楚的啊。」

　　王子津心下一顫道：「不敢，孩子只不過是謹遵父命，盡力為你父王解憂。」

　　「是嗎？嗯，今日是父王大喜之日，你一直以來如此勞心勞力替為父奔波辛勞，我也應該有所賞賜。來人，賜酒！」

　　「是，父王。」

　　使持節端上了酒，王子津確實膽顫心驚，這真的是賞賜的酒嗎？這酒莫非是毒酒？可他不能質疑啊，若是質疑，那豈不是正好幫助自己心中有鬼？可若是就此飲下，那萬一父王他什麼都知道了……此時此刻，他也沒有任何選擇呀，搏一搏吧，父王總不會不問個青紅皂白就賜死自己唯一的兒子吧？說不定這是試探呢？若是自己飲下，父王可能就沒有疑慮了，那他會相信自己根本沒有參與謀害王后。

　　「謝父王賞賜。」想到這裡，王子津下定決心端起青銅酒樽，一飲而盡。

　　「很好，很好。子津啊，你是不是想只要你喝了寡人賞賜的酒，寡人就會相信你是清白的？」

　　「啊，父王……兒臣真的和下毒謀害王后這件事一點關係都沒有啊。還請父王明察！」

　　「哦，寡人有說是什麼事嗎？你是怎麼知道王后是中毒死的？」

　　「這……父王，兒臣真的是清白的，兒臣雖然和雪裡有所接觸，也只是想要制毒的配方罷了，絕對沒有毒害王后的念頭。還請父王你明察秋毫，還孩兒清白啊。」

「你說的意思，我還會誣陷你不成？你是不是奇怪你安排在寡人身邊的耳目怎麼沒有給你第二次彙報？因爲寡人剛在回宮的路上已經把他抓了，你還不知道吧？寡人連你的那幾個親身侍衛也全部審問過了。你雖然沒有親自動手，可你和江雪裡密謀在先，這總不會是污蔑你的吧，難道不是你把他帶來天都的嗎？你還敢說你和這件事沒有干係？」

「這……這……」王子津只覺晴天一霹靂，惡花明處，魍魅魍魎兼狂風。

「知道這麼多年來爲什麼寡人不喜悅你嗎？就是因爲寡人一早看出你爲人心術不正！只不過因爲你是寡人唯一的兒子，寡人礙於母後的遺願，曾經還想給你機會。可寡人最厭煩陰險狡詐，躲在暗中要陰謀詭計的人，偏偏爾是這等人。寡人若還想留你一命，那豈不是後患無窮？」

「這……這酒……」王子津嘴角汎起血滴子，倒地不起。

「是的，這酒有毒。」看著地上的王子津，虎王冷色起身道：「王子津狼子野心，欺君罔上，勾結江門雪裡加害本王和王后，意欲謀朝篡位，實屬罪惡滔天，罄竹難書。寡人念在他在糸寡人親骨，且在這裡坦承罪責，甘願自盡伏法的份上，准他保留王子稱號，按王家禮儀下葬，但不允其進太廟享宗族祭祀。廖將軍，把子津的江氏同謀全部給我抓起來，投入大牢，明日午後問斬。」

「是，主公。」

「使持節，」虎王轉頭叫道。

「小的在。」

「這裡其他的就交給你和廖將軍了，寡人今天也有點累了，既然大禮已成，寡人就和王后歇息去了。今日是寡人的大喜之日，所以說沒有什麼的話，休要再來煩擾寡人和王后了。

哦，廖將軍，若是有什麼人膽敢來求情的話，那也不必事先請示寡人，直接一併抓人天牢。」說罷，竟然抱起王后，頭也不回，闊步離去。

什麼？這到底是什麼情況？官員們皆被虎王的舉止驚呆了。如此恢恑憰怪，這還是他們熟悉的那個虎王嗎？虎王英勇豪邁，雖然有些時候會魯莽衝動行事，但從來不會如此喜怒無常啊 禮臺上直接毒殺親子，然後直接把幾個江門大臣抓進天牢，也不審理，說什麼明日午後就要問斬？

如果這一切都是因為王子津的謀逆導致虎王發了雷霆之怒，還勉強可以理解。可這王后明明死了啊，這虎王卻像是不知情一樣。還說什麼大喜之日，不要來打擾。

虎王瘋魔了吧？

看來真瘋了。

天下謠言四起，說我母王已被毒殺，虎國王宮卻未見官宣。奉紗師傅飛鴿傳書也只含糊其辭說母王命我接替女王之位，堅守烏月。連母王的親筆信都沒有，說什麼母王親命，要我如何相信。如果我母王未亡，我接什麼女王之位？若是我母王因虎王而死，那我豈能在這裡坐以待斃，不報仇雪恨，豈能安然女王之位？

師傅信中一邊說母王親命我堅守烏月，一面又畫下歸心標。七十二歸心圖是我烏月女王的密碼，只有我和母王，兩位師傅才能解其意，歸心標分明有暗示我前去營救之意。師傅，莫不是你和母王一起被虎王軟禁了？所以不能對我明言？那我該怎麼辦？如果領兵進犯，前去營救你和母王，我定然毫無勝算。如此只有一種可能性啦，我暗中潛入虎國王國，先探明一切再說。

「殿下，你當真要隻身前往虎國嗎？」大犀令憂心忡忡道：

「雖然信確實是天緣大祭司親筆，但這信內容前後矛盾，說是要你堅守烏月，又畫下歸心標，這看似確實有希望你前往營救之意，但這實在太危險了。如果你出什麼事，該當如何是好？」

「師傅你放心吧，我會挑選羽林侍衛跟隨暗中行動，絕不會讓自己陷入危險了，再說我的功夫還不都是師傅你教的，師傅要對我有信心啊。」

「這豈是信心的問題啊，公主殿下，不如我們先派人去，再不行，師傅我可以替你去。」

「不，我要親自去，母王現在生死不明，留在烏月我也只會日日心急如焚。師傅身爲我烏月國的地緣大將軍，負責統領三軍，師傅留守烏月，方能安定軍心。」

「殿下！」

「我此意已決，師傅不必再說了，我以代理女王的身分命你替我堅守烏月。」

「是，殿下。」

「嗯，其實在啓程之前，我還有一件事要做。」

「什麼？」

「我準備放四額駙回大邑。」

「爲什麼啊？」

「他不是一直想回大邑嗎？那我就成全他唄。」

「這個時候嗎？」

「殿下不一直都沒有同意嗎？爲什麼這時候突然要放他回去。」

「如果四額駙能回到大邑，和我聯合抗擊虎國，方能保我烏月太平了。」

「嗯，原來公主殿下如是想，我只怕額駙對殿下……公主殿下別忘記了，額駙畢竟是被你綁來的成親的。」

「呃，咳咳，今非昔比了嘛，額駙他對我⋯⋯總而言之我信他。」

「看你二人最近也確實如膠似漆，臣也相信殿下的眼光，這事就照殿下的意思去辦吧。殿下在虎國切莫衝動行事，一定要安然返回啊。」

「師傅，你就放心吧。」

月好其實沒有告訴犀令師傅，對額駙的心意，她並沒有十足的把握。雖自那日山洞承歡，這十天半月，兩個人時時刻刻都黏在一起，想看兩不厭，歡情不耐眠。可額駙他不但偶然在睡夢裡呼喚另外一個女人的名字，也還總是請求她容他返回大邑，說要回去面見父王，請父王恩准他成婚。

她決定賭一把，賭他的真心。

第二十四章

山無棱，江水為竭，我烏月好發誓一定要救師傅一定要為母王報仇

「好兒，能不去見其他人了嗎？」子昭背後環抱，溫柔言說。

「什麼其他人？」

「那，其他額駙啊，月兒。」

切，說什麼呢，明明抱著自己的時候還在喊著其他女人的名字。竟然還有膽量，要求自己不要再去見其他的額駙？可她竟然沒能真的生氣。

花前夜月明，小路尋香，尋香，只想獨占小幽山，不容凡鳥宿。她竟然還為他吃醋拈酸，話裡話外的那一絲絲的委屈，竊竊的欣喜。自己也算是瘋了吧，怎麼就會這麼喜歡他？即使他不說，自己眼裡也根本看不見其他額駙了吧。

可嘴裡說出來的話，卻偏偏是：「那不可能，我可是烏月公主殿下，有幾個額駙豈不是很正常？」

「真的不行嗎，有我一個還不夠嗎？你到底還想要多少？嗯……」他把手伸進他的襯裙裡撓的她癢癢。

「別啊，癢，」她拉住他的手說：「你不是吵著鬧著要回大邑嗎？」

「我不回去了還不行嘛，我想了想，只要你容我先休書一封給父王，我會在信中稟明父王也好。告訴他我與公主情投意合，我是自願留下來做你的額駙。」

「真心的嗎？」

「當然，君子一言駟馬難追。弱水三萬里，我子昭只取一瓢飲，足矣。只要公主許我一顆眞心，我眼中便只有你，你是公主，我是駙侯，你永遠是君，我甘心爲臣，我願意一生一世一片磁鍼石，誓繞南方不眠休。從此之後公主在哪裡，哪裡便是我的心之所依，便是我公子昭的家，好兒那你能不能也應承我，你的身心裡也只有我一個？」

青青園中草，朝露待月晞，萬物生光輝。明明心中感動得要死，嘴巴上卻還是不饒人，這好兒公主還眞是的。

「我不知道大邑公子昭原來是這般口花花，油腔滑調的。你倒是說清楚啊，什麼叫身心都只有你一個？」

「好兒，你明我意思。」

「我不明。」

「我不想我的心上人再有其他男人。」

「誰是你心上人啊，不要你的什麼思彤了嗎？」

「都說了思彤也是你啊。」

「什麼叫也是我啊，說什麼呢你。你得回大邑了，而且得馬上啓程。」

「什麼，好兒？你講眞的嗎？你都還沒有答應我呢。」

「答應你什麼啊？」

「那，不要再有其他的額駙好嗎？」

「哈哈，我至多答應你，在你回來之前不見他們，總可以了吧，走吧，送你到滄浪山下，那裡離大邑關城最近。」

紅衣女子，白衣少年。
天南地北兩記輕騎，馬蹄騰起荒煙。
招魂繙東何嗟及，山鬼暗啼風雨。
天也妒，未信與，母王，你真的駕崩了嗎？

　　龍隱隱，淡佇婀娜山，煙霧深鎖渺彌間，我在這滄浪山腳下回首凝望你眼眸森森。藍天下灰色的信鴿撲棱棱地飛了過來，落在了月好的胳膊上。取下竹筒，打開摺疊的信一看，月好的臉色驟華變，雖然她早已預料到是如此，已經做好了最強心理準備，可當親眼看到母王已死，師傅被軟禁的密函，依然瞬感天地崩於前。山無棱，江水竭，我烏月好發誓一定要救師傅，爲母王報仇。

　　不入虎穴焉得虎子？虎王他大概料想不到我敢夜探都王宮吧？最危險的地方才是最安全的，他越是想不到我才越要去。出其不意方能致勝，月好暗暗下定了決心。

　　「公主，你臉色有些不太好，你沒事吧，難道是有什麼不好的消息嗎？」子昭問道。

　　「額駙，送君千里，終有一別，翻過滄浪山就是大邑了。我們就這裡分開吧。」

　　「公主，我們真的就這麼別過嗎？這一日騎行千里，你一句話都不說，你這分明不像是與我送行的，是不是真的有什麼事情發生嗎？你告訴我，我們可以一起去面對。」

　　「你不是說要回去稟明父王，你不是說做我的駙侯可以，但是一定要請你父王賜婚嗎，雖然我對你大邑王妃的頭銜沒有什麼念想的，不過多一個稱呼也算不拘，你若是執意如此，我便順你心意放你回去好了。」

　　「什麼啊，我不說了嗎？我可以書信父王的。」

　　「還你是親自回去請旨比較好吧，不然你父王若是以爲我綁架了大邑的公子，直接派兵進犯，那我月國可如何是好，呵呵。」

　　「好兒，我在父王心中哪有這樣的地位。」

　　「那你就親自回去向父王稟明一切啊，兩國永結秦晉之好

也是我的希望啊。」

「好，那我稟明父王之後，會立刻傳信於你。」

「那你有沒有想過你父王會不同意你我的婚事？畢竟我們可是說的，你來烏月做駙侯，可不是我去大邑做王妃。」

「父王不會不同意的，其實你也知道的，我雖然是大邑公子，但因為母后過世多年，並不受父王的恩寵，王后更是瞧我不順眼。這麼多年我一直是被投閒置在關城教授農業和水利，我猜王后知道這件事，可能會很高興。因為如此礙眼和無能的我終於有地方去了。」

「說什麼無能呢，你將是我的駙侯，我可不許你這樣自我輕賤，別人就更不行。即使是你們大邑王后又如何，若是她再敢對你不利，我絕對不讓她好看。」

「呵呵，好兒，你這是在保護夫君嗎？」

「嗯，若是封你做了駙侯，那就是我正式的丈夫，此生當然要與你同榮辱，共進退。」

「公主待我如此情義，我當如何回報啊。」子昭突然甚是深情地說道。

「那就用你的一生來報答呀。」月好莞爾，「好了，我啊就只能送你到這裡。若公子情真，所言非虛，那無論如何你都要回烏月來見我，若是公子所說的一切都是想誆我放你走，那麼你自由了。」

月好突然翻身上馬，調轉馬頭，駕的一聲似飛奔而去。

白馬黑頭，雙翻碧玉蹄。

行且嘶，臨行不肯動，似惜錦障泥。

明月關山，烏雲詭祕。

你莫要從此揮鞭而去，不念昭陽。

　　「公主!」身後的子昭正懊喪公主怎麼這麼說?月好突然拉緊韁繩停了下來,駿馬驕行踏塵,垂鞭直拂,馬上人並沒有回頭道。

　　「萬一,我是說有個萬一,若是我返回不了烏月,你就留在大邑,別回烏月了。」月好低頭沉吟道。

　　「什麼?!」子昭想不透公主為何如此說。

　　的盧飛快,霹靂弦驚,白馬黑頭踏塵而去,公主和隨從們已然不見了身影。不對,她們離開的方向分明不是來時的路,那是去往虎國的方向!難道真的發生了什麼事嗎?公主她到底有什麼瞞著我去虎國?滄浪山下,光影斑駁,樹影婆娑,公子昭呆愣在原地,還沒有從震驚中緩過神來。

　　天都宮內花赤白,虎王夜夜痛飲狂歌,靈鼉夜吼,狂崩斷岸,飛揚跋扈為誰雄?大街小巷市內城外皆傳聞殺重臣,毒親子之後日日閉門不早朝,已是瘋癲。現在偌大個國家不但後繼無人,貴族階層更是個個人心惶惶,皆恐虎王大勢已去。

　　夜色黯淡,虎王在涼亭內仰望明月發呆,遙想當日明月光漫步地上霜,與她同遊。花園小徑曲折通幽,醉淋浪,歌窈窕,一曲舞溫柔。兩人手挽手,相依偎在屋頂想看無限好,如今明月依舊,伊人已逝,只空留他一人,不由得更加黯然神傷。

　　侍者挑燈而至,幾番輕聲喚道:「主公,主公!」

　　虎王才回過神來。

　　「主公,戌時已過,主公還要前去王后的靈堂祭拜嗎?」

　　侍者不明白虎王既然在王宮內設置靈堂,還日日前去祭拜,為什麼不公告天下王后已逝?但是君心難測,主公剛特意吩咐,戌時會前往王后靈堂,他也只是聽命行事罷了。

　　「前面帶路。」

　　「是,主公。」

月下引弓，暗夜驚風，嗖的一聲，一穿雲射月箭，直直地向著虎王夾風而來。

「護駕！」屋頂上一道黑影大喝一聲，飛身試圖擋在虎王面前，但一切都還是太遲了，心口中箭的虎王應聲倒地。這一箭穿心，虎王肯定活命難逃？爲了確保暗殺萬無一失，箭頭也已經被我抹上劇毒，只要傷及毫釐，虎王必死無疑。

奇怪，爲何並沒有聽到人聲高喊，抓刺客？連侍衛們似乎都沒有顯的過於慌亂，難道是我沒有射中嗎？拉弓的人兒心想，這不可能啊，師傅她傳信於我，密函內告知我虎王的活動路線。夜入王宮，手刃仇人爲母王報仇，我只有這一次機會。若殺你不死，那我就再補上一箭。

再次挽金弓如滿月，眼望，瞄準……忽然脖頸一涼，背後傳來天緣奉紗的低沉的聲音，「殿下，放下你的弓箭。」

「師傅？」月好儘管心下一涼，滿腹孤疑，卻依然沒有放下手中的武器。

「公主，擋在虎王面前的黑衣人是公子昭，知道了這個你還準備射出這一箭嗎？」

「什麼？」月好的手開始哆嗦。

「若你還是不肯放下你手中的箭，那我就再告知一句你母王的遺言，你想要殺的那個人，他其實是你的親生父親。」

「師傅！」月好大驚失色，放下弓箭，因爲激動全身都緊繃起來，「我們不是說和你假意投靠虎王，我們趁機裡應外合刺殺虎王的嗎？難道你是真變節投靠了虎王？若當真如此，月好我無話可說了，師傅你大可把我抓起來送給虎王便是，不需要編造他是我父王的謊言來擾我心神。」

「變節？月好啊，師傅看著你長大的，在你心目中，師傅竟然是此等不堪之人嗎？編造謊言倒是真的，不過不是你想的

那樣。就知道說什麼你都不會信，所以虎王和我才順你心意，設計誘你前來行刺。走吧，虎王，不，你父王已經等你多時了，讓他當面給你解釋吧。」

「他不是我父王，再者，他，他剛不已經中箭倒地了？」

「你這傻孩子，都說了是設計誘你前來行刺，自然早有準備，內穿玉甲鎖，你傷他不到的。想必這時候應該在你母王的靈堂等你了，跟爲師走吧，你去了就知道了。」

月好沉默不語。

「公主，不要逼師傅動用武力，你的功夫雖然已經很是了得，可師傅大概還是可以和你周旋些時刻，何況這裡是王宮，我身後有多少人，你大概也能猜得出。走吧，到你母王的靈堂去吧，那裡你也可以看到她最後留給你的親筆信，到那裡你就知道師傅沒有騙你。」

「師傅，母王眞的有親筆信？你沒有騙我？」

「殿下啊，你幾時開始對爲師全無信任啦。」

「師傅，不，我，我不是這個意思。」

「走吧。」

第二十五章

流星白羽腰間，劍花秋蓮光匣，
虎王突然之間拔出利劍
劍尖指著月好，喊了聲：來人，倒酒！

　　靈堂瑤池，風吹珠簾盡卷，母王你只是在那牙床中酣睡嗎？溫暖燭光簇擁，萬綺霞，點點行行，我確是滿心淒涼意。月好急匆匆步入靈堂，燭光搖曳之中，她卻不肯再上前一步，只是在幾米開外遠遠望著鳳塌，撫面無聲哽咽。直到師傅天緣奉紗上前扶著她的肩膀，陪著她緩步上前，她才在塌前失聲痛哭起來。

　　母王啊，我與你對立燭光中，你依然羅衣白似雪，卻沒有了烏月明清色。我再也不惹你生氣了，你應我一聲可好？

　　任由她發洩半晌，天緣奉紗這才輕聲安慰道：「陛下臨終之際，最放心不下的都是公主殿下你啊。怕你會衝動說要找自己的親生父親報仇。陛下還說自己甚是愧疚沒有能早些告知你真相，還說想請你原諒她……」

　　「我不相信，不是這樣的，虎王他怎麼可能是我父王……師傅你別說了。」

　　「唉……看來無論我說什麼你都不會信了，還在殿下一早料到你聽到後一定會如此反應，所以給你留下了幾句遺言，公主殿下你且看看這是不是陛下的親筆？」

　　月好會頭，看見天緣開啟放在桌面的一個箱盒，原來那是女王臨終是身穿的白色襯衣。上面染著紅色的血，斑斑點點。月好急忙起身，她當然認得，那是母王的筆記，是她們烏月特

有的符號。

「好兒啊，對不起，瞞了你這麼久，母王很抱歉。沒有能當面告訴你，虎王，他才是你的親身父親啊……」

月好手捧著白紗襯衣，顫顫巍巍，哆哆嗦嗦。

「母王，你為什麼要這樣對我？」

「公主啊，其實虎王他，怎麼說呢，我知道你大犀令你師傅對虎王的成見頗深，甚至對陛下和虎王的感情都頗有微詞，她總認為是虎王威逼了陛下。其實這麼多年來，我多次陪同陛下前往龍陽，對於他們二人的感情我比任何人都清楚。陛下在世之日，我不方便說自己的看法，可今天我真的想告訴公主殿下，虎王他對陛下真是用情至深……」

「師傅，別說了……」

「我知道公主殿下覺得難以接受，可虎王真的是你的親生父親啊，陛下她被人謀害，虎王他才是最悲痛之人啊。」

「師傅，我求你別說了。我不報仇還不行嗎？我可以什麼都不追究了，只要虎王他許我帶著母後的靈柩返回烏月，我就當這些都是過往塵煙，從此大家井水不犯河水就好……」

「說什麼井水不犯河水呢？你這孩子打算把寡人的王后帶到哪裡去？」

什麼是氣蓋雲天？黃金鎖子甲，風吹色如鐵，六龍鳴玉鑾，九折步雲天。月好竟然一回頭，看見身著金甲戰衣的虎王威風赫赫的站在那裡，月好注意到剛剛換了身衣服，這是要打仗了嗎？可為什麼來靈堂要穿戰袍，還真是令人費解呢。

「我……」

四目相對，但是無言。

流星白羽腰間，劍花秋蓮光匣，虎王突然之間拔出利劍，劍尖指著月好，喊了聲：「來人，倒酒！」

　　什麼，倒酒？

　　待從慌忙小步上前，給桌子上的祭祀杯，斟滿了酒。

　　虎王走過去一把抓住了月好的手，劃一聲，利刃閃過，幾顆血珠滲出，滴落在了酒杯中，晶瑩滾動。還沒有等月好反應過來，虎王已然握住了劍尖，手指尖血滴紛落，微動，朦朧，桃花散。又是那血紅色的珍珠相融乍若轉煙，珍光全暝水光浮，合同為一。看著這一幕約好，月好握緊那受傷的手，依然在哆嗦。

　　「怎麼，即使如此眼見為實，你還是不願意相信寡人是你的父王嗎？罷了，為父也不強求你這會兒馬上接受，但從現在開始，身為虎國的長公主，寡人唯一的孩兒，你當知自己身上肩負的重責。」

　　「你強娶我母王也就罷了，如今竟然還想強求我做虎國的公主？若我真是你女兒，你早不認，晚不認，為何現在才來認我？我沒有你這等喪心病狂的父王！」

　　「月兒在你沒出生之前已經自認是寡人之妻，寡人何來的強娶？若不是你母王和寡人約定在先，你身為寡人唯一的女兒，寡人又怎麼會不認你？如今你母王已經先逝，你也是時候應該認祖歸宗了。你要知道，你不但是虎國的長公生，寡人唯一的孩子，也將是虎國唯一的繼承人。這偌大的天下寡人都將交給你，你這孩子竟然說父王喪心病狂？」

　　「什麼，你想傳位於我？虎國三百年來都沒有過女主登基。」

　　「那寡人就讓自己的女兒去做第一個！」虎王言辭鑿鑿，震耳發聵。

　　月好接下父王那凜冽的目光，一時間天地間水光凝滯，春夢秋雲聚散得易。諸法寂滅相，不可以言宣。是法不可示，言

辭相寂滅。

「公主殿下，」天緣插話道：「其實你父王也已經和我暢談過來，當下這局勢，你恐怕也難以推辭，落在身上的重責。你不僅是我們烏月的女王，也會是未來虎國的女王，殿下當知士不可以不弘毅， 任重而道遠啊。」

「不，我不要，我要回烏月，我只想做烏月的女王，我不想做什麼虎國女王。」

「你這孩子，還真的和為父槓上了不成？」

「主公……」外面突然奔進來一個戰令官對著虎王附耳道。

「哦，是嗎？這裡是王后的靈堂，我不想讓人打擾，那就讓他和廖將軍於將軍一起一起在議事廳等待吧。」

「好的，主公，我這就去傳達。」

「好兒啊，走吧，跟為父去見你的夫君吧？」

「什麼？」月好也是心下一個咯噔，怎麼會有戰令官前來，難道真的開戰了嗎

「你不會不知道今天給寡人護駕的那位是誰吧，難道不是你的額駙公子昭嗎？」

「他到底為什麼會在這裡？這到底是怎麼回事？」

「走吧，一起隨寡人前往議事廳吧，我知道你來靈堂祭奠母王，一定心情非常沉重，可為父還有很重要的事情和你商議。你且節哀，隨我前來。」

月好看向一邊的天緣，見到師傅也點了點頭。既然如此，那就去看看虎王到有什麼要說？重要的是公子昭他為什麼會在這裡？

議事廳內，公子昭走來走去，有點像是熱鍋上的螞蟻。眼前人影擾擾，口角霏霏，廖將軍和吳將軍實在是看得聽得忍無可忍。

廖將軍搖了搖頭道：「公子可否稍安勿躁呢？關於大邑請求救兵的事情，主公不說了嘛，他今日一定給你個明確的答復。」

原來公子昭還沒來得及進入大邑境內，就遇見了關城守將李將軍派來的求救信使，原來羌方這幾天突然派兵圍剿，這讓離大邑地都城甚是遙遠的關城頃刻間陷入了危機。守城的將軍雖然已經千里傳書大邑王，然而救兵卻不知道幾時才能到。從虎國的天都城派兵過來只消四分之一的路程。因為大邑和虎國一直是盟國，關城守將便差遣信使前來，請求軍事協助。

子昭和李將軍一項交好，心想或者自己一同前往，更能說服虎王派兵增援。當然更重要的是，他可以借機查明好兒她為什麼去了虎國啊。

「兩位將軍怕是誤會了，我不是單單著急救兵的事情，正如今早稟奏虎王，在下近日因故流落月國，承蒙公主不棄，相識相知，這時更多的是擔心公主啊。」子昭施禮道。

「公主殿下現如今已經是我們虎國的長公主，未來更可能是我虎國第一個女主，他日榮登大典，號令群臣。還需要你來擔心她嗎？」

「若不是虎王今早親口相告，我到現在也無法相信，好兒，不，公主殿下她，竟然也是虎國的長公主，虎王竟然還意欲公布公主殿下身分，同時冊封她做王位繼承人。我不是擔心公主的安危，我只是怕公主她今天聽到這些會過於震驚，一時之間難以接受罷了。」

「公主與主公血脈相承，即使一時半會接受不了，最總也一定會理解主公的一片良苦用心。」一旁的吳將軍隨聲附和道。

「那是自然。」廖將軍道。

「可據我所知虎國立國幾百年來也未曾有過女主，虎王若是如是，怕是那些皇親貴冑會群起而攻之吧？」子昭道。

　　廖將軍冷笑一聲：「公子你就不要杞人憂天啦。主公他天生神力，豪氣雲天，從來都是金口玉言，他若是這樣決定了，就不怕這天下有人敢反對。我虎國先王早亡，主公他自幼年登基，在太后的教導下十四歲親政，十六歲已經戰功彪炳，威名天下。我等早年跟著主公四方征戰，什麼樣的艱難險阻沒有見過，還從來沒有見過主公怕過誰。」

　　「話雖然是如此說，可虎王不是得到密報告說是王叔已經聯合江門準備起兵謀反了嗎？廖將軍和吳將軍今天不也是因為這件事才被虎王召見的嗎？」子昭依然很是擔憂。

　　「公子昭有所不知，虎王其實一早知道王叔在關城勾結江門意圖造反，這次是故意抓了江姓的幾名大臣，讓王叔覺得他有機可乘，實際上主公早已經未雨綢繆多年，就等著他們動手呢……」

　　「原來如此啊。」

　　「當然，只是王叔也是老謀深算，不但和內和江門聯合，外和羌方，鬼方都有暗中來往。怕是羌方這一次突然沒有任何預警，直接發兵關城。怕也是醉翁之意不在酒，他們是想聲東擊西啊。所以虎王才邀你一起參加這次的軍事會議。共商對策。」

　　「那麼就是說虎王願意發兵關城，協助大邑？」

　　「我們不敢妄測上意，一切還要主公定奪。」

　　「明白了。」

第二十六章

四海八荒，
敵人只要看到金斧旗都已經聞風喪膽
女王虎（婦）好一人之名足以保九國平安

鬱金香，琥珀光，千年氣溫，半夜光吞。

母王和虎王在龍陽宮愛巢，於她月她確是令人驚嚇的童年回憶。

約莫也就六、七歲的她看到過她最不願意看到的，卻永生不能忘記的那一幕。那日在龍陽宮的後山她沒有抓到山狸甚是不開心，纏著母王，讓她陪自己睡。可夜班夢回她發現自己竟然在侍女的房間？氣轟轟的她也沒有叫醒侍女，徑直去找母王。

母王她玉體橫陳，輕紗遮面，雙眼被蒙，手腕處，大腿根，全身上下竟然還被纏扣著紅絲線。肘膊賽凝脂，香肩欺粉貼。琥珀色的蜂蠟脂香四溢，流過顫巍巍的酥胸，白似銀，渾如雪。更可怕的是，虎王竟然從下身掏出了一個巨大的可怕的東西，就像昂藏的紅火龍，竟然就那樣，就那樣猛的捅了過去。

「啊！哦。」她，她競然能清晰聽見他嬌嬌的喘息聲，那似乎痛苦又是快樂的呻吟聲。因為過度驚恐，她原本抓緊門窗的雙手，本能地丟開，摀緊了自己的小嘴巴，門發出了輕微的咯，吱聲。

虎王停下動作朝門這邊看了過來，她不確定虎王是不是看見了自己，趕緊閃過去背對著門窗，大氣也不敢出，一時戰兢，如履深淵，薄冰。

「幹嘛停下，嗯，給我，我要。」眼看母王扭著臀伸腿勾

住了虎王的腰，她才趁機倉皇而逃。

無來由的想起這件事，縱然王宮內，清明月高懸，夜風陣陣起涼，她卻自感面頰一陣燥熱。所以至那日之後，儘管母王多次相邀，她再也不願意陪母王一起去龍陽宮居住。母王問她為什麼？她也總是避而不答。

感時花淚，恨別鳥心，這麼多年來，虎王雖然心系愛女，但兩個人確實甚少有見面的契機。女兒不願意見他，他也沒有什麼好辦法。偶爾有那麼兩次碰面，月好也是盡可能躲著這位母王的情人。五夜漏聲催曉箭，都殿內風微，從來沒有過像今日，今夜，父女倆一路月下同行。

「好兒啊，為父這是第幾次見你了？」月好一怔，印象中他應該也只見過虎王兩三次吧。那些似曾淡薄的記憶突然之間一下湧來，繁枝紛紛落，嫩蕊細細開。或者是初生牛犢不怕虎？人人見到都害怕的虎王，小小年紀的她卻敢在老虎頭上動土。不是抓他的鬍子，就是揪他的頭髮。還曾騎在他的脖子上，要摘樹上的蘋果。她從來未曾想過這會是一個父王對女兒的寵溺。

「第四次？」月好囁嚅道。

「是第五次啊，你小時候隨母王去過龍陽宮三次，但其實你可能不知道，你大概兩三歲的時候，突然生重病，我非常擔心，想把你接到虎國來治療，奈何你母王說什麼都不同意，我也怕你長途跋涉來虎國，年紀太小身體承受不住，可我又非常想見你，所以還是偷偷喬裝跑去烏月看你了，那也是，我唯一一次到過你們烏月王宮。」

「你真的來過我們烏月王宮？」

「當然，你不是有一把貼身的金斧嗎，我聽你母王說你十分之喜歡，你可知道那把金斧頭就是你兩三歲病重的時候我送給你的祈福金斧。為父親赴天山，請道家仙人開壇做法，為你

求來的啊。也不知道是不是爲父心誠，感動了上天，金斧送到，你的病還眞好了。」

「我……」

「好兒啊，你眞的不願意叫爲父一聲父王嗎？「虎王突然停下腳步說道：「這麼多年，若不是爲父寵愛你母王勝過一切，鑒於對她的承諾，答應她讓你心無旁鶩成爲月國的下一任女王。我怎麼會不認自己的親生女兒？爲父愛你的這顆心就像天上的明月一般清透，毫無雜質啊。」

「我……我……」

「好啊，沒關係的，這個事情爲父暫時也不想勉強你。走吧，議事廳就在前面了，剛才你也聽說了，王叔已經起兵叛亂，羌方這兩天又突然圍攻大邑的關城，不知道在軍事上，你可願意助人爲父一臂之力？」

「如果我有能幫到的，我願意。」

「好的，還眞是虎父無犬女啊，」虎王笑道：「這公子昭也在前面的議事廳等著呢，你們兩個人的事啊，你母王一早都傳書於我了，我還很好奇，這小子到底有些什麼能耐，竟然連寡人的女兒也能唬了去？」

「其實也就是陰差陽錯吧。」月好有些不好意思的含糊其辭道。

「陰差陽錯嘛，你是父王的掌上明珠，月國的女王，甚至是未來虎國的國君，怎麼能陰差陽錯找個夫婿呢？女兒若是不喜歡他，今天我就把他趕出去，別說什麼救兵，一切免談。」

「啊，那倒不是，」月好急忙解釋道：「孩兒雖然沒有正式冊封他爲附侯，但他也已經是孩兒的額父，還請父王善待他。」

「父王，你剛才是叫了寡人父王嗎？好兒，我的寶貝女兒，這一聲父王寡人眞是等的太久了。」

虎王轉頭看著愛女，目光裡滿是慈愛。

「父王，我……」

「什麼都別說了，走吧，到議事廳，和廖將軍，吳將軍，公子昭一起商量下對策吧。」

「參見主公。」屋內的幾人紛紛施禮道。

「參見虎王。」公子昭也連忙施禮，又偷偷地望了月好一眼，月好卻假裝對他視而不見。

「免禮，」虎王道：「大家見過長公主。」

眾人在紛紛施禮道：「見過長公主。」

虎王走到桌子前指著桌子上用沙堆堆砌的地形道：「情況大家也都清楚了。我想問問你們都有什麼看法？」

公子昭道：「大邑與虎國多年一事都是友好聯邦，羌方和鬼方，突然之間圍攻大邑的關城，肯定志不在大邑，目的是虎國啊，所以還請虎王儘快發兵前往支援。如果關城失守，沒有了戰略緩衝地帶，天都城未來豈不是岌岌可危？」

廖將軍道：「雖然羌方圍攻大邑地關城肯定是志在虎國，但王爺也已經起兵叛亂，不但江門，現在其他豪門貴冑也都紛紛望風而動，我擔心若不及早出手平叛，國家會陷入大亂。攘外必先平內，所以應該集中兵力先平亂。」

吳將軍道：「俺就是個粗人，如果兩方面都很重要，那我們就兩邊都派兵。」

廖將軍道：「雖然火鍋軍事力量雄厚，但如果朝兩個方向分派重兵。也不得不考慮天都城守衛必將空虛。」

「好兒，你如何看呢？」虎王沉吟片刻道。

月好道：「父王，如果說王爺和鬼方羌方勾結屬實，那麼羌方和鬼方聯合攻擊大邑關城，其實目的是擾亂虎國的注意力，正如廖將軍所說，攘外必先平內，平叛才是重中之重。不

過同時解關城圍攻其實也不難。如果我估計的沒錯，羌方這次是受王爺的蠱惑貿然發兵，準備並不充分。我烏月在羌國在的後方，且居高臨下，若是烏月此刻出兵攻擊羌方，虎國再大勢張揚，出兵支持大邑，此等情況之下羌方必然會動搖撤兵。至於鬼方，雖然一直野心勃勃垂涎中土，但他國遠在羌方西北，來回調兵遣將還必須得經過羌方，若是羌方棄戰，鬼方的威脅自然不攻自破。」

「分析得好！果然是虎父無犬女，哈哈。父王就準備照你所說，但是你不能親自帶兵去攻擊方了，因為父王要你代我領兵前去南方平亂，你就安排你師傅大犀令領兵前去如何？」

「師傅領兵前去自然不是問題，只是我不明白，父王為何要我領兵前去，南方平亂？我對虎國的軍隊也不甚熟悉，怕不足以服眾。恕我直言，父王此舉有些冒險。」

「虎國長公主代天子出征，誰敢不服？想當年父王十四歲已經在沙場征戰，女兒也必然有為父當年之風，為父讓廖將軍親自跟隨，必然萬無一失。」

「父王啊……」

「寡人就這麼決定了，吳將軍隨公子昭前往關城應援，廖將軍隨公主出征南方平亂，烏月的大犀令將軍會出兵敲羌方……」

晨登廣武山，蕭蕭古戰場。
徘徊關都間，日落盼陽。
君不見，蛇分雲聚征靈久，紅血月染兵縞首，
公主長驅王爺雞飛，百姓心煌煌。

幾個月之後，王爺在三面夾擊之下潰不成軍，公主乘勝追

擊，大獲全勝。一時之間，虎國上下歡騰，老百姓們都長舒了
一口氣。天都城，白日裡朝陽照耀生紅光，宿露輕盈泛紫豔，
夜色下枝絳點燈，照地遍開錦繡。都王宮內仙人琪樹忽地一夜
開遍，還是紅紫二色間深淺，國師稱這是大喜喜兆，預示著虎
國國運昌盛，或有英明女主誕世。這馬屁還真拍中了虎霸王的
心坎，虎王幾個月來都沒有這樣神采飛揚過，他順勢昭告天下，
虎國長公主婦好即是虎國儲君。

市井歌謠《虎父無犬女》滿街傳唱。

月好，月好，虎父無犬女，
婦好，婦好，公主系儲君。
500年一襲，月國女帝
300年將生，虎國女公

婦通虎，月好就這樣變成了婦（虎）好。不但女承母位，
世襲了月國女王之位，成了女王陛下。還蒙受父王恩做了虎國
長公主，人稱虎國儲君殿下。次年，月國女王陛下，虎國長公
主兼儲君殿下婦好和大邑國公子昭大婚，月好又多了一個大邑
國親王妃殿下的頭銜。

三年之後，虎霸王逝，婦好承熙父王之位，正式成為了虎
國開天闢地以來第一位女帝，有人稱她月國女王陛下，也有人
稱她虎國女主公，還有人會稱她大邑國親王妃殿下。當然親王
妃殿下這個稱號似乎沒有能持續得太久，因為在王妻婦好的鼎
力支持下，本來勢單力薄的公子昭也大邑王駕崩之後，一躍成
為了新任大邑國國王，婦好自然順理成章冠冕大邑國王後。

多年之後，在她的帶領之下，九國聯盟大破羌方，驅逐鬼
方，至此之後，虎國和大邑的聲望簡直是如日中天。以烏月，

虎國，大邑三國爲核心的中土九國聯盟成天下最強，史稱千夏。月國女王陛下，虎國女主公，大邑王后，歷史上前無古人後無來者，的千夏女王就此誕生。

　　一如她的父王和母王那樣驍勇善戰，婦好聲名遠播，威震了八方，揚風了四海。父王送給她的金斧成了她特有的私人標誌。四海裡八荒，敵人只要看到金斧標誌的旗幟都已經是聞風喪膽，女王虎（婦）好一人之名足以保九國平安。

　　唯一讓女王婦好心生愧疚的是，因爲多國通婚頻繁，不到十年閑，小小的萬花縠，林中國，烏月似乎都要民風不保。她終於開始明白，母王當年的擔心到底是什麼，她想要捍衛和保護的到底是什麼東西。原來月國的民風民俗才是她真正珍愛的東西啊。可現如今一切都已經晚了不是嗎？九國聯盟，最強千夏，保護了烏月，也毀了烏月啊。

　　她能眼睜睜看著自己曾經發誓堵上性命也好捍衛的烏月女國，就這樣漸漸的消失嗎？

　　世間再沒有了烏月。

正章終

尾章

第一章

如果好兒她日日受病痛的折磨，
我要這天下何用？

　　澹澹晴空遠，亭亭碧火重，忽驚天雷送飛龍，宮殿外一陣旱天雷，嚇得大邑王昭手一抖，燒灼過的龜蔔倏然落地。筮不過三，龜爲象，筮爲數，如今三卜都不得吉兆，該當如何？從今晨開始他沐浴更衣，焚香禱告，青銅覆水，蓍草置烤，爲虎國女王，他的大邑王后虎好的身體卜辭，求吉兆。

　　王后婦好病重，藥石無靈纏綿床榻之上，大邑王昭再無心政事。他的好兒若救不了，他還要做什麼大邑王？恍然之間，千夏盟在關城大破羌方，在婁河驅逐鬼方，女王凱旋歸來日彷彿還是昨昔啊。凱歌金奏，吐霓翳日，天都城外花應紅，大邑王策馬飛奔出王城，迎妻，一路上走馬見芳菲，花開四溢。

　　幾個月來的陰霾，擔驚受怕因爲盟軍大獲全勝的消息一掃而光，他只想早點見到他的女王。他朝思暮想，牽腸掛肚的王后，他的好兒。

　　他怎麼能不擔心她？那是戰場又不是兒戲。可女王她執意御駕親征，還不要王夫他隨同前往，說什麼兩王一定得有一個鎮守後方。他說，那還不如由我出任盟軍首領，領兵出征吧？其實他也知道這話說了也是白說吧？即使大邑王毛遂自薦說要出任盟軍首領，眾人恐怕也會不服氣吧？

　　一枝潔白，枝頭綴著旖旎香，出塵標格，好月最溫柔，她背著手，對著他輕笑，只道：「夫君啊，可惜了。」

　　他不明所以：「可惜什麼啊。」

「可惜了女王婦好的聲名太隆，這有生之年，她的夫君大邑王恐怕都難以超越啦。」

「好兒，我沒有想超越你啊，我只是擔心你。這大邑王做不做有什麼所謂？我早在月國的時候都下過決心了，額駙也好，駙後也好，大邑王還是王夫都罷，此生只想陪你終老。你在那裡，我就會去那裡。」

「我知道，王夫，我知道，從第一天我都知道。可好兒心中有愧啊，夫君待我如此，我卻做不了對等的回報給你。如果有機會，我也想卸下身上的這副重擔，想陪你閑雲野鶴，歸隱山林。」

「你不需要那麼做啊，好兒，我從來也沒有想你這麼做。」他愛憐地在背後擁抱她入懷，柔聲溫瑞，「但我不會忘記自己的誓言，我說過弱水三萬里，我子昭只取一瓢飲。只要公主許我一顆真心，我眼中便只有你，你永遠是君，我甘心為臣，我願意一生一世一片磁鍼石，誓繞南方不眠休。從此之後公主在哪裡，哪裡便是我的心之所依，便是我公子昭的家。」

「王夫啊。」眼角的朝露浸濕花蕊，她無言以對，只是在他懷裡轉身，踮起腳尖和他擁吻，潮濕的心想在蕊中，甜迷蜂醉飛無聲。

「好兒，我許你御駕親征，但可不可以不要親自上戰場嗎啊？」

「那怎麼行啊。想當年，父王和母王都是和戰士們一起衝鋒陷陣，鼓舞士氣的，如今大敵當前，鬼方聯合多國進攻我虎國和大邑，已成破竹之勢，他們是志在必得啊。你我費盡心機策動天下人反擊，勝敗在此一舉。我豪言在先說女王會御駕親征，如今眾盟國眾志成城，同仇敵愾，女王卻躲在後方不上戰場殺敵，那像話嗎？」

「嗯，我知道好兒你為了這天下受累了。只是我感覺你最近身體乏累，精神有些不濟，我怕啊，怕萬一你有些什麼閃失。你要是有什麼事，我該如何是好？」

「傻瓜，能有些什麼事啊，難道你不知道你妻我盡得兩個師傅，父王和母王的真傳，這武功我自稱天下第二，也沒有幾個人敢說他們是天下第一吧？」

「好了，我的女王大人，為夫知道你厲害啦，為夫也自認不是對手，總行了吧？」

「這別人是別人，王夫你我可是一次都沒有贏過哦。」好兒淺聲笑。

「什麼，你以為我不知道當年在山林你被為夫震傷了手腕，是讓著為夫的？」

「嘻嘻，哪有，我可沒讓著你，明明是你出手太重，傷了我。到現在偶然還疼呢。」婦好假意揉了揉手腕。

「什麼？真的嗎？哪來，讓為夫給你看看。」他抓起她的手腕，在那纖細處輕輕地吹口氣。

「你幹什麼呢，癢啊。」她想抽回手腕，卻被他抓了回來，王昭突然伸出舌頭，眼神迷離，溫柔舔舐。

「好兒啊，有個地方你怕是永遠也別想贏了為夫啦，嗯，為夫抱你上床好嗎？」

「你，怎麼一天到晚都胡亂發情……」女王的臉竟然騰的一下紅了。

「嗯，有嗎？如果有，也是因為好兒，你整天勾引我。」

「我，我哪有。」

「還說沒有？」他一把把他抱起道：「好兒啊，最近怎麼感覺你都瘦了，嗯，是最近身體不適讓你太累了嗎？曾經為夫想抱起你都甚是不易，如今好像輕鬆多了。可我不喜歡你太瘦

了……」

　　她勾著他的脖子，把頭深埋在他的胸口，不想讓他看見她眼角的一滴鹹花淚，淚咽盈盈無聲。她不能啊。只要，如果他再溫柔那麼一點，她怕她就會支撐不住，她會想留在這份甜膩溫柔裡不再起來，她會聽從他的勸慰，留在大後方。她會把自己其實已經有三、四個月身孕的事情告訴他，可她不能啊，不能啊。

　　她不能告訴他其實她最近並不是身體不適，而是因為孕吐噁心，食欲不振，體重不增反輕，若是她說了，他怕是拼死也不會放她走了吧？解除多年來西北方的軍事威脅，勝敗在此一舉，她運籌帷幄了大半年，決意和鬼方決一死戰。如今也是破釜沉舟，箭在弦上，不得不發。她是父王和母王的女兒啊，她是千夏的女王啊，國家大義，天下百姓都在肩頭，她怎麼能因為兒女情長，個人私利，讓所有一切的努力都功虧一簣？

　　當年這些都沒有說，現在說還來得及嗎？

　　蒼天它不遂人願啊。沙場上澶漫萬里，她大宣虎國神威，降鬼王，定厥功，最終贏得了天下，震懾了萬國，卻失去了孩子。

　　煙花滾滾馬蹄香，喻的一聲，略有些臉色蒼白的她先收緊轡繩，微笑著立於馬上，脈脈相望那個策馬奔騰而至，望向她，喜不自勝的大邑王，她的王夫。離別時她隱瞞了懷孕的真相，相逢時她更不能說了。我們的孩子沒有了，你讓她怎麼說出口？強忍著失去孩子的心傷和旅途的勞累，她與王夫匯合，並馬緩行，看到他如此高興，她也想陪他開心啊。

　　「好兒，春日正濃，此處煙湖的風景如此之好，我們下馬在湖邊散個步，再回王城吧？」幾個月不見愛妻，這會看見他兒好生團圓一個大勝歸來，大邑王那真是難掩欣喜啊。

「額，聽你的。」她強顏歡笑。

「怎麼臉上都沒有一點血色都沒有啊，好兒？」他脫下披風爲她圍上，心疼地說道：「人也好像又瘦了一圈，是不是這一仗打得太辛苦了，以後說什麼都不能讓你再這麼受累了啦。」

「嗯，我也想好好休息下，以後可能要讓王夫你辛苦點啦。」

「我十分樂意效勞。」大邑王昭擺了擺手，隨從們立刻會意的拉起了幔帳。

「什麼，你這是要做什麼啊……」婦好大驚。

「爲夫只是想好好抱抱你啊。」他摟緊她的腰，話說著，在臉上，唇閑就是一印。

「什麼啊，」婦好躲開道：「明明說的是抱抱……」

「也還想做點其它啊。好兒你都不想爲夫的嗎？爲夫這幾個月可是忍的好辛苦呢。」他捧起她的臉，連接著深吻，舌吻，漣漪妖嬈，香遠清清。她有些不想掃了他的興致，也只得任他意肆弄。可他竟然得一寸進一尺，得著便宜還賣乖，手指不知道什麼時候竟然已經探到她的蓮花衣下。

「別，別在這裡啊，這是白天，還是外面，下人們都看著呢。」

「看著就看著唄，這普天之下還不都是王土？我們想怎麼做，誰還敢說什麼不成？」

「那也等，等我們回去好嘛……」

「不要，我不想等，回去還要有慶功宴，還不折騰三天三夜的？好兒，我真的好想你啦，你就給爲夫吧，嗯……」

「還說什麼讓我休息呢，你這樣急不可耐……」

「這就是讓你休息啊，你什麼都不需要做，只要舒服地休息就好，全部交給我吧。」

「什麼啊……我其實，其實……」見攔他不住，婦好只好

附耳輕聲道：「我經事剛完，那裡還不太舒服。」

「哦，這樣啊，那我小心點，不做到最後……」

「什麼叫不做到最後啊，你都……」

「我不完全進去總行了吧。」

……

屏障重重翠幕遮，蘭膏煙暖篆香斜，相思樹上雙棲翼，連理枝頭並蒂花。

雖然自婁河大戰以來，女王的身體健康便是每況愈下。好在王夫大邑王一直身強力堅，相伴左右。在軍事謀略上，女王確實天賦略勝一籌，可處理起繁瑣的國事，王夫卻顯得更加猶遊刃有餘。因為在農耕，水利，減免稅務上面的卓越貢獻，大邑王這些年不但是上流聲議，名滿天下，在民間也是聲名漸隆，頗有超越女王盛名的架勢，百姓們其實是樂見二王並蒂，千夏太平。

可惜了花無百日紅，黃金橫帶霎時榮。這個金秋，本應該是碧樹鳴黃鸝的好季節，然而九天之下最尊貴的女王婦好，其實已經臥病在床，藥石罔靈幾個月了，這兩日裡更是時不時地就昏睡不醒。

問天，占卜，祭祀，三問蒼天都不得吉兆，一向淡定自若的大邑王從來沒有這麼不安和惶恐過。原本二王恩愛，琴瑟和諧，這王室沒有子嗣的事也沒有什麼人敢過多議論，如今女王病重的消息不脛而走，各類謠言霎那間塵囂直上，民間到處都是流言蜚語，百姓們更是說什麼的都有。此時此刻，那些閒話大邑王管不著，他也不在乎，如果好兒她日日受病痛的折磨，要這天下何用？好兒若真有個三長兩短，那我也隨她去吧。

第二章

焉月好啊，焉月好，
你都要死了，還考慮這麼多？
國之江山於你是個私人的東西嗎，這麼重要？

神之來兮風飄飄，金錢動兮錦傘搖。
神之去兮風亦靜，香火滅兮杯盆冷。

又一陣旱天驚雷華柱繞梁而過，宮台樓閣內奮髯雲乍，雷電收放。面對著祭祀台，微閉雙目握緊拳頭的大邑王緩緩睜開眼睛，他放下手中的龜蔔，他下定決心要問個第四次了，就算是逆天而行又如何。他就是誓要向蒼天問個吉兆，他要告訴好兒，她會好的，她一定會好的。

幾名帶刀女侍面無凝重，穿亭繞堂而來，在門口站立道：「啟稟王上，陛下有請。」

「好兒她，哦，」聞稟，大邑王連忙轉身道：「陛下，陛下她醒了？」

女侍面色隱隱道：「回稟王上，陛下她說自己這會感覺好多了，還吃了幾口米粥，這會更要宮女為她梳洗，說是想見王上，我等便趕緊過來稟報了。」

「真的嗎？太好了。」大喜過望的大邑王扔下手中的一切，奔了過去。

不過是身著便衣，略施了些粉黛，女王臉色澄明，氣色看起來好了很多。他抱著她在臥榻上餵她吃香甜的米粥。

她突然莞爾一笑道：「王夫，你可喜歡孩子啊。」

「什麼?」大邑王心頭微微一震。

「我看上次嶺親王來覲,他的兩個孩子,你甚是喜愛啊,還賞賜了那麼多物件。」

(注:嶺親王,大邑王昭同父異母的弟弟,大邑先王后婦嬈的兒子。大邑王昭繼位之後受封嶺親王。)

「哦,那個只是看那兩個孩子甚是可愛,也就隨手賞了幾樣東西。好兒你若是不喜歡,下次不賞也就是啦。」

「沒有不喜歡,其實我也很喜歡那兩個孩子。王夫啊……」

「嗯。」

「你說,我們也要個孩子好不好啊。」

「當然好,等你病好了,養一養身體……」

「王夫啊,你我大婚如今也有十幾年了吧,十幾年來我都沒有能有所出,如今的身體這般模樣,以後怕更不可能有啦。所以我想你要不要再立個新後啊,若是你的孩子,我也會視如己出的。」

「好兒,你這說什麼胡話呢?」

「不是胡話,是……」

「好兒你病糊塗了吧,孩子的事這麼多年我都沒有在意過,現在理它做甚。你不是常說天意自有安排嗎?你就不要胡思亂想啦,好好養病才好。你還說想回月王宮看看呢,那我們就約好了,等你身體好了,我就陪你微服出巡,我們就回月王宮,還可以途徑龍陽宮……」

「王夫啊,你還記得今天是什麼日子嗎?」

「當然記得,八月中旬啊,母王的忌日。往年的今日你都會登天臺祭奠你母王,只是你最近身體抱恙,我今天也一天都神不守舍,就安排女侍代為祭奠啦,好兒,我或者還是應該親自代你去了,你不會怪我吧……」

「王夫言重了，你安排得如此停當，我當感謝才是，何來怪罪？只是我看這八月中秋，明月當空，讓我想起母王罷了，王兒時在月王宮的時候，母王總是指著月亮告訴我，我們烏月一族的先人來自月亮，那裡也有一個一模一樣的月王宮。以往總覺得這一天是哀傷的日子，現在看來或者不應該這麼想，或者這是一個團圓的日子呢，我就想母王她會不會在月亮上等著我呢？」

「好兒，我不許你說這種傻話。你看你今天不是已經好多了嗎？你一定會好好的，我們兩個也一定會百年終老。」

「嗯，我今個的確覺得好多了，我不過是想告訴王夫，這生老病死，我並不害怕罷了。若有那一日，你千萬別為我傷心才好。」

「你說什麼呢，不會有那一日的，若有那一日，我便陪你一起去。」

「我不許。王夫啊，現如今世人皆說你我並稱二王，可好兒想知道，我到底還是不是你的女王，我發布的政令，你還會不會聽？」

「好兒啊，你今天怎麼淨說一些奇怪的話？你什麼時候發的政令，我會不聽從啊？說什麼二王並立，那是世人擡舉，在我心中，這九天之下只有一個千夏，只有一個女王，那就是你啊。」

「那好，大邑王昭聽令吧。」

「好兒，你……」大邑王愣怔片刻，才起身下跪施禮道：「臣大邑王昭，接令。」

「宣……」婦好對著旁邊的使官示意啊。

「應天順時，受茲明命。聖王者必有賢後子嗣，以承祖廟，始極萬方。孤聞陽明公主井方國公之女也，世襲鍾祥，柔嘉溫

性，特命應昭于宮，以冊寶立典爲大邑王夫之後。其尙茂本支
奕葉之休，佐宗廟維馨之祀。孤特此布告天下，咸使聞知。」

「什麼！好兒你，你到底在幹什麼！」大邑王這會兒才突
然明白，爲什麼好兒前一段時間會無端端的宣井國公，他舅舅
的小女兒入天都觀見，這觀見就觀見吧，完了還竟然沒有讓人
回去，而是安排在天都宮內住下了。原來好兒她竟然竟然操得
這個心！想到這裡，他頓覺怒髮衝冠，起身，憤而吼道：「你
這發布的是什麼政令，你在發什麼神經！」

「王夫啊，你剛還說會聽令與孤，這會竟然如此以下犯上？
難道孤眞的被王夫的權力架空了嗎？這一條政令都發布不出去
了嗎？」婦好突然用了自我尊稱，她可很少對他這樣說話。

「好兒，你知道我不是這個意思，你說什麼都好，我都聽，
唯獨這一條我恕難從命。」

「王夫啊，怕是已經晚了，政令孤其實已經送到陽明公主
的昭陽殿了。」

「昭陽殿，什麼昭陽殿？」

「哦，那個啊，既然是新的大邑王后，那這宮內自然要有
個像樣的居處，孤就把蓮月殿改了名字，賜給她啦，你看這名
字，孤改得可好？」

「好什麼好，簡直是胡作非爲！烏月好，婦好，我今天就
告訴你，就算你降罪與我，治我個大不敬，以下犯上之罪，我
也絕對不會聽從你的安排，除非你撤回政令，不然，不然……」

「不然怎樣？」

「不然我就閉關辟穀，寧死不從……」大邑王想，不然就
不再來見她，可好兒的身體，他怎麼放心得下？不然，不然自
己就絕食？好兒固然會心疼他，可好兒現在病重，自己如果再
賭氣倒下，那怎麼行？可除此之外，他還有什麼威脅的了她？

「你當真會這麼做？」

「絕不虛言。」

「好，那你去吧。」

什麼，好兒竟然就這樣讓他去吧？

「好兒，我……」

「怎麼，還不走嗎？」

「好，我走……」這腳還沒有到門口呢，就聽見背後狂聲咳嗽，婦好支持不住倒在臥榻上，明明知道她這樣就是故意的，她就是想他回頭，聽她的安排，他還是忍不住回頭抱她入懷。

「好兒啊，好兒，你別這樣，好嗎？你這樣，為夫我的心真的好痛。」好男兒有淚不輕彈，堂堂一人之下萬人之上的大邑王，這時候竟然哭得像孩子一般。

「王夫啊，那你就答應我一件事好嗎？你要答應我，我就撤回政令。」

「好，好兒，你說，只要你撤回政令，你說什麼我都答應你。」

「王夫啊，人貴有自知之明，我自知時日不多，可你讓我如何放心得下？你在背後偷偷做的那些安排，你以為我不知道嗎？你建雙人墓穴，安雙人棺醇，提前指定大邑王的繼承人，這些也還好罷了，你竟然還祕密召見天道祭祀，安排二王同時駕崩的之後的禮儀。你告訴我，你做這些到底是想幹什麼？啊，難道你想這麼隨我去了？啊……」

「好兒啊，我立過誓言，你在哪裡，哪裡就是我的家，我不能沒有你，也不會沒有你。我不求與你同年同月同日生，但求與你同年同月同日死，你說得沒錯，你若是不在了，我就會隨你去。」

「王夫啊，你……」婦好也浴淚如海，涕淚成漣，夫妻二

人簡直要哭成一團，「你怎麼能……咳咳……」

「好兒，你好點嗎？」聽她咳嗽，他連忙輕拍她的背，語聲哽咽道：「好兒，我只是不知道這人世間若是沒有了你，我活著還有什麼意義？」

「你怎麼能這麼懦弱？」

「懦弱？！」

「是的，懦弱！求死容易，求生難啊。我的王夫，你想就這麼就扔下全身的重擔，輕輕鬆鬆隨我去了，還不是懦夫是什麼嗎？那麼還有誰能替我，還有我的父王母王，照料這大好河山？」

「我……對不起，好兒，我……」

「你要堅持我沒有能完成的職責啊，答應我，等我過甚之後，你可以為我守傷百日，那之後，你要好好活著，絕不能幹傻事，還要和公主完婚。你若是不喜歡，換其他人便是啦，我不會介意的。他日能生下繼承人最好，不然你就過繼嶺國公的孩子，也讓我千夏的大好河山千秋萬代啊。你要答應我，你一定要答應我……」（作者紅字朱批：烏月好啊，烏月好，你都要死了，還考慮這麼多？國之江山於你是個私人的東西嗎，這麼重要？）

「好兒，我……」

「你要是答應我，我今天就暫且收回政令。」

「好兒，我，我答應你。」

「好，我答應你，好兒。」

第三章

婦好的一生是幸福的嗎？

　　人間世，逝川東注，紅日還會西沉。五洞深沉，九峰回抱，望中雲漢相侵。暮秋天氣，宮殿翠煙深，一片山光澄淨，碧水浮金。龍香，時暗引，青鸞白鶴，飛下冬陰。露華冷，環珠點綴瑤林，猶記華胥夢斷，從別後幾許追尋？

　　美國，三藩市。

　　勛站在五星酒店的玻璃窗前靜思，端著半杯水尚未沾唇，明晃晃的漣漪微透著清光，突然他似乎感應到了什麼，手機驟然響起，他放下水杯，接過電話。

　　「你好，請問是 Michael lee 的連絡人嗎？這裡是三藩市的 General hospital，我們有好消息通知你。患者醒了……」

　　「哦，我知道，謝謝。」原來是醫院打來的電話，他剛剛也確實感應到，李宥浩醒了。醫院的人問他是不是打算趕過去看看，他未可知置否地說，可以等一下再說嗎？這會正忙。

　　去不去看李宥浩，這得讓語彤來決定吧？可他的語彤這會還在酒店的床上躺著呢。自從在《上古——遺忘之鏡》裡以月追女王的名義死去，都三天三夜了，她到現在還沒有醒來呢。若不是他給她些許靈氣，他都不知道她撐不撐得住。

　　儘管一再確認了她的身體應該沒有異樣啊，可還是擔心啊，那要不要送她去醫院啊？畢竟這人類又不是靈體，身體是很脆弱的呀。難道真的是遊戲太過於殘忍？讓她身心俱備，七勞八傷了嗎？可在遊戲裡他也不能說啊。

245

　　還記得在進入遊戲之前，他看了她新完成的漫畫結局有些於心不忍。

　　「語彤啊，這麼說兩代女王都沒有善終呀，一個被毒殺，一個年紀輕輕就身染重疾而亡，你這樣畫結局會不會太過分了啊。明明她們兩個其實就是你和思彤，你對自己和妹妹也要出手這麼殘忍嗎？」他問。

　　「不是你說的，只有角色死了才可以離開遊戲嗎？」

　　「啊，我是這麼說的，那不應該是讓大邑王李宥浩的角色死掉才對嗎？他死了，就可以回復意識了呀。」

　　「你說過，只要他不是真的想離開，他就可以不停地去重複遊戲情節，所以，我不這麼畫，他怕是不會有覺悟。」

　　「嗯，好吧，算你說得有些道理，可語彤啊，這真的是你決定的結局了嗎？王夫大邑王在女王婦好去世三個月之後，迎娶新王后井和公主，接著開創了一代賢明盛世，還一直活到七老八十，最後在睡夢中自然離世。這最後繼承千夏國公，虎國，大邑，甚至月國王位的竟然是井和和昭的後人？」

　　「嗯，這就是這結局。」

　　「為什麼呢，你最早考慮的結局難道不是個 happy ending 嗎，這不是你很早期的作品嗎？你說過你在國中的時候都開始創作《婦好》了呀。」

　　「雖然我創作的故事是架空歷史，但靈感來源的卻是歷史上的婦好啊，她本身就是個很悲劇的人物啊。那時候沒有畫結局，大概就是因為我潛意識裡知道這個故事不會是個 happy ending，怕妹妹思彤難過，所以就沒有畫結局。」

　　「哦，為什麼說歷史上的婦好是個悲劇人物？我不覺得啊，她的算是很豐功偉績了呀。」

　　「是啊，基本上可以肯定她是個女王，然而歷史書上卻連

個名字都找不到。若不是她的墓葬被意外發現的話，後人連她是個王后都不知道吧。」

「嗯，」勖沉默半晌道：「老婆大人說得有道理。不過也並非全然如此，雖然歷史書上找不到，但你且看琳琅滿目的民間傳說裡那麼多女英雄，都有婦好的影子啊。也許她就是以這樣的方式留在了後人的記憶中了。悲劇人物只是你對她的評價而已。我想婦好大概不會在意，幾千年之後的一個人是怎麼看她的，不是嗎？她更在意的應該是自己的一生幸不幸福吧？她的夫君對她那麼好，婦好的一生應該是幸福的。」

「婦好是幸福的？」

「嗯，我想是的。」

「哇，能想到這一點真是太好了，謝謝你啊，老公。」

「啊，你叫我什麼？我沒有聽清，你再叫一次。」

「嘻嘻，沒有聽清就算了吧。」

「老婆的話聽不清怎麼行，嗯，再叫一次。」

「老公……」

「老婆大人可是有什麼吩咐？」

想到這裡，勖難掩嘴角上揚的笑意。看看躺在床上的她，愛憐地撫摸著她的額頭說，「語彤啊，我多想你醒來，再多叫我一聲老公啊。寶貝，你也是時候該醒了吧？」

懷情入夜月，梨花輕語，只怪昨宵春夢好，元氣今朝，萬里歸來顏愈少，微笑，笑時猶帶嶺月香，「嗯……」她微哼了一聲，竟然緩緩地睜開了眼睛。

「語彤，語彤，你終於醒了嗎？」他激動地抓起了她的手敷在自己的臉上。

「嗯，感覺好像做了一個好長的夢，我的頭都還有點痛。」她下意識地抿了抿有些乾燥的嘴唇。

「你口渴嗎？我先給你拿點水。」他欲起身，她卻扯住了他的衣襟。

「我不要，我不口渴。」她說著，支撐著坐了起來。

「嗯，精神還好嗎？」他重新坐下來看著她。

「嗯，還好，剛剛才玩這樣一場沉浸式的遊戲，身心有些疲憊，休息一下應該沒事了。」

「寶貝，不是剛剛玩完，而是已經三天了，從你結束遊戲到現在已經三天了，你整整昏睡了三天三夜。」

「啊，那怎麼可能，我記得明明是剛剛啊。難道真的已經三天了嗎，就這麼昏睡三天三夜，我這會竟然都沒有什麼感覺？難道我不應該很餓嗎？還是已經餓過了，感覺不到了，奇怪，我沒有覺得精神很差啊？看來不需要去醫院啊。」

「呵呵，」看著她自顧自，在那裡自言自語一通，勛笑道：「你個小傻瓜，去醫院有用嗎？醫生怕是也不知道你怎麼了，還不如我給你些靈氣，讓你養精蓄銳，你自然也就會醒了。」

「靈氣？」語彤這才注意到，自己身上除了一件他的白襯衣外，裡裡外外竟然什麼都沒有，她下意識地掀起被子確認了一下，什麼嘛？自己竟然連內褲都沒有穿？

語彤的臉騰一下紅了：「你……你說你是怎麼給的我靈氣，你不會是趁我昏睡，對我那個了吧。」

看著她驚慌失措，可愛的模樣。勛實在是忍不住笑，寶貝怎麼能這麼可愛啊？

「我可是你老公啊，即使做了點什麼也不奇怪吧？」

「嗯，可能也不能趁我昏睡的時候啊。」

「你個小傻瓜，你以為靈氣是怎麼給的？你倒是說給我聽聽，你覺得我對你做了些什麼，給得你靈氣？嗯，不說的詳細點，讓我看看我到底做了沒有？」他說著把她抱過來放在自己

的腿上。

「你……你別老想著欺負人啊。」語彤的臉更紅了。

「本來是沒有的，不過被你這麼一說，我倒真想做點啥了。你想的是不是這樣？嗯……」不知在什麼時間他的下身已經支起了帳篷，他輕輕地啄吻道，「把嘴巴打開，寶貝，我想要你的舌頭。」

「你還真是什麼時候都可以發情啊。」她嬌嗔道。

「寶貝，你還說我啊，你看看你下面都濕成什麼樣子了，嗯，你想要嗎，本來看你剛剛醒來這麼累，不想這麼快的和你做，不過如果寶貝你想要的話，那夫君我只能卻之不恭了。」

「不，我不要。」

「真心的嗎？」他笑，「我褲子都被你的水弄濕了。」

「不要，現在不要嘛，我想先洗澡。還想去吃個飯，我不想就這麼直接做。」

「寶貝想要營造些氣氛，這個當然還是要滿足的。那走吧，我給你洗澡。不然在這裡再這樣下去，我可能真的忍不住了。」說著他抱起她向浴室走去……

水聲，簾幕，夜色微甜的香檳氣味。隨著浴室的門被輕輕關上，畫外傳來這樣的聲音。

「寶貝啊，你知道嗎，李宥浩醒了。」

「嗯，我知道，我預料到了。」

「那你要不要去看他？」

「嗯，不了。」

「哦，不去嗎？」聲音有些驚訝的，「為什麼，你費了這麼大勁把他救回來，竟然不去看他？」

「你替我去就好了，我不想某人吃醋。」

「寶貝你還真知我心啊。」

「當然，你心裡怎麼想的我都知道。」

「是嗎？那你知不知道我現在想幹嘛。」

「你你個壞蛋，別這樣⋯⋯」

「我哪裡壞了，我只不過是覺得我們先做了，再去吃飯其實也可以啊。」

尾章終

結尾彩蛋

「所以你知道我是誰嗎？李宥浩先生。」勛站在宥浩的病床前問道。

「你這是在給我說什麼屁話呢？」

「呵呵，底氣十足呢，看來這休養得差不多了。不過聽你這口氣可不怎麼好呢，怎麼都不該對朋友這樣說話吧？我可是辛辛苦苦把你從另外一個時空裡面救出來，然後再來看你的。」

「你是我的朋友嗎？」

「如果不是朋友，你還真想和我做兄弟不成？那也不錯，反正即使我們說不是，所有的人也會認為我是你兄弟。」

「算罷了吧，你就告訴我你是不是真的和鄭語彤睡了？」

「你在遊戲時空裡醒過來的時候，應該感應到了我傳遞給你的很多資訊了？怎麼，單就這是問題，你還想和我當面確認下？」

「不是，我只不過……」李宥浩似乎略有所思。

「怎麼，你現在後悔了，後悔當初沒有接受她？」

「你這吃的哪門子的醋，」李宥浩撐眉道：「你應該知道我對語彤從來都沒有哪方面的想法，只不過她畢竟是思彤的姐姐，我也只是因為那天晚上一時衝動有些對不起她。」

「媽蛋，你不提那一晚上一時衝動也就還罷了，你再在我面前提那天晚上，就別怪我揍你。」

「要吃醋的話就省省吧，你也不需要在我面前宣告主權。我不過是想確認語彤過得好不好罷了。」

「這就不勞你操心了，你離她遠點，她就會過得很好了。媽的，不知道怎麼的，聽你小子幾句話讓我很惱火，要不是你還在病床上，真想把你拖出去打一頓。早知道就不該去遊戲時空把你救出來，讓你在裡面老死好了。」

「你在語彤面前也是滿口髒話嗎？真虧你還是什麼高階靈

體呢。」

　　「切，這不需要你管。」

　　「我也懶得管，你別干涉我就好。我原本是計畫老死在遊戲機時空的，我可沒有讓你去救我，所以你別指望我感謝你。說白了，那遊戲時空我要是想進去，總還是有辦法的。」

　　「我知道，你要是還想進去，誰也攔不住你，其實我很好奇呢，你為什麼最終選擇放棄在遊戲時空，自己醒來了呢，這和我預計的結果不同呢。語彤還很高興的認為是她畫的漫畫結局讓你警醒了，可我知道沒有這麼簡單。」

　　「那你預計的結果是什麼？是我還會義無反顧地再次進入遊戲時空嗎？」

　　「是的，我原本是這麼估計的。」

　　「你這麼估計的原因是你選擇留在這裡了嗎？人類世界。你知道你和我其實是一類人？」

　　「看來你也很瞭解呢，我們果真是兩個一模一樣的人呢。那現在可以告訴我了吧？你為什麼選擇自己醒來了呢？」

　　「因為我看見她了。」

　　「誰？」

　　「思彤的靈體。」

　　「你在開什麼玩笑？」勛大驚失色。

　　「我沒有開玩笑，雖然只是身影一晃，但我確定就是她。」

後記

　　關於《婦好傳奇篇：女王之死》，這部中長篇小說的創作背景以及作家的寫作心理歷程，我想寫點後記。

　　在正式談談《婦好》這篇小說之前，我想先講一講我和臺灣的情感淵源。我出生在河南洛陽，大概是 03 或 04 年之後，我前往加拿大留學，之後常居海外。現在大部分時間居住在溫哥華，以前也經常會在上海和香港居住，拜訪過幾次臺北。

　　如果說我心向明月，那麼臺灣兩個字算是我心中的那一輪明月吧，繾綣纏綿了我數十年的暗戀。甚至也因此成就了我第一部長篇小說，《舊金山，夜明石：戀戀十萬年》的創作契機。你猜得不錯哦，我曾經暗戀的那個男生他是臺灣人。鑒於他是一位大名鼎鼎的帥哥，雖然我很想，但我也不能公開講他是誰。

　　我這個人呢，一生算比較幸運。但偏偏在個人情感史上很是悲催，呵呵。曾經深愛過的那兩個人，都是暗戀或單相思。我一生的情感基本上可以這樣概括：我喜歡過的人他們都不喜歡我，喜歡過我，深愛過我的，我都只想把他當朋友，只想對他說聲抱歉，是真的抱歉。

　　儘管這麼多年，我切實的有很多位臺灣朋友，但臺灣在我心目中依然是一個唯美的月光符，一道我永遠無法企及的明月光。寧教我心徒枉然，不讓銀光惹塵埃，這大概就是我和臺灣兩個字的關係吧。

　　關於我的寫作背景呢。其實李白白 Angelina M 這個筆名，是這兩年才開始用的。從十幾歲開始發表作品迄今，我的寫作史堪稱十分漫長，筆名自然也用過很多。

　　十幾年前我（還是什麼都不懂的學生），偶然在中國大陸，因為發表在天涯的一部小說而爆紅，隨後接受了多家媒體以及北京電視臺的專訪，再後來進駐新浪博客，博客的訪問量一度也非常之可觀。

　　但對我個人來說，那段看似有些輝煌的寫作史其實並不是一段很美好的記憶，甚至讓我內心傷痕累累。作品（其實是團隊作品，雖然是以我個人名義發表的）以我現在的眼光來看非常的爛，根本沒有任何水準可言。當然重要的是當年太年少無知，盲目追逐成名，給自己的身心帶來了很大的負擔，我也因此不堪其重患上了輕度抑鬱症，這也是我徹底放棄那個筆名的原因。

　　一個作家的人格是自己的，作品帶來的風險當然也是自己的事，我因當年之事承受的身心煎熬和我那個時候的朋友和讀者沒有半點關係。恰恰相反，非常感謝那個時候所認識的所有朋友，以及那個時候喜歡那部作品的讀者們。感謝你們對我的寬容和包容。如果我們還能再次相遇，而在茫茫人海中你還能認出我，那一定是個奇蹟。

　　因為在天涯以及新浪連載小說的負面影響給我的生活帶來了很大的困擾，我的精神壓力一度很大。後來抑鬱症的困擾也讓我在很長一段時間裡勉力維持著正常工作生活，實在沒有額外的心力寫作。後來在一個朋友（前新浪高管）的鼓勵之下，以及我個人心理醫生的幫助之下，我才最終放下心理負擔，斷捨離了過去，開始長篇小說《情定舊金山》、《情定三藩市》，又名《三藩市夜明石：戀戀十萬年》的創作。

　　因為這部長篇小說有五六十萬字，上中下三部。所以我整整耗時了 5 年時間，才完成創作。本來原定計劃是在中國大陸香港同步出版以及推廣。但小說創作完成的時候，正好碰到香港爆發反送中運動。

　　我本人在香港生活過多年，對香港感情深厚，也因此香港事件給了我極其大的震撼，也徹底打亂了我小說在中國大陸的出版以及宣傳計畫。因為我曾經的創作風格是歲月靜好型的，

為賦新詞強說愁，美好言情就是一切。香港事件讓我猛然意識到，政治才是這個社會的硬核，一個作家如果不穿越它，是不可能創造出有深度的好作品的。

大概是因為我胡亂為香港說了幾句話？其實我也弄不清，什麼原因。總而言之當時突然在沒有任何預警的情況之下，我的博客微博以及寫書的帳號一瞬間全被封了，於並沒有什麼名氣和關注量的普通作家來說，這種待遇也實在是太抬舉了。

我痛定思痛，徹底放棄了原本已經預定好的小說在大陸的宣傳以及出版計畫。我想反正正好呢，因為既然不喜歡中國大陸那個創作環境，不勉強才是最好的決定。

《舊金山，夜明石：戀戀十萬年》這部作品傾注了我很多心血，卻在最後發表和推廣那一刻功虧一簣，目前祇有電子書。但我從不後悔放棄在大陸發展的決定。我最近有考慮把這部作品重新修訂一下，在自己的博客裡邊連載到完結。希望到時候人家多多支持，謝謝。

最後終於可以談一談我們的《婦好》了。雖然沒有特意非常的說明，但《婦好》的女主角是臺灣人哦。《婦好》的女主設置非常特別，一對雙胞胎，古裝版再加現代版，看起來有 4 個女主，但其實是一個人。如果你要選一個女演員來演這個角色的話，一個女演員應該可以分飾這 4 個角色。就這一點設置來說，我覺得還是蠻好玩的。

雖然《婦好》古裝部分是架空歷史的，不過歷史上的婦好確實是這個小說的靈感來源。

我一直對上古時期人類社會是如何從母系社會到父系社會的轉變的，這個點比較感興趣。對於婚姻制度，家庭制度的形成和演變也很好奇。一夫一妻，一夫多妻，一妻多夫，母系家庭，父系家庭與財產，社會，政治，經濟制度的關係，也是我

喜歡思考的。國家政治制度的演變，社會風俗習慣的變化等等，以及於人類兩性之間的妒忌與占有的心理，有多少是先天的本能？有多少是後天的培養？男女平等在肉體上和精神上是如何考量的，也是我一直試圖去理解，和解答的。

所有的這些問題和困惑是《婦好》這篇小說的骨架，至於情色，那大概是其上的一點肉吧。編輯認定我的《婦好》應該是屬於 15 禁的。這個我一點都不反對。分級制度本來就是應該的，也是對未成年人的保護嘛。

只是我從來不認為我在空泛地寫情色，情色只是表象，只從來都不是我所追求的。非常期待我的讀者能夠理解和認可這一點。

如果讀者一定要問我情色和色情的區別是什麼？那麼我猜情色大概是15禁，而色情應該是19禁吧。而一部好的作品，應該是即使去除情色和色情描寫的成分，依然有它很深的內涵，這也是我一直以來衡量一部作品其價值的標杆。

《婦好》本來應該是去年完成的作品，很可惜我去年因為意外導致尾椎受傷，臥床幾個月，每天 24 小時都疼痛難忍，真的不講笑啊，那時候真的痛到想安樂死，呵呵。我很感恩，最總不需要手術，恢復得很好，謝謝那時候所有關心我的家人和朋友。沒有你們，就不會有《婦好》，因為作家可能先與小說夭折了，呵呵。

最後想說的是，因為個人工作留學，以及身體健康等多方面原因，一路以來寫作其實是斷斷續續的。經歷過這麼多年的風風雨雨，我想到了這個年紀也許是時候放下名利之心了。以後的人生，希望可以把堅持寫作，保護健康當成一個每天的例行公事。把創作有深度的好作品當做自己畢生的使命。

　　感謝你的時間，謝謝你看了一篇這麼無聊的後記。也很感謝你的陪伴。你看似一個微不足道的贊，都是我前進的巨大動力。

我愛你，謝謝。

國家圖書館出版品預行編目資料

婦好傳奇篇：女王之死／李白白 Angelina M 著. --
初版.--臺中市：白象文化事業有限公司，2022. 7
　　面；　公分
　　ISBN 978-626-7151-28-0 (平裝)

857. 7　　　　　　　　　　　　　111007906

婦好傳奇篇：女王之死

作　　者　李白白 Angelina M
校　　對　李白白 Angelina M
發 行 人　張輝潭
出版發行　白象文化事業有限公司
　　　　　412台中市大里區科技路1號8樓之2（台中軟體園區）
　　　　　出版專線：（04）2496-5995　　傳真：（04）2496-9901
　　　　　401台中市東區和平街228巷44號（經銷部）
　　　　　購書專線：（04）2220-8589　　傳真：（04）2220-8505
專案主編　李婕
出版編印　林榮威、陳逸儒、黃麗穎、水邊、陳婷婷、李婕
設計創意　張禮南、何佳誼
經紀企劃　張輝潭、徐錦淳、廖書湘
經銷推廣　李莉吟、莊博亞、劉育姍、林政泓
行銷宣傳　黃姿虹、沈若瑜
營運管理　林金郎、曾千熏
印　　刷　基盛印刷工場
初版一刷　2022 年 7 月
定　　價　300 元